A FAMÍLIA QUE ESCOLHEMOS

JILL SHALVIS

A FAMÍLIA QUE ESCOLHEMOS

Tradução
Fernanda Dias

HARLEQUIN
Rio de Janeiro, 2025

Copyright © 2022 by Jill Shalvis. Todos os direitos reservados.
Copyright da tradução © 2025 by Fernanda Dias por Editora HR LTDA.
Todos os direitos reservados.

Título original: The Family You Make

Todos os direitos desta publicação são reservados à Casa dos Livros Editora LTDA. Nenhuma parte desta obra pode ser apropriada e estocada em sistema de banco de dados ou processo similar, em qualquer forma ou meio, seja eletrônico, de fotocópia, gravação etc., sem a permissão dos detentores do copyright.

PRODUÇÃO EDITORIAL	Cristhiane Ruiz
COPIDESQUE	Paula Vivian
REVISÃO	Rachel Rimas e Thais Entriel
DESIGN DE CAPA	Osmane Garcia
DIAGRAMAÇÃO	Abreu's System

Dados Internacionais de Catalogação na Publicação (CIP)
(Câmara Brasileira do Livro, SP, Brasil)

Shalvis, Jill
  A família que escolhemos / Jill Shalvis; tradução Fernanda Dias.
– 1. ed. – Rio de Janeiro: Harlequin, 2025.

  Título original: The Family You Make.
  ISBN 978-65-5970-498-9

  1. Romance norte-americano I. Título.

25-253678   CDD-813.5

Índices para catálogo sistemático:
1. Romances : Literatura norte-americana   813.5
Aline Graziele Benitez – Bibliotecária – CRB-1/3129

Harlequin é uma marca licenciada à Editora HR Ltda. Todos os direitos reservados à Editora HR LTDA.

Rua da Quitanda, 86, sala 601A – Centro
Rio de Janeiro/RJ – CEP 20091-005
Tel.: (21) 3175-1030
www.harpercollins.com.br

Capítulo 1

Não era sempre que Levi Cutler se via à beira da morte. Mas, se soubesse que bater as botas estaria na agenda do dia, talvez agisse de modo diferente, tipo ligar para aquela garçonete que conheceu uma noite dessas ou aprender a fazer a própria cerveja.

Ou se perdoar pelos erros do passado...

Do banco da cabine do teleférico, ele observava pela janela as maravilhas de uma tarde de inverno na estação de esqui North Diamond. Quando embarcou, o céu estava limpo, mas isso mudara nos últimos vinte minutos. A neve caía como se anunciasse o fim dos tempos, e a visibilidade era nula. Ele sabia o que veria se o clima estivesse melhor: um zigue-zague de picos de montanhas cobertos de neve até onde a vista alcançava e um pedacinho do lago Tahoe a leste, a água tão azul e cristalina que daria para enxergar um prato branco ali dentro mesmo se estivesse submerso a noventa metros de profundidade. Uma de suas curiosidades científicas preferidas, e ele tinha muitas, era o fato de que, se o lago trincasse por algum evento catastrófico, o volume transbordado cobriria toda a Califórnia, e o nível da água chegaria a trinta e cinco centímetros de altura. Quando criança, adoraria ver isso acontecer. Já adulto, preferia a água onde estava mesmo.

Uma rajada de vento sacudiu a gôndola. A tempestade inesperada já estava a caminho. Ele viera com a intenção de dar algumas voltas de esqui antes de ter que enfrentar o verdadeiro motivo de seu retorno a Tahoe, mas pelo jeito não conseguiria. Ao se aproximar do topo da montanha, a cabine passou por pinheiros enormes cobertos de neve espessa e polvorosa que balançavam ao vento, parecendo fantasmas de sessenta metros de altura.

A gôndola, de estrutura robusta, oscilava com as árvores, causando em Levi uma leve tontura. Mas, como ele entendia de riscos e algoritmos, sabia que a probabilidade de morrer em uma cabine de teleférico era quase inexistente.

Já o risco de morrer em um acidente de esqui, sobretudo em um clima desses, era outra história. A decisão sábia seria retornar para o pé da montanha. Ainda mais considerando que a neve continuava a cair, cada vez mais forte, intensa e pesada, inclinada pelo vento forte no sentido contrário. A cabine também. Mesmo que trabalhasse a maior parte do tempo na frente do computador, criando soluções tecnológicas para problemas supostamente sem solução, Levi tinha crescido ali. Passara a adolescência trabalhando nessa mesma montanha. E sabia muito bem que qualquer coisa poderia acontecer em um piscar de olhos.

E então a cabine sacudiu outra vez, com tanta força que ele cerrou os dentes. É, ele teria que descer, com certeza. Não havia motivo para ignorar os sinais, a não ser que quisesse acabar *estatelado* ao dar de cara em uma árvore.

A gôndola foi diminuindo de velocidade conforme se aproximava do fim do trajeto, bem no topo. O operador do teleférico abriu a porta. Devia ter uns 17 anos e fez um gesto para Levi permanecer sentado.

— Desculpe, senhor, mas nos avisaram logo depois que embarcou.

— Sem problemas. — Levi já estivera na pele do rapaz, com o emprego em jogo enquanto precisava informar turistas insolentes de que não poderiam colocar as próprias vidas em risco. — Precisa de ajuda para tirar as pessoas daqui?

O rapaz balançou a cabeça.

— Já estamos mandando os hóspedes lá pra baixo e tiramos quase todo mundo da montanha. As gôndolas na frente estão vazias. Só estamos esperando mais uma funcionária. Vou atrás de vocês com a motoneve assim que ela chegar.

Uma mulher apareceu na entrada. Ela assentiu para o rapaz e encarou o vão de dois centímetros entre a plataforma em que estava e o piso da cabine. Engoliu em seco, segurou o colar que estava usando e pulou o vão do mesmo jeito que a sobrinha de 6 anos de Levi, Peyton, fazia ao entrar no avião.

A mulher passou depressa por ele e se sentou no banco oposto, o mais próximo que pôde da janela, e, ainda que os dois fossem as únicas pessoas ali dentro, ela não se deu ao trabalho de notar a presença de Levi. Em vez disso, fechou os olhos e começou a resmungar sobre a ironia de ter "sobrevivido a um monte de merda só para acabar morrendo na maior tempestade do século dentro de uma lata suspensa por um gancho na encosta de uma montanha".

A cabine sacudiu, e ela pareceu apavorada, agitando as mãos como um gato tentando ganhar velocidade em um piso escorregadio. Usava roupas de inverno pesadas, e só era possível ver os longos fios do cabelo ruivo escuro e ondulado que escapavam do gorro de esqui.

Quando a gôndola fez a curva e começou a descer a montanha, ela apoiou os pés no banco e encostou a cabeça nos joelhos.

— Está tudo bem? — perguntou Levi.

— Tudo ótimo — respondeu ela, ainda com a cabeça abaixada. — Só estou um pouco ocupada surtando aqui.

— Por quê?

— Por ter deixado meu almoço no armário. Era um sanduíche de três andares. Não quero morrer de barriga vazia.

— Não vamos morrer. Não hoje, pelo menos.

Ela bufou, incrédula, sem levantar a cabeça.

Certo, uma tempestade que ninguém esperava bloqueara quase toda a luz do dia, e a nevasca parecia um monte de linhas brancas cortando o ar como lanças. Era impressionante, mas Levi tinha consciência de que também poderia ser assustador para algumas pessoas.

— Na verdade, é bem menos assustador se você parar para olhar.

— Se você está dizendo, tudo bem, mas prefiro não conferir. Estamos a trezentos mil metros de altura.

— Cento e setenta.

— Quê?

— Estamos a cento e setenta metros de altura. Mais ou menos cinco ou seis andares, ou a altura de uma montanha-russa das boas.

— Meu Deus do céu. — Ela ergueu a cabeça de repente, encarando-o com seus olhos verdes. — *Por que você me contou isso?*

— Quando a gente tem medo de alguma coisa, tipo altura, às vezes ajuda saber os fatos.

A mulher o olhou como se tivesse brotado uma segunda cabeça nele, mas endireitou a postura.

— Eu tenho cara de quem tem medo de altura? — perguntou ela, mas então a gôndola deu um tranco tão forte que ela levou um susto e agarrou a alça de segurança mais próxima.

— Tem razão — disse Levi. — É evidente que você não tem medo de altura.

Ela segurou com mais força na barra e olhou para ele.

— Olha só, pra sua informação, não é a altura que me pega. Eu só não gosto de lugares apertados. Espaços apertados e fechados que ficam suspensos a cinco ou seis andares de altura.

— Senta no meio do banco — sugeriu Levi. — Longe das janelas. Vai se sentir melhor.

Ela balançou a cabeça vigorosamente, o cabelo esvoaçando ao redor do rosto.

— Tenho que ficar perto da janela para ver tudo na hora que cair. — Ela fez uma careta. — Nem tenta entender, ou me entender, aliás, só vai ser pior para você.

A rajada seguinte foi violenta. Todos os objetos no interior da gôndola foram arremessados para o lado, inclusive sua companheira de viagem. Levi a segurou e a puxou para o banco em que estava, mantendo-a ali por um instante.

— Você está bem?

— Não! Nem um pouco! A gente está a um centímetro de despencar e morrer, e não sei você, mas eu tinha umas coisas para fazer hoje. Tipo *viver*.

— Dificilmente essa gôndola vai cair. As chances devem ser de uma em um milhão.

A cabine balançou outra vez, e ela respirou fundo, trêmula.

— Sabe do que eu preciso? De silêncio. Se você puder parar de falar seria ótimo.

Levi riu, porque, tendo nascido em uma família de tagarelas, sempre foi caçoado por ser o quietinho.

— Não estou vendo graça nenhu...

E então ela soltou um grito por causa de outro tranco que derrubou os dois no chão. De joelhos, com a cabine chacoalhando, os dois se viraram para a janela, bem a tempo de ver... a gôndola da frente se soltar por alguns metros e, em seguida, cair e desaparecer de vista.

Ela arfou, horrorizada.

— Meu Deus do céu. Aquela gôndola acabou de...

— É. Aguenta aí — disse ele, em um tom sombrio, e logo em seguida a cabine deu uma parada brusca e repentina, balançando para a frente e para trás, descontrolada, lançando os dois e seus pertences para todos os lados. Levi foi jogado pela força do impulso e acabou de cara no vidro gelado.

Alguma coisa o atingiu nas costas.

A mochila.

Depois outra coisa, mais macia. Sua companheira de viagem. Ela se afastou rápido dele e olhou pela janela, para o vácuo assustador onde a gôndola anterior estivera pouco tempo antes.

— Ai, meu Deus — sussurrou ela, com o nariz colado na janela, como se isso a ajudasse a enxergar através de toda aquela neve. — Tinha alguém lá dentro?

— O operador me disse que as três cabines à nossa frente estavam vazias.

Ela o mediu de cima a baixo com aqueles olhos lindos, semicerrados dessa vez.

— Quer dizer que as chances de uma gôndola cair são de uma em um milhão, é? — Ela sacou o celular e olhou para a tela. — Merda. Esqueci que está sem bateria.

— Não se preocupe. Eles devem estar sabendo de tudo de lá da base. Alguém vai vir buscar a gente.

A mulher soltou o ar devagar, trêmula e um tanto pálida.

— Nós ainda estamos presos ao cabo — disse ele, olhando pela janela diante dos dois. — Ele não se rompeu. Aquela cabine deve ter enroscado em alguma coisa no trilho ou aconteceu alguma falha no gancho...

Ela deixou escapar um suspiro angustiado e fechou os olhos.

— Sabe o que mais me incomoda? Passei rímel hoje. Um desperdício de cinco minutos que eu poderia ter aproveitado para comer um burrito de café da manhã. Sabe, é disso que uma garota precisa no dia em que vai morrer, de um baita café da manhã para abraçá-la por toda a eternidade.

— Eu gosto de burrito no café da manhã.

Levi não ofereceu mais nenhuma palavra de consolo, porque a verdade era que o medo que ela sentia tinha fundamento. A cabine não estava mais avançando, não fazia nenhum movimento para a frente nem para trás, não havia nada além do balanço implacável do vento. Ele não sabia o que causara a queda daquela gôndola, mas, se acontecesse o mesmo com a cabine em que estavam, a probabilidade de saírem dessa situação com vida era quase nula. Primeiro, era necessário fazer com que parassem de sacudir tanto, por isso Levi começou a calcular o equilíbrio e o peso necessários para estabilizar o veículo.

— Escuta, acha que consegue chegar até aquele canto ali de trás?

Ela hesitou por um momento, mas não questionou e fez o que ele pediu, engatinhando até o canto indicado enquanto ele ia para o canto oposto.

— Você sabe que isso só vai funcionar se tivermos o mesmo peso, né? — disse ela.

— A gente usa os equipamentos para equilibrar. — A mochila dele estava no chão. — O que você trouxe?

Ela abriu os braços.

— Só isso aqui que você está vendo.

— Você resolveu subir uma montanha sem nada? Sem um lanche, água, equipamento de emergência, nada?

— Não foi o que eu disse. E quer parar de me julgar?

Ela esvaziou os inúmeros bolsos das roupas. Tirou uma garrafa de água de inox, um saquinho individual de carne seca, chiclete e... um pequeno kit de primeiros socorros que mostrou para Levi.

— Segurança em primeiro lugar, certo? — murmurou, cheia de ironia.

Ele já tinha notado o símbolo nas costas da jaqueta dela.

— Patrulha de Esqui?

— Enfermeira — disse ela. — Sou itinerante, trabalho revezando os cinco prontos-socorros da Costa Norte. — Ela mostrou o kit de primeiros socorros outra vez. — Sou treinada para salvar a vida dos outros, mas não consigo colocar a minha nos eixos.

Ele quase sorriu, mas outra rajada de vento os atingiu, fazendo-o girar como um peão, tão rápido que os dois quase ficaram de ponta-cabeça. Ouviram um barulho de metal cedendo — a prateleira para bagagens no alto da cabine —, e Levi se projetou para proteger a mulher com o próprio corpo.

Tudo o que havia no interior da gôndola pairou no ar como se estivessem em órbita e por um longo segundo a gravidade tivesse se esvaído. Levi envolveu a companheira com firmeza. A cabeça dela estava recostada no peito dele quando algo o atingiu na cabeça.

E aí tudo ficou escuro.

Capítulo 2

Quando a gôndola finalmente parou, Jane não conseguia respirar nem enxergar nada. Ai, Deus. Estava morta.

Espera um pouco.

Estava de olhos fechados.

Abriu os olhos. Tá, ufa. Só que das duas, uma: ou estava paralisada ou tinha algo em cima dela — e era alguma coisa pesada.

Não, não era alguma coisa, era *alguém*. Aquele cara que se mostrara impassível quando ela entrou em pânico no momento era um peso morto. Jane saiu de baixo do homem com cuidado, porque, por mais que ainda não tivessem despencado, isso poderia acontecer a qualquer instante. Começou a suar frio, mesmo com a temperatura gélida.

— Ei! — Ela se inclinou e conferiu o pulso do homem, quase chorando de alívio ao sentir o batimento cardíaco. Estava fraco, mas era um sinal de vida. — Está me ouvindo?

Ele nem se mexeu.

Completamente apagado, o sr. Tagarela tinha um corte profundo de cinco centímetros que ia da sobrancelha direita até a têmpora e do qual escorria sangue. Jane costumava economizar os palavrões para usar no trânsito, mas, ao olhar em volta, deixou escapar uma sequência de obscenidades bem impressionante. Afinal, o que poderia fazer naquele momento?

Ainda nevava muito, mas a ventania diminuíra bastante e a gôndola balançava com menos violência. Com os pertences dos dois espalhados por todos os cantos, o chão da cabine parecia um bazar em dia de liquidação. Por cima de tudo pendia a haste da prateleira de aço que se soltara e provavelmente atingira a cabeça do sr. Tagarela.

A situação era ruim. Muito, muito ruim.

— Vamos lá, Bela Adormecida, acorda pra vida.

Ele tinha atravessado a gôndola para protegê-la com o próprio corpo, evitando que Jane fosse atingida. *Mas por que fizera aquilo?* Os dois nem se conheciam. Ela conferiu os batimentos mais uma vez. Continuavam fracos, mas estáveis.

Olhou em volta procurando o celular, mas lembrou que estava sem bateria. E, de qualquer forma, para quem ligaria? Não poderia contatar a clínica onde trabalhava, já que fora a última pessoa da equipe a sair, trancando a porta do local vazio. Seguindo a lógica, sabia que a segurança da base se daria conta do que acontecera com a cabine que caíra — afinal, *alguém* encerrara a operação do teleférico, certo? Deviam estar a caminho para tirá-los dali.

O homem continuava imóvel. Mau sinal. Jane passou a mão pelo corpo dele em busca de outros ferimentos. Nada parecia quebrado, mas, ao virá-lo de lado, notou que por baixo da jaqueta sua camiseta estava empapada de sangue. Levantando as camadas de roupa, encontrou dois cortes, nas costas e nos ombros, também sangrando.

Que inferno.

— Você precisava bancar o herói — reclamou ela, despindo a jaqueta e dobrando-a como um travesseiro para apoiar a cabeça dele. — Tinha que ser homem mesmo.

Tirou a camiseta do uniforme e a segunda pele que vestia. A primeira peça ela usou nos ferimentos das costas; a outra, para pressionar com cuidado o corte na cabeça e diminuir o sangramento.

— Tá bom, se alguém aqui vai tirar um cochilo, esse alguém deveria ser eu. Acabei de sair de um turno longuíssimo. Então vamos acordar pra vida, beleza? Não é justo me deixar falando sozinha se a gente vai morrer.

Nada.

Despindo-se mais, ela tirou a calça de esqui, que enrolou e usou para apoiá-lo de lado e evitar que se deitasse sobre os ferimentos. Depois, conferiu como ela própria estava. Parecia a vítima num filme de terror.

Jane tinha certeza de que o sangue era todo dele, mas ainda assim... Já passara por muita merda na vida e lidara com quase todas sozinha. Na maioria das vezes aquilo não era um problema, mas e agora? Dessa vez ela não queria estar sozinha.

Jane se virou para procurar o kit de primeiros socorros que levava consigo, mas não estava à vista. A temperatura na cabine devia estar uns seis graus negativos e a nevasca não parecia nem um pouco disposta a diminuir. E ali estava ela, presa a trezentos mil metros de altura. Correção: cento e setenta metros de altura, dentro de uma gaiola de vidro, vestindo apenas um top e a legging térmica, porque no momento seu paciente estava sangrando em todas as peças de roupa que ela tinha.

— Qual é — insistiu, inclinando-se sobre ele. — Se eu tiver que ser a pessoa em um milhão que vai morrer em uma gôndola, você tem que estar acordado para morrer comigo.

Nem um espasmo. Então... Jane deu um beliscão nele, bem na bunda. Como era uma bela bunda e bem firme, não tinha muito onde pegar, mas ela deu um jeito.

O homem soltou um grunhido, e ela quase se jogou em cima dele, aliviada.

— É isso aí — murmurou Jane. — Agora abre esses belos olhinhos cinzentos e me fala de novo que vai dar tudo certo.

Ele soltou um gemido rouco.

— Você fala mais que eu, sabia? Por quanto tempo eu fiquei apagado?

— Alguns minutos.

Ainda sem abrir os olhos, ele abriu um leve sorriso.

— Você acha meus olhos bonitos. *E* você pegou na minha bunda. Pode admitir, você está caidinha por mim.

Ela disse mesmo que os olhos dele eram bonitos? Talvez também tivesse batido com a cabeça.

— Por que se jogou em cima de mim para me proteger? Foi muita burrice.

— A gente *sempre* tem que salvar a pessoa com o kit de primeiros socorros.

Enquanto tentava se equilibrar dentro da gôndola que ainda sacolejava, Jane se inclinou sobre ele e afastou a camiseta para checar o ferimento na cabeça. O sangue continuava escorrendo, e ela logo colocou o tecido de volta no lugar.

— Não queria que você se machucasse — continuou ele, em voz baixa, e respirou fundo quando ela pressionou o corte.

Jane não queria reagir àquela afirmação, mas não conseguia se lembrar de alguém já ter feito algo parecido por ela, quer fosse um estranho ou não. Percebeu que a aparência dele tinha passado de corada para branca e, depois, verde, e sabia o que isso significava.

— Respira pelo nariz. Prende o ar por quatro segundos e solta devagar, vai ajudar com a náusea. — Jane respirou com ele para ajudá-lo a manter o ritmo, então disse, também em voz baixa: — Só para constar, eu teria me virado muito bem sozinha.

— A maioria das pessoas teria agradecido.

— É, bom, eu não sou como a maioria. E repito que foi burrice. — Ela levantou outra vez a camiseta encharcada de sangue e analisou o corte. Era profundo, e o desconhecido *ainda* mantinha os olhos fechados. — Está se sentindo tonto?

— Estou bem.

Aquele era o jeito de um homem dizer que estava, sim, tonto pra caramba. Pelo menos com isso ela sabia lidar. As mãos pararam de tremer e o coração não parecia mais querer pular para fora, mas a verdade era que os dois ainda estavam por um fio e precisavam de ajuda com urgência.

Não fica pensando nisso.

— A culpa é da minha mãe — resmungou ele.

Maravilha, ele estava delirando.

— Da sua mãe?

— Ela me ensinou a sempre cuidar dos outros.

A camiseta estava pingando sangue, então Jane pressionou um pouco mais o ferimento, e o homem estremeceu.

— Ah, é? E como você está se saindo?

— Ótimo... *Meu Deus.*

O desconhecido tentou se sentar, mas ela o manteve imóvel. Melhor dizendo, ele a deixara mantê-lo imóvel, porque era um cara grande. Deitado de lado na cabine que ainda balançava — *Não, não fica pensando nisso!* —, as pernas compridas ocupavam a maior parte do chão, e o pouco que restava estava tomado pelos ombros largos.

Quando o vira esparramado no banco ao entrar na cabine, Jane fizera o possível para ignorá-lo, o que fora fácil, pois estava distraída pelo ódio por lugares apertados e fechados. No entanto, era impossível ignorá-lo naquele momento, quando estava de joelhos, encostada na curva de seu corpo longo, o rosto próximo ao dele enquanto ela verificava os batimentos mais uma vez, o sangue dele em suas mãos.

Fazia muito tempo que não ficava tão perto de um homem. O pensamento inadequado surgiu, mas logo desapareceu com o barulho assustador do ranger de metais. Ela arquejou e, sem querer, agarrou o braço dele.

— O que foi isso? — perguntou Jane, esperando que ele tivesse uma resposta sabichona, mas ele não falou uma palavra sequer. — Não. Mas que inferno, não, nem se atreva. *Fique acordado.*

Ele gemeu, e ela quase desatou a chorar de gratidão.

— Me fale o seu nome — ordenou ela. — O meu é Jane.

A voz dele saiu grave e quase inaudível ao dizer:

— Você, Jane. Mim, Tarzan.

Surpresa, ela soltou uma gargalhada e sentou-se sobre os calcanhares.

— Não sei se eu me preocupo por você estar alucinando ou por ser bobo.

— Bobo — escolheu ele. — Pelo menos de acordo com a minha irmã mais velha.

Faça ele continuar falando...

— Bom, para referência futura, é Jane Parks, não a Jane do Tarzan. Você e sua família são próximos?

— Infelizmente. Mas minha reputação não é muito boa.

— É por causa das piadinhas idiotas?

Ele curvou os lábios, mas, fora isso, não se moveu, e Jane ficou aflita.

— Ei! Pode ir abrindo os olhos agora mesmo, Tarzan. Abra os olhos. Estou falando sério.

— Que mandona.

Ele abriu um dos olhos, que estava vermelho.

— *Os dois* olhos.

Levou um instante, ele fez uma careta e ficou verde de novo, mas conseguiu.

— Você está tonto? Enjoado? Está ouvindo um apito?

— Sim.

Ela deduziu que "sim" era a resposta para todas as perguntas. Droga. Ergueu a mão dele e guiou-a de modo que pudesse segurar a compressa na cabeça e deixar as mãos dela livres.

— Agora, siga o meu dedo. Presta atenção, *Tarzan!*

— *Levi*. Meu nome é Levi.

— Bom, Levi, você está vendo o meu dedo?

— Estou, sim, todos os vinte.

Que merda, as pupilas não estavam acompanhando o movimento. O homem tentou se sentar outra vez, mas ela não deixou.

— A única coisa que você tem que fazer é ficar parado, entendeu?

— Está tão ruim assim?

Jane abriu seu sorriso gentil de enfermeira. Sim, possuía um repertório enorme de sorrisos. Tinha o sorriso profissional. O sorriso falso. E seu favorito, o sorriso de não-me-obrigue-a-te-arrebatar.

— Não. Nem um pouco ruim.

Ele deixou escapar uma risada fraca e fechou os olhos de novo.

— Nunca jogue pôquer, ruiva.

— É Jane.

E ela jogava pôquer, *sim*. A habilidade fora bem útil durante a faculdade. Ainda mais porque gostava de ter o que comer e um teto para morar. Ou uma tenda. Não era exigente. Crescera sem amarras, como uma erva daninha ao vento, e nunca precisara de muito além do mínimo necessário para sobreviver.

Levi tinha fechado os olhos outra vez.

— Ei, ei. Levi, fica acordado. Onde você cresceu?

— Aqui. — Ele engoliu a saliva com dificuldade, como se tentasse não vomitar. — Em Tahoe. Não nesta cabine.

Ela sorriu.

— Engraçadinho.

— Eu me esforço. E você?

— Ainda não cresci.

Ela deu a resposta automática, de praxe, aquela que não revelava muito a seu respeito. Era assim que ela costumava se safar.

No entanto, Levi abriu os olhos, conseguiu estreitá-los um pouco e tocou sua bochecha. Os dedos ficaram sujos de sangue.

— Você está machucada.

Parecia mais desperto, analisando-a com cuidado. Jane o observou se dar conta, com um olhar ágil e analítico, de que ela estava só de sutiã.

— Foi só um arranhão — garantiu Jane.

Mesmo assim, ele a analisou. Conferiu e inspecionou as manchas de sangue.

— É o *seu* sangue, Levi. Eu estou bem. — Ela segurou a mão dele. Certo, talvez estivesse um *pouquinho* machucada, mas já estivera bem pior. — É sério, estou ótima.

Ele assentiu tão brevemente que Jane quase não percebeu.

— Você está mesmo — concordou ele. — E é corajosa pra caramba.

Ele fechou os olhos.

Ela verificou os batimentos outra vez.

— Machuquei as costelas, mas não quebrei nenhuma, pelo menos acho que não — murmurou Levi. — E você sabe que ferimentos na cabeça sempre parecem pior do que na verdade são. Estou bem.

— Ah, é? Você está bem? — Era possível que tivesse um leve toque de histeria em sua voz. — Então talvez você possa usar esses músculos tonificados aí para tirar a gente dessa lata velha — brincou Jane, e Levi deixou escapar um sorrisinho. — Ah, vai! Como se você não soubesse que parece um lenhador que faz uns bicos como modelo. Deixa eu adivinhar. Você é bombeiro florestal. Um figurão.

O sorrisinho se abriu um pouco mais.

— Cientista... de dados. Consultor.

— Parece bem... intelectual.

O sorriso permaneceu.

— Você acha que cientistas não podem ter... como foi que você disse... músculos tonificados? — A voz dele foi sumindo.

Levi estava perdendo a consciência, e Jane voltou a entrar em pânico.

— O que um consultor cientista de dados faz, afinal de contas? — perguntou, desesperada.

Ele deu de ombros, o que resultou em uma careta de dor.

— Eu... mapeio e crio processos... modelagem de dados.

— Levi.

— Hum?

Era evidente que ele estava com dificuldade de encontrar as palavras certas e acompanhar o diálogo. Precisava de um raio X. E de uma ressonância magnética.

— E o que mais?

— Crio algoritmos e modelos preditivos... para atender às necessidades das empresas, esse tipo de coisa.

Jane olhou em volta outra vez, em busca do kit de primeiros socorros que tinha que estar em algum lugar. E ali estava, no canto. Ela o fisgou com o pé e o abriu.

— Você conseguiria criar um algoritmo para me dizer qual fast-food tem mais chances de me dar dor de barriga se eu resolver comer depois de um turno de doze horas?

— A resposta é *todos*. E, nossa, que jornada de trabalho longa.

— Aposto que você também trabalha muitas horas.

— Trabalho mesmo. E que tal eu te alimentar com comida de verdade depois disso aqui?

Ela deixou escapar uma risada.

— Você está flertando comigo a essa altura do campeonato, Levi, o consultor de ciência de dados?

O homem conseguiu emplacar um sorrisinho bem sexy, mesmo estando esparramado no chão e sangrando.

— Estou preso em uma gôndola com uma mulher maravilhosa que está sem roupa. O mínimo que eu posso fazer é arrancar umas risadas dela.

Foi exatamente o que ele fez enquanto Jane pegava o antisséptico, a gaze e cuidava dos ferimentos em sua cabeça da melhor forma possível naquele momento.

— Essa não é uma situação lá muito risível.

— Eu sei. Nem ganhei um boca a boca...

Ele parou de falar assim que mais uma rajada de vento golpeou a cabine, agitando-a com violência.

Jane se agachou sobre ele para evitar que fosse atingido de novo.

— Fico me perguntando quantas gôndolas já caíram neste lugar — indagou ela, tentando parecer calma, mas com a voz mais aguda do que o planejado.

Levi segurou as mãos dela.

— Até hoje? Nenhuma.

— É bom que não esteja mentindo para fazer eu me sentir melhor.

— Não estou. Quer dizer, eu *com certeza* mentiria para fazer você se sentir melhor, mas estou falando a verdade. Nenhuma gôndola caiu na região de Tahoe. Palavra de escoteiro.

— Até hoje.

Os olhos cor de aço estavam fixos nos dela.

— Até hoje.

Jane se deu conta de que estavam a centímetros um do outro. Afastando-se, vasculhou os objetos espalhados e encontrou uma garrafa de água.

— Você é alérgico a paracetamol?

— Não.

Ela entregou dois comprimidos da embalagem de amostra do kit de primeiros socorros. Levi ergueu um pouco o tronco, colocou o remédio na boca e engoliu antes mesmo de Jane abrir a garrafa de água. Então se deitou e voltou a fechar os olhos. O nervo tremendo na mandíbula era o único sinal de que estava com dor.

— Do que mais você precisa? — perguntou ela.

— Pode enfiar a mão no meu bolso da frente?

— Nem sonhando.

Mais um quase sorriso.

— É para pegar meu celular.

— Ah.

Certo. Jane ficou apreensiva, porque Levi não estava mais flertando e seu rosto se contorcia de dor. Apreensiva a ponto de não se importar em enfiar a mão no bolso dele e pegar o telefone.

Jane lhe entregou o aparelho e observou enquanto Levi enviava uma mensagem, cuja resposta logo chegou.

— Tenho um amigo na equipe de resgate daqui. Ele disse que o pessoal da segurança os alertou. Já tem um grupo a postos, mas estão retidos na base porque a visibilidade é nula. — Abriu um sorriso tenso. — Ele disse para a gente aguentar firme.

Jane arriscou olhar pela janela e ficou surpresa ao perceber que não conseguia enxergar um centímetro sequer para além do vidro, um vazio enorme abrangia toda a redondeza. Engoliu em seco. Já tinha passado por muitas situações que poderiam ser consideradas perigosas. Alguns lugares onde prestara cuidados, por exemplo. Ou quando fora assaltada em um trem na Europa. Também teve a vez em que ela e um grupo de profissionais de saúde foram levados de avião para um povoado remoto nas Filipinas e o vilarejo pegara fogo.

Mas essa situação... Pendurada por um fio, diante da possibilidade de uma queda à qual nenhum dos dois sobreviveria...

Com a mão quente e grande, Levi segurou a dela.

— A gente vai ficar bem.

Jane olhou para os dedos longos que envolviam os seus.

— Seria mais fácil de acreditar se não estivesse apertando minha mão a ponto de me dar cãibras nos músculos dos dedos. Me diga, você acha que a gente vai morrer, não é?

— Na verdade, os dedos não têm músculos — informou ele. — Eles são controlados pelos músculos da palma da mão e do braço.

Aquilo era mesmo verdade. Jane sabia por causa do curso de enfermagem. Levi estava tentando distraí-la da mesma forma que ela distraía os pacientes prestes a enfrentar uma seringa.

— Você não vai me distrair — disse ela. — É impossível.

Ele deu um sorrisinho.

— Gostaria de provar que você está errada, mas no momento eu só posso falar mesmo. Que tal a gente não lançar no universo a ideia de que vamos morrer, pode ser? Vamos lançar a ideia de que a gente vai sair daqui, de que essa é a única opção.

Encarando-o, Jane quase acreditou nessa possibilidade. Ele abriu um sorriso fraco.

— Além do mais, você ainda não me agradeceu por salvar sua vida. Não pode morrer antes disso.

Levi lhe estendeu o celular.

Ela encarou o aparelho.

— O que quer que eu faça?

— Ligue para sua família — disse ele, baixinho.

Para se despedir, era o que ele queria dizer, e de repente Jane estava outra vez com o coração saltando pela garganta.

Capítulo 3

Jane fitou o celular e olhou pela janela de novo. A neve continuava a cair, a visibilidade ainda era nula e o caos completo reinava, mas o interior da cabine permanecia silencioso, isolado, quase… íntimo. Era estranho encarar a natureza tão de perto; se não fosse pelo vidro, poderia estender a mão e tocar um daqueles pinheiros imponentes e cobertos de neve. Sentia como se estivesse dentro de um globo de neve, em uma cena mágica de inverno.

Ainda deitado, Levi aguardava calmamente Jane ligar para alguém, mesmo sendo ele a pessoa ferida e com dor — tudo bem, *os dois* estavam em uma situação terrível, mas a dele com certeza era pior.

E, ainda assim, Levi tinha oferecido o celular para ela ligar primeiro.

— Meu gato não sabe atender o telefone. Não tem polegar opositor.

Ele curvou os lábios. Jane não estava tentando ser engraçada, mas sim distraí-lo da verdade: não tinha para quem ligar.

— Seus pais?

Os pais de Jane eram adolescentes problemáticos quando ela surgira para atrapalhar a vida dos dois. Quando nasceu, o pai já tinha dado o fora e nunca estivera presente. A mãe também não ficara com ela por muito tempo, logo a deixara aos cuidados dos avós. No fim, a mãe acabou amadurecendo, conseguiu se estabelecer e arrumou outra família. Envergonhada demais por ter levado uma juventude irresponsável, não falava com a filha havia muitos anos, portanto Jane não pretendia desperdiçar os últimos instantes que ainda tinha na Terra tentando ligar para a mulher.

— Não temos contato.

Levi ofereceu um olhar gentil, mas, como não sabia reagir à compaixão, Jane o interrompeu antes que ele pudesse dizer alguma coisa e devolveu o celular.

— Ligue você para sua família, e seja rápido, a bateria está quase acabando.

Mexendo apenas o dedo, ele iniciou uma chamada no viva-voz, provavelmente para poupar a energia de levar o telefone ao ouvido.

— Levi! — atendeu uma voz feminina, em um tom suave e alegre.

Ele respirou fundo e fechou os olhos.

— Oi, mãe. Olha só…

— Ah, querido, que bom que ligou! Você saiu tão rápido que nem te perguntei o que gostaria de jantar. É tão raro você sair de São Francisco para me visitar… Espere um pouquinho. *Jasper!* — gritou ela. — *Para com isso!* Ah, pelo amor de Deus, ele está abrindo um buraco lá fora. Tem esquilos no jardim de novo. Estão esburacando o quintal inteiro, Jasper caiu e quase quebrou a perna.

Jane olhou para Levi, preocupada. Ele colocou o polegar no microfone.

— Jasper é o cachorro. Também conhecido como "Parou!" e "Larga!". É uma mistura de golden retriever com poodle, um bobão enorme que ela resgatou. Fique tranquila, ele é indestrutível. — Levi tirou o polegar do microfone.

A mãe continuava falando.

— Esses buracos… Qualquer dia ainda vão matar alguém. Ontem mesmo, na minha aula de ioga, uma mulher contou que o filho criou um sistema de câmeras para mostrar quando tem esquilos no quintal. Ele vai vender e ficar rico.

Levi parecia angustiado.

— Mãe, qualquer um pode comprar uma câmera de segurança…

— Claro que sim, mas você podia inventar alguma coisa específica, tipo essa câmera para esquilos, e ficar rico.

— Vou dar uma olhada nisso — disse ele com um suspiro quase imperceptível, e Jane sorriu. — Mas estou ligando porque…

— Lógico, contanto que não tome seu tempo livre — interrompeu a mãe. — Tem que aproveitar a vida, Levi, você trabalha demais. Não tem tempo nem para namorar desde que…

— *Mãe*. — Levi esfregou a mão no rosto.

A nevasca e a experiência de quase morte não o abalara, mas isso claramente o afetou. Jane queria saber o que a mulher ia dizer antes da interrupção.

— Mãe, estou tentando falar algo.

— Ah, me desculpe, querido. O que foi?

— Eu… — começou ele, encarando Jane. — Vou me atrasar para buscar a Peyton na aula de dança depois da escola.

Jane apostaria os últimos dez dólares que não era aquilo que ele planejava dizer.

— Ah, não — reclamou a mãe dele. — Levi, você prometeu. Peyton disse pra turma toda que você mostraria aquele truque de mágica, sabe, o do vulcão com refrigerante? Ah! E eu já te falei que o encanamento está com problema de novo?

Levi passou a mão pela cabeça, o que sem dúvida doeu um bocado.

— Mãe…

— A descarga do banheiro lá de cima não para de encher, e às vezes até transborda, eu sei que você fala que é porque seu pai não dá descarga direito, seja lá o que isso quer dizer, mas tenho *certeza* de que existe uma solução.

Levi parecia estar sofrendo por motivos que iam além dos ferimentos, e Jane não conseguiu evitar: deixou escapar uma risada. Os dois poderiam morrer com a próxima rajada de vento, mas a mãe dele estava tendo problemas com esquilos e com o encanamento.

— Quem está aí com você? — perguntou a mãe, que devia ter uma audição ultrassônica. — Ouvi uma risada. Uma risada de mulher. Você está com alguém? É *por isso* que não pode buscar sua sobrinha querida? *Levi!*

Jane se encolheu um pouco, achando que ele levaria uma bronca.

— Ai, meu Deus, você finalmente arranjou uma namorada! Que maravilha! Isso é ótimo! Por que não falou nada? Como ela se chama? Quero conhecê-la, deixa eu falar com ela.

Jane logo parou de rir e na mesma hora chegou para trás, sacudindo as mãos e dizendo "não, não, não". Para começo de conversa, ela não tinha experiência nem com os próprios pais, imagine ter que lidar com os pais dos *outros*.

Levi percebeu que ela estava entrando em pânico e sorriu. Maravilha, ele ia mesmo dar o celular para ela e Jane seria obrigada a matá-lo. Claro, isso se não despencassem na encosta da montanha.

— Mãe, eu não vou passar o celular para a Jane.

— Jane! Que nome lindo! Ela é bacana? Está cuidando bem de você? Não que precise de cuidado, você já é grandinho e independente há muito tempo, mas o problema é que você tem 30 anos nas costas e só sabe… — Ela parou de falar. — Desculpa. Eu sempre esqueço o que você faz no trabalho. É alguma coisa com dados.

Quando Levi ia responder, eles foram atingidos por uma rajada de vento. Por cima do barulho assustador, ouviram o som inconfundível de metal rangendo, e Jane cobriu a boca com a mão para conter o grito de terror.

— Levi? Levi, está me ouvindo? — perguntou a mãe dele, a voz saindo metálica. — O que foi isso?

Antes que ele respondesse, o celular fez um barulho, e Jane logo soube o que aquilo significava. A bateria estava no último suspiro. Era uma questão de tempo para descobrir quem morreria primeiro, a bateria… ou eles.

O olhar de Levi encontrou o de Jane, e, durante aquele segundo, algo mudou. Aceitação. Ele pegou a mão dela.

— Esquece o meu trabalho, mãe — disse, com uma gentileza surpreendente, encarando Jane. — Só quero dizer que você está certa. Jane é minha namorada.

— Ah! — sussurrou a mãe dele, quase chorando. — Ah, Levi, que maravilha. Meu sonho é saber que meu caçula está feliz. Você está feliz, não é? Ela é boa para você?

— Muito.

Jane mordeu o lábio e balançou a cabeça, querendo deixar claro que estava longe de ser boa para alguém. Mas Levi manteve a atenção fixa nela e continuou falando, apesar da tempestade violenta e da pulsação acelerada de Jane.

— Ela é gentil, carinhosa... tudo que você sempre desejou para mim.

— Ah, querido, é sério?

Ele olhou bem nos olhos de Jane e mentiu na cara dura.

— É sério, mãe.

Jane ficou perplexa. Por causa do amor evidente de Levi pela mãe, mas também porque devia ter ficado envergonhada por se intrometer em um momento tão íntimo. Em vez disso, porém, estava apenas... fascinada.

— Mal posso esperar para conhecê-la — disse a mãe dele, tão feliz e animada que até o coração gelado de Jane se aqueceu. — Ela mora em Sunrise Cove? Quando vou conhecê-la?

— Outra hora a gente combina direitinho — comentou ele. — Preciso desligar, mãe. Dá um beijo na Peyton por mim. Amo você...

Bip.

A bateria do celular acabou.

Xingando baixinho, Levi encarou o aparelho com uma expressão tensa de dor, mas também de preocupação, e Jane soube que não era por si mesmo. Era pela família que ele nitidamente amava acima de tudo.

O altruísmo a abalou. Sentira algo parecido com os avós. Mas, como a maioria das coisas boas de sua vida, não havia durado muito.

Levi tocou a mão de Jane, e ela se assustou.

— Vai ficar tudo bem — afirmou ele, tentando confortá-la, embora fosse ele que estivesse machucado. — Vamos ficar bem.

Nesse momento, ela percebeu que estava tremendo.

Ainda xingando, Levi sentou-se, determinado mas com certa dificuldade, e se encostou no banco. Em seguida a acomodou a seu lado para se esquentarem com o calor um do outro.

— Me abraça — pediu ele. — Estou com medo.

Jane o encarou. Ele não estava com medo — pelo menos não parecia estar —, mas ela acatou o pedido e fingiu que o abraço era para confortá-lo, e não o contrário, aninhando-se ao corpo dele, grata.

— Nós vamos ficar bem, de verdade — disse Levi baixinho, perto de seu ouvido.

Mesmo sabendo que ele só queria fazê-la se sentir melhor, como fizera antes com a mãe, Jane acabou assentindo.

— Eu sei.

Ele tinha um jeito otimista de enxergar a situação, como se acreditasse de verdade, do fundo da alma, que alguém iria resgatá-los. Jane não conseguia se lembrar de uma única vez em que alguém a tivesse socorrido, por isso a fé inabalável lhe parecia estranha. Então, Jane percebeu que o braço dele tinha ficado mais pesado.

— Levi? Fica acordado.

— Cansado…

A queda brusca de adrenalina e a provável concussão eram a causa do cansaço, mas ele precisava ficar acordado.

— Ah, me conta, você vem sempre visitar sua família? — perguntou ela, com urgência.

— No geral, só quando recebo uma ordem… da única pessoa no mundo capaz de fazer eu me sentir culpado e vir.

Jane inclinou a cabeça e olhou para ele.

— Sua mãe?

— Ela gosta de me lembrar que encarou um trabalho de parto de mais de vinte e quatro horas para me trazer ao mundo trinta anos atrás, e que eu acabei com o corpinho esbelto dela. Traduzindo, eu estou em eterna dívida.

Jane ia comentar que aquilo era horrível, mas Levi falava de um jeito gentil e afetuoso. Eles ficaram em silêncio por um instante, naquela bolha longe do mundo real, o braço dele em volta dela, o corpo dela junto ao dele, um aquecendo o outro. Enquanto a neve caía e ofuscava todo o resto, a luz do dia ia desaparecendo.

— Algum arrependimento? — perguntou ele.

— Está perguntando isso porque a gente pode morrer?

— Que tal se a gente não morrer?

Ela soltou uma risada cínica.

— Combinado, não vamos morrer.

— Então…

Jane deu de ombros.

— Odeio me arrepender. Sempre tento evitar.

— Isso não responde minha pergunta.

— Tá bom, talvez eu me arrependa de umas coisas... — Ela respirou fundo e pensou em como havia se afastado do avô. Concluiu que, por mais que tentasse evitá-los, ainda tinha alguns arrependimentos. — Perdi contato com uma pessoa muito importante para mim. E, quanto mais o tempo passa, mais difícil fica para descobrir como me reaproximar.

Levi assentiu.

— Entendo. Eu... já magoei alguém que era importante para mim. — Seu olhar ficou distante, como se estivesse perdido em memórias. — Ela queria mais do que eu podia oferecer na época.

Jane ficou curiosa, mas também grata por Levi não ter pedido mais detalhes sobre seu passado, então precisou retribuir a gentileza.

— E agora? — perguntou ela.

— Agora é tarde demais.

Outra coisa que Jane entendia muito bem.

— Nós dois somos péssimos — disse ela.

Levi deu uma risada fraca, e eles ficaram em silêncio por um instante.

— Se você pudesse ter qualquer coisa — perguntou ele, baixinho —, o que quisesses, nesse exato momento, o que seria?

Aquela parecia uma pergunta sem resposta.

— Acho que você tem que responder primeiro.

Ele estava de olhos fechados outra vez, a fala mais lenta, e Jane ficou preocupada.

— Gostaria de ver a minha sobrinha, Peyton... O pai dela abandonou minha irmã e ela. E Peyton já perdeu tanta coisa. Queria passar mais um dia com ela, levá-la para esquiar ou brincar de tomar chá com as bonecas, o que ela quisesse fazer.

As palavras ressoaram em Jane e aqueceram seu peito tanto quanto o calor delicioso do corpo dele.

— Sua vez — lembrou Levi. — Qualquer coisa que quisesse, o que seria?

Jane não tinha certeza. Talvez uma família unida, como a dele. Claro que era impossível, com a vida que levava. Sempre ia a Tahoe durante a temporada de esqui. No restante do tempo, viajava o mundo, ia para onde quer que sua presença fosse necessária, trabalhando em organizações como Médicos Sem Fronteiras. O destino seguinte já estava definido: Haiti. Fazia isso por amor. Para compensar, ia anualmente para Tahoe, um emprego que pagava mais em dois meses do que ela ganhava no restante do ano. Além de tudo, era mais fácil, com menos horas de trabalho, e ela adorava a neve.

No entanto, aqueles não eram os motivos reais para ela estar ali. Jane tinha suas próprias razões, profundamente pessoais.

E não era algo que pretendia compartilhar.

— Bom, eu ia dizer o cupcake de cookies da Cake Walk — respondeu, tentando aliviar o clima —, mas agora estou achando essa resposta meio fútil.

De olhos ainda fechados, Levi sorriu.

— Não tem nada de fútil em um cupcake da Cake Walk. O que mais, Jane?

— Acho que se eu pudesse escolher qualquer coisa agora... — repetiu ela, tentando ganhar tempo. — Hum...

Talvez ter bateria para ligar para Charlotte. Quando estava em Tahoe, Jane costumava ficar em uma casa grande e antiga que pertencia à dra. Charlotte Dixon. Charlotte era cirurgiã traumatologista e tinha o hábito de acumular amigos da mesma forma que algumas mulheres faziam com sapatos. Era a pessoa mais calorosa, gentil, teimosa e mandona que Jane já conhecera. Quando Charlotte decidia que alguém faria parte de sua vida, estava decidido e pronto. Então, Jane pensou que, se pudesse escolher qualquer coisa, agradeceria Charlotte por acolhê-la.

— Você tem gato? — perguntou Levi.

— Eu dou comida para um gato de rua, quando ele deixa.

— Qual o nome dele?

— Gato de Rua.

Levi deu uma risadinha.

— Você deixa ele entrar em casa?

— Não, é um gato de rua.

Por mais que Jane tivesse morado em um lar de verdade por pouco tempo, com os avós, ela sabia como devia ser: um lugar aconchegante e acolhedor, com pessoas que se amavam. Não poderia oferecer isso ao Gato, já que partiria em cinco ou seis semanas.

— Você deixa ele entrar à noite? — perguntou Levi.

— Se eu deixasse, ele ia ficar confuso quando eu não estivesse em casa. A rua ia virar um lugar frio e difícil, não seria justo.

Ele a abraçou um pouco mais forte, com o olhar sério.

— Viu? Você é uma pessoa *boa*, sim.

— Se me conhecesse direito, saberia como isso é irônico.

O sorriso dela logo desapareceu, quando notou que Levi apoiara a cabeça no banco de madeira atrás dele. Estava pálido, muito pálido, e comprimia a boca em uma linha rígida e sombria.

Com certeza ainda sentia dor e devia estar lutando para permanecer consciente. Levando em consideração o que Levi fizera por ela, Jane estava disposta a retribuir, e chegara a abrir a boca para confessar o que de fato queria no último momento de vida. Foi então que, naquele instante, a cabine deu um pequeno solavanco e… começou a se mover outra vez.

— Ai, meu Deus! — Ela olhou em volta, assustada e aliviada, depois de pensar que sua hora havia chegado. — Nós vamos sair daqui!

Quando Levi não respondeu, Jane o abraçou mais forte.

— *Levi*!

Mas ele estava apagado.

Capítulo 4

O amanhecer em Tahoe era mágico. Jane não conseguia pensar em outra maneira de descrever. Num minuto o céu parecia um veludo preto repleto de diamantes e, logo em seguida, um caleidoscópio de cores. Não importava a estação: quando o sol se espreitava sobre a Sierra Nevada e exibia toda a sua beleza, a vista era tão deslumbrante que quase a fazia esquecer que tivera um dia de merda.

Quase.

Porque naquele momento ela estava no pronto-socorro, incapaz de enxergar qualquer coisa além da cortina que cercava o leito.

Cinco minutos depois de Levi desmaiar, a cabine retornara à base, e de lá foram levados ao hospital.

O pronto-socorro estava lotado. Jane ficara com Levi enquanto os ferimentos eram limpos e suturados, até o levarem para o raio X, o que já fazia algumas horas. Depois disso, ela fora examinada e, no momento, estava sozinha, preocupada com Levi.

O dr. Mateo Moreno passou pelo leito. Era um dos médicos da emergência de quem ela mais gostava, e não apenas porque tratava as enfermeiras com respeito e gentileza em vez da babaquice típica da maioria dos médicos, mas também porque ele morava ao lado da casa de Charlotte, e era um amigo.

Ou pelo menos tão amigo quanto Jane permitia que fosse.

— Se estava precisando tirar uma soneca depois do turno na estação de esqui, era só ter falado — brincou o dr. Mateo, puxando um banquinho. — Você está bem?

Ela bufou, rindo.

— Não é seu trabalho saber se eu estou bem?

Mateo ficou sério ao olhar para Jane.

— Aposto que foi assustador.

Cem por cento assustador, mas a regra pessoal era nunca se mostrar vulnerável.

— Nada que eu não pudesse aguentar.

— Como eu sabia que essa seria sua resposta? — Ele começou a mexer no computador ao lado da cama. — Você já ligou pra chefe?

Era uma piada sobre Charlotte. A dra. Charlotte Dixon tinha 39 anos, um metro e meio de puro coração e alma, revestidos por uma carcaça de aço e um sotaque sulista. Nada nem ninguém passava ileso, e era bom rezar para não entrar em uma briga com ela, fosse no trabalho, na mesa de sinuca do bar ou no pôquer semanal, porque a mulher era competitiva que só. E, ainda assim, era amorosa. Quem tivesse a sorte de fazer parte de seu grupo de amigos próximos teria uma companhia gentil, mas rigorosa, que orientava e exigia o melhor que cada um tinha a oferecer, querendo ou não.

— Estou esperando ter alta. Aí posso mostrar para ela ao vivo que estou bem. Do contrário, ela vai pirar.

Mateo riu baixinho, concordando.

— Ela acabou de encerrar o turno. Não sei se ainda está por aqui, mas, se você não mandar uma mensagem antes de ir, sabe que ela vai descobrir e pirar mesmo assim.

— Não se você for rápido e me deixar sair daqui logo. Com sorte, ela ainda está na sala da equipe papeando com todo mundo, como sempre, e eu consigo passar para comprar o café da manhã favorito dela, e ainda chegar em casa primeiro.

— E a gente aqui achando que você não dá a mínima... — provocou ele.

— Ha-ha, é uma risada por minuto com você. Pena que desperdiçou esse dom, porque virar comediante teria te poupado a dívida da faculdade.

— Eu prefiro o salário de médico.

Jane sabia que Mateo não era médico só pelo salário. Ele se importava com as pessoas, quase tanto quanto Charlotte.

— Já está terminando? — perguntou ela.

— Quase.

Ele voltou ao computador, e Jane suspirou, frustrada. "Quase", na língua deles, poderia significar qualquer coisa entre cinco minutos e nunca.

— Então… — disse ela, com o máximo de indiferença que conseguiu. — Como está o homem que veio comigo?

— Hum?

— O homem que estava na gôndola comigo. Ferimento na cabeça. Ele está bem?

Mateo hesitou, o que foi estranho, porque costumava ser direto. Ele a encarou.

— Curiosidade profissional?

— Claro que sim — disse ela, porque a curiosidade pessoal não lhe renderia nenhuma informação graças às políticas de privacidade.

Mateo a observou por um bom tempo e, em seguida, balançou a cabeça.

— Que droga, mulher, essa sua cara de paisagem. Mas sabe como funciona. Se quiser saber sobre um paciente, tem que ver se ele aceita visitas e aí falar com ele você mesma.

Ela suspirou.

— Ou você pode me dar umas informações gerais.

— Só vou te dizer uma coisa: você e o Levi tiveram muita sorte.

— Você sabe o nome dele.

— É. Eu sei o nome dele.

— Você cuidou dele no pronto-socorro?

— Cuidei. E também… a gente se conhece há muito tempo. — Mateo voltou a digitar, com os ombros tensos de um jeito estranho.

Pelo visto todo mundo tinha segredos.

Quanto à sorte que ela e Levi tiveram, Jane não tinha certeza de que "sorte" era a palavra certa. Levi se lançara na gôndola para protegê-la com o próprio corpo. Se não tivesse feito aquilo, ele estaria bem. E ela estaria… nada bem.

— Aceito a sorte de bom grado — murmurou ela.

Os olhos de Mateo se suavizaram.

— Eu também. E já que não vai perguntar, vou dizer logo. Você torceu o punho e teve contusões na mandíbula e na bochecha, o que deve causar dor, mas nada com que se preocupar.

— Então eu posso ir para casa e tirar um cochilo de verdade?

— Pode. — Mateo se afastou do teclado e se voltou para ela. — Como você vai?

— Não sei ainda.

O velho Subaru que dirigia, um carro reserva que Charlotte lhe emprestava sempre que estava na cidade, ficara no estacionamento da estação de esqui. O problema era que Jane perdera a chave em algum ponto entre a gôndola e o hospital.

— Eu te levo para casa — disse Mateo. — Meu turno acabou há meia hora. Fiquei só para te liberar.

Ela sorriu.

— Você é demais, dr. Gostosinho.

Ele levou a mão ao rosto, frustrado.

— Você prometeu que faria as enfermeiras pararem de me chamar assim.

Uma das cinco clínicas em que Jane trabalhava na região, a Sierra North, fora anexada ao hospital. Parte da equipe tinha sido integrada e, por isso, ela conhecia muitas das enfermeiras que trabalhavam com ele.

— Ah, elas pararam. — Jane pulou da cama. — Esse foi por minha conta. Gosto de te deixar desconfortável.

— Você é uma mulher perturbada.

— Nem me fale. Vamos nessa.

Mateo foi buscar suas coisas, e Jane deu uma volta no corredor do pronto-socorro, andando com passos firmes e determinados para que presumissem que estava ali a trabalho.

Precisava ver Levi com os próprios olhos e saber que ele estava bem. Na verdade, seria até falta de educação não conferir...

Ele não estava em nenhum dos leitos do pronto-socorro. Também não estava no raio X. Ela o encontrou em um quarto, com um acesso intravenoso, dormindo.

— Obrigada por salvar minha vida. — disse Jane, baixinho. — Te devo uma.

Levi continuou imóvel, então Jane se virou para ir embora, mas... deu com a cara no peito de Mateo.

Ele a encarou, tirando o casaco e o colocando sobre os ombros dela. Não disse nada, nem na saída do hospital, nem ao atravessarem o estacionamento escorregadio e coberto de neve até o carro. Havia um movimento intenso de pedestres, e a espessa camada de neve molhada fazia barulho conforme Jane pisava, cedendo um pouco a cada passo, como uma esponja. Alguns flocos de neve caíam do céu em silêncio absoluto, parecendo inofensivos e pousando em sua cabeça. Ela inclinou o rosto, sentindo a neve tocar os cílios, suave como o nariz de um gatinho, maravilhada com a diferença entre o clima daquela manhã e o do dia anterior.

Mateo ligou o motor e aumentou a temperatura do carro, então direcionou as aberturas da ventilação para ela e saiu do estacionamento.

Pararam no Cake Walk, a padaria local de Sunrise Cove. Jane tinha certeza de que aquele lugar era o paraíso na Terra. Ela logo pegou o bolinho e o café favoritos de Charlotte, e eles retomaram o caminho.

Devagar. Deus do céu, como estavam devagar. Ela olhou para Mateo.

— Sabe, para quem trabalha no pronto-socorro e não tem um segundo de paz, você dirige como uma vovozinha.

— Você só está em pânico porque quer chegar em casa primeiro que a Charlotte, para tomar banho e dormir antes de ela surtar com o que aconteceu e te dar tanto amor e carinho que você vai querer morrer.

— Exato! Que tal se juntar a mim nesse pânico, hein?

Ele riu e entrou na rua dela. Então parou de rir.

— Opa.

— Opa? Opa o quê? — Jane se inclinou para a frente, tentando espiar entre o clarão da manhã ensolarada, mas estava sem os óculos escuros. O reflexo do sol na neve era terrível. — Sabe que eu não gosto nada de "opa".

Mateo apontou para o veículo diante deles.

O carro de Charlotte.

Que merda. Jane se afundou no assento.

— Estaciona logo, sai do carro e me deixa aqui dentro. Eu saio de fininho assim que ela entrar.

Mateo imitou uma galinha.

— Ah, até parece que você está de boas — provocou Jane. — Está de castigo até hoje por ter tirado a neve da garagem depois daquela nevasca.

— É, dá para me explicar isso? Ela colocou a neve *de volta* no lugar.

Jane riu da expressão confusa que ele fez. Homens às vezes eram lerdos.

— Charlotte não gosta de aceitar ajuda. Ela é... teimosa.

— Os iguais se reconhecem.

Sim, verdade. Jane era teimosa demais, sabia disso. E não dava a mínima.

— Só não deixa ela me ver.

As casas de Mateo e Charlotte compartilhavam um caminho que se dividia ao final, levando a duas garagens diferentes. Havia espaço suficiente do lado de fora da casa de Mateo para mais de um carro, mas ele resolveu estacionar bem ao lado do de Charlotte.

— Uau — disse Jane, ainda encolhida no banco, fora de vista. — É sério?

— Olha, se eu vou me ferrar, você também vai.

Ele abriu a porta, saiu do carro e... largou a porta aberta.

— A vingança é uma merda — alertou ela, se preparando para o que estava por vir.

De alguma forma, porém, teve sorte, porque, quando Charlotte saiu do carro, nem sequer olhou para o de Mateo. Em vez disso, ficou lá parada com as mãos na cintura, com o uniforme azul-escuro, o jaleco branco e, por cima, um casaco rosa longo e pesado, aberto, que ondulava atrás dela com o vento gelado. O mesmo acontecia com o cabelo loiro — solto, em vez do coque habitual —, esvoaçante ao redor do rosto como uma auréola, o que lhe conferia a aparência de uma super-heroína de desenho animado. Charlotte acenou com a cabeça para Mateo uma única vez e disse "doutor" em um tom tão frio que Jane quase congelou.

— Doutora — respondeu Mateo, que parecia estar se divertindo.

Charlotte o encarou, mas ele não virou pedra.

— Vai nevar de novo — disse ela, com o sotaque sulista elegante e arrastado, como se dissesse que estava a caminho da ópera ou de algo sofisticado e distinto. — Quando isso acontecer, nem pense em tirar a neve da minha garagem.

— Só tentei ajudar — disse Mateo, em um tom leve.

— Quem disse que eu precisava de ajuda?

Charlotte tremeu de frio, fechando o zíper do casaco rosa.

Mateo contraiu os lábios para não sorrir, e Jane sabia que a graça residia no fato de que Charlotte, a durona, tinha um ponto fraco: o gosto por coisas cor-de-rosa. Então ele lançou um olhar ardiloso para os pisca-piscas pendurados no beiral da casa dela.

Charlotte levou as mãos à cintura de novo.

— É difícil de tirar dali.

— Eu ofereci ajuda.

— Talvez eu queira me adiantar para as festas de fim de ano.

— Ainda estamos em fevereiro.

Ela dispensou o comentário com um aceno de mão.

— Sabe o que eu quis dizer.

— Sei. — disse Mateo. — Você não precisa de ajuda para nada, *nunca*.

— Agora está entendendo. E eu não vi você tirando a neve da entrada do Stan. Ou do Peter.

Stan e Peter, ambos idosos, eram vizinhos. E Jane sabia que Mateo também havia removido a neve para eles, várias vezes. Mateo, porém, não disse nada, nem tentou se defender. Apenas manteve um sorrisinho no rosto. A atitude mandona e teimosa de Charlotte parecia diverti-lo.

Jane não entendia por que Charlotte não gostava de Mateo. A mulher gostava de quase todo mundo, mas se você fosse um dos poucos azarados… Bem, seu olhar frio e cortante era mortal. E aqueles olhos azuis estavam gélidos no momento. Ela podia até ser uma adorável flor de aço que nunca falava palavrão em público e era toda certinha, mas Charlotte nunca, *jamais* recuava diante de um confronto.

O frio que entrava pela porta aberta do carro sugava o ar dos pulmões de Jane. Além disso, ela estava com fome, cansada e precisava fazer xixi. Com um suspiro derrotado, saiu do veículo.

Charlotte olhou para ela e ficou pálida.

Jane ergueu o café e a sacolinha da padaria.

— Olha, trouxe café da manhã!

Charlotte respirou fundo e lançou para Mateo um olhar severo, carregado de mais alguma coisa, mas Jane não compreendeu bem o quê, talvez... mágoa?

— Não é o que você está pensando — disse Mateo, calmo.

Só então Jane percebeu que estava vestindo o casaco dele, que a cobria do queixo às coxas, com o capuz levantado, chegando em casa com o cara pouco depois do amanhecer, como dois adolescentes que tentavam não ser pegos no flagra.

— *Com certeza* não é o que você está pensando — disse Jane, com uma expressão que fez Mateo dar uma risada sarcástica.

— Valeu — disse ele, seco, e depois se virou para Charlotte. — Ela foi parar no pronto-socorro enquanto você estava em cirurgia.

— *No pronto-socorro*? Ai, meu Deus! — exclamou Charlotte, e se aproximou de Jane, apressada.— O que aconteceu? Você está bem?

— Estou. — Jane suspirou e deixou o capuz cair, revelando os ferimentos no rosto, e ergueu a manga para mostrar a bandagem no punho. — Não foi nada.

Charlotte lançou um olhar feio para Mateo.

Ele ergueu as mãos.

— Olha, você tinha que ver quando ela chegou ao pronto-socorro. Agora está tudo sob controle.

— Você devia ter me falado.

Charlotte voltou a atenção para Jane, abriu o zíper do casaco dela e viu que ela usava um conjunto de uniforme nas cores reservadas para os profissionais do pronto-socorro.

Onde Jane nunca havia trabalhado. Seus turnos aconteciam no atendimento de emergência das clínicas, não do hospital. Ainda mais pálida, Charlotte segurou o rosto de Jane, examinando com atenção.

— O que aconteceu? Cadê suas roupas?

Estavam cobertas com o sangue de Levi, mas não era aquilo que Charlotte perguntava. Jane se aproximou, tentando manter contato visual.

— Não me machuquei — afirmou, séria. — Não desse jeito. Juro.

Ela entregou o café e a sacola para Mateo e segurou as mãos de Charlotte. Sabia que a imaginação da mulher a levaria para o pior cenário possível, deduzindo que alguém teria ferido Jane de propósito. Seriamente. Como acontecera com Charlotte certa vez. Também seriamente.

— Você soube daquela gôndola que caiu?

— Soube — disse Charlotte. — Não tinha ninguém lá dentro. A imprensa deu uma amenizada na coisa toda, provavelmente para não espantar os turistas da temporada de esqui.

— É verdade, não tinha ninguém na gôndola que caiu. Mas eu estava na cabine de trás, com outro passageiro. Ficamos presos por causa da ventania, mas estou bem.

— Ai, meu Deus. — Charlotte puxou Jane para perto e a envolveu em um abraço apertado. — Você sabe o que poderia ter acontecido?

— Mas não aconteceu — disse Jane.

— Por que cargas d'água você não me ligou? Eu estava no hospital.

Charlotte se virou para Mateo como se a culpa fosse dele.

— Bom, essa é a minha deixa para ir embora — disse Mateo, devolvendo a Jane a sacola e o café.

Charlotte semicerrou os olhos.

— Bem coisa de homem, mesmo, meter o rabo entre as pernas e fugir da discussão.

Mateo parou no meio do caminho e, dessa vez, os olhos escuros brilhavam com algo além de descontração.

— Você não está querendo discutir, Charlotte. Você quer brigar. E eu não estou fugindo de nenhum dos dois. É só me dizer a hora e o lugar, querida. Estarei lá.

O ar pareceu trincar.

Jane, que estava gostando de não ser o centro das atenções, de repente se endireitou e olhou bem para os dois, porque... O quê? O que estava acontecendo? Se não os conhecesse, diria que pairava uma tensão sexual ali. Charlotte, porém, não era dada a tensões sexuais, nunca. Eliminara aquilo de sua vida por completo. Não era uma atitude saudável, até a própria Jane reconhecia, mas era verdade. Fascinada, ela observou quando Charlotte, sob o olhar cortante de Mateo, pareceu... envergonhada?

Jane nunca tinha visto a mulher daquele jeito, nem uma vez sequer. Intrigada, Jane olhou para Mateo, que parecia estar se divertindo e, ao mesmo tempo, possesso, o que tornava tudo ainda mais interessante, já que ele raramente deixava transparecer qualquer irritação.

— Minha nossa — disse ela, apontando para os dois. — Vocês estão se pegando?

Charlotte arfou e levou a mão ao peito.

Uma negação um tanto dramática.

A expressão de Mateo não mudou.

— Estão mesmo! — exclamou Jane, surpresa.

Charlotte cruzou os braços.

— Não, na verdade *não* estamos.

Mateo deu de ombros.

— Eu chamei a Charlotte pra sair. Ela me deu um fora. Várias vezes. — Mateo falava com Jane, mas não tirava os olhos de Charlotte. — Ela sabe que agora a bola está com ela.

Charlotte o encarou de volta.

— Eu não jogo bola.

— Então escolhe outro jogo. Sabe onde me encontrar.

Com isso, ele se afastou em direção à própria casa.

— Escuta — gritou Jane na direção de Mateo —, você vai me deixar aqui com ela?

— Já ouvi minha cota de gritos esta semana, por ter tirado a neve e porque meu carro estava muito perto da divisória das garagens. É sua vez agora.

— Olha aqui, eu não grito — retrucou Charlotte enquanto Mateo lhe dava as costas. — Eu falo firme, o que é meu direito como mulher, muito obrigada. E não era o seu carro que estava travando minha garagem, era um Toyota azul, então a menos que você use uma peruca loira de vez em quando...

Mateo se virou para ela.

— Faça o que quiser, mas *nunca* fale para minha prima que o cabelo dela parece peruca.

Charlotte piscou.

— Sua prima?

— É. Você sabe que minha família mora aqui perto. Nunca conheceu ninguém porque recusou todas as minhas tentativas de aproximação.

— Não acredito que perdi tudo isso — murmurou Jane, para si mesma. — Eu achava que se odiavam. Mas é o contrário, vocês...

— Se terminar essa frase, vou fazer você lavar toda a louça até eu morrer — disse Charlotte. — E por mais que eu esteja me divertindo à beça aqui, vou entrar para comer e depois dormir.

Com isso, ela marchou em direção à casa, de nariz empinado, o cabelo loiro balançando a cada passo cheio de indignação.

— Quem está fugindo agora? — perguntou Mateo, quase com preguiça.

Charlotte, de costas para ele, congelou.

Caramba, pensou Jane, dividida entre fugir ou ficar para assistir ao show. O que ela sabia, mas Mateo não tinha como saber, era que, quando o assunto era homem, Charlotte vinha fugindo desde a noite de seu aniversário de 18 anos, quando uma série de decisões erradas quase descarrilhara sua vida.

Jane ficou ali, entre duas pessoas de quem gostava muito, sem saber como ajudar. Por sorte, o telefone de Mateo tocou. Ele olhou para a tela e passou a mão pelo rosto.

— Estão me chamando no hospital — comentou. — Trev não vai conseguir trabalhar no turno dele.

— Não — disse Charlotte, a empáfia desaparecendo e dando lugar a algo muito próximo de preocupação. — Você está cansado. Deixa eles chamarem outra pessoa.

— Eu estou bem.

Mateo a encarou com um olhar indecifrável, voltou para o carro e foi embora.

Jane ficava triste por ele, de verdade, mas no final das contas devia lealdade a Charlotte, *sempre*, e sentiu o coração apertado com a expressão no rosto da amiga. Deslizando a mão na de Charlotte, Jane soube exatamente o que dizer à doutora, cuja maior alegria era cuidar dos outros, para redirecionar sua atenção.

— Vamos lá para dentro. Estou com dor de cabeça e meu punho está doendo.

Charlotte arquejou.

— E você me deixou ficar aqui à toa?

— Ah, eu sei que você adora ficar à toa.

Charlotte bufou, indignada, mas passou um braço em volta de Jane e a levou para dentro.

Charlotte comprara a velha casa vitoriana para comemorar a conquista da residência no hospital. No entanto, estava sobrecarregada com as dívidas da faculdade de medicina, por isso costumava alugar três dos cinco quartos para funcionárias do hospital. Qualquer mulher da equipe, de enfermeiras ao pessoal da limpeza, que precisasse de um lugar para ficar poderia alugá-lo. O quarto principal ficava para Charlotte, e ela usava outro como escritório.

Um quarto era de Jane, quando estava na cidade.

Para Charlotte, era uma situação do tipo "a família que se escolhe". Seus pais eram adoráveis e maravilhosos, mas moravam em Atlanta. E, como muitas vezes ela não conseguia visitar a cidade natal sem ter crises de ansiedade ou ataques de pânico paralisantes, havia criado um lar e uma família em Tahoe.

Para a surpresa e eterna gratidão de Jane, ela também fazia parte daquela família.

A casa era uma extensão da própria Charlotte, acolhedora e aconchegante. Até os móveis eram confortáveis e as plantas, saudáveis — mais pelo sol que entrava pelas enormes janelas naquela altitude elevada do que pelas habilidades botânicas da dona. Só de entrar na casa, Jane já se sentia mais calma.

— Só pra constar, tudo aquilo foi fascinante e novo, fofoca fresquinha. Você e o Mateo...

— Fique quieta. — Charlotte pegou a comida e o café. — Você está bem mesmo?

— Estou. Juro — disse Jane.

— Se tem certeza, vou fazer um café da manhã reforçado para nós duas. Aí a gente divide o bolinho de sobremesa e depois você dorme um pouco.

— Ótimo. Eu ajudo.

— O que significa que você vai assistir enquanto eu cozinho, depois vai limpar tudo.

Jane sorriu.

— A menos que você queira minha ajuda para cozinhar?

Ciente da falta de dotes culinários de Jane, Charlotte estremeceu.

— Por favor, nem tenta.

Duas mulheres estavam na sala, ambas em tapetes de ioga, contorcendo-se em uma pose que lembrava um pretzel. Charlotte as cumprimentou e avisou que faria o café da manhã, caso estivessem interessadas em comer.

Elas estavam.

Jane acenou, mas não quis conversar, apenas seguiu Charlotte até a cozinha.

— O que foi? — perguntou, quando Charlotte lhe lançou um olhar curioso, tirando a jaqueta rosa. — Você falou a palavra mágica, *café da manhã*.

— Elas moram com a gente. — Charlotte estava pegando os ingredientes. — Estão aqui há duas semanas, e você nem sabe o nome delas.

— Claro que sei.

Charlotte colocou uma panela no fogão e lançou um olhar de "estou esperando".

Merda.

— Hum…

Charlotte bufou.

— Michelle e Stacey.

— Isso! Estava na ponta da língua!

— Sei. — Charlotte quebrou ovos em uma tigela. — Ou será que é Chloe e Emma…

Jane estreitou os olhos.

— Você está me zoando.

— Você é um alvo fácil. E, para sua informação, é Zoe e Mariella.

— Eu sabia.

Charlotte despejou os ovos na frigideira quente, e eles começaram a chiar.

— Querida, dessa vez você está levando seu lado solitário ao extremo.

— Eu sei. Sou muito sem-noção.

— Não. Você é introvertida. Não há nada de errado com isso. Mas até uma pessoa solitária precisa socializar um pouco de vez em quando. — Ela adicionou pimentão e cebola aos ovos, o que deu um cheirinho de paraíso à cozinha. Em seguida, apontou a espátula para Jane. — Você é ótima com os pacientes, eu já vi. Gentil, cuidadosa e atenciosa. Eles te adoram. Mas, quando o assunto é estabelecer laços de verdade, você é péssima. Por quê?

Jane tirou uma sobra de bacon e frango da geladeira, cortou em pedaços e colocou em uma tigela pequena.

— Não vejo sentido. Já que nunca fico muito tempo.

— Ah, certo. Seu argumento favorito.

Jane ignorou o comentário e foi até a porta dos fundos, onde se viu na mira do maior gato que já tivera o prazer de conhecer.

Gato, como o chamava — apelido para Gato de Rua — estava sentado na varanda dos fundos, bastante à vontade. Era grande, mas não por comer demais. Era um predador cinza-escuro elegante, com olhos cinza-claro um pouquinho tortos. Ele olhou para Jane por um longo instante, deixando claro o descontentamento pelo atraso do café da manhã.

— Desculpa — disse ela, colocando a tigela no chão. — Eu quase morri, mas não se preocupa, está aqui sua comida.

— Deixa ele entrar! — gritou Charlotte.

— Ele não quer entrar. Ele gosta da liberdade, de viver como quiser.

Jane observou enquanto o gato comia e emitia uns sons que faziam parecer que a comida estava gostosa.

Até onde sabia, ele não pertencia a ninguém além de si próprio. Fazia rondas diárias pela vizinhança, mas parecia passar a maior parte do tempo com Jane. Ela se sentou ao lado dele no degrau e acariciou seu pelo em agradecimento por ele ter concedido a honra de sua presença. Era ridículo como havia se apegado ao Gato depois de só algumas semanas, mas, como dizia a todos, iria embora no final da temporada. Seria cruel apresentá-lo à tranquilidade da vida dentro de casa e depois soltá-lo de volta às ruas quando fosse embora.

Jane ficou ali até que ele terminou de comer, sentou-se de cócoras e começou a limpar o focinho. Então, o bichano lançou a ela outro olhar, que Jane interpretava como um "obrigado", virou-se e, com um movimento do rabo, desapareceu.

Além da relação com Charlotte, aquele era o melhor relacionamento que já tivera.

De volta à cozinha, a amiga ainda estava fazendo a comida e, como Jane estava morrendo de fome, abriu a geladeira outra vez e tirou de lá um recipiente de vidro com um rótulo escrito "Jane"

— Você é meu anjinho particular — disse ela a Charlotte, e pegou um garfo para comer a lasanha de legumes.

— É de ontem à noite, você perdeu, claro, e é melhor esquentar primeiro…

Charlotte parou de falar e fez uma careta de desgosto. Não adiantava dizer mais nada, porque Jane já estava atacando a comida gelada.

— Hum…

Charlotte suspirou.

— Seu gato acabou de fazer esse mesmo som enquanto comia.

Jane riu pelo nariz.

— Você está me comparando ao nosso gato de rua?

— Ao *seu* gato de rua, e estou, sim. — Charlotte olhou para Jane. — Onde está seu carro? Ficou na estação de esqui?

— Isso.

— Eu te levo lá depois do café.

— Obrigada — disse Jane, grata.

— Imagina. — Charlotte fez uma pausa e a analisou por um momento. — Quer conversar?

— Sobre o quê?

— Sobre quase ter morrido.

— Eu estava fazendo drama.

— Jane, você nunca faz drama. Me conta. Eu entendo, você sabe.

Jane sabia e, para sua surpresa, percebeu que estava ficando emotiva.

— Eu estava saindo do trabalho quando a tempestade começou, deu tudo errado e… Ah, não.

Ela parou, colocou o pote de lasanha na mesa e levou a mão ao pescoço, onde um colar costumava ficar.

Não estava ali.

— Eu perdi — sussurrou ela. — Foi *isso* que aconteceu. *Merda*.
— O colar da sua avó?
— É.

A única coisa que Jane tinha da avó. Pegou o celular e ligou para a emergência da estação de esqui. Ninguém atendeu, então ela deixou uma mensagem, descreveu o colar que havia perdido e pediu que verificassem com o pessoal da patrulha.

Charlotte sabia a importância que o colar tinha para ela, por isso deu a volta na ilha da cozinha.

— Querida. — Deslizou um braço ao redor de Jane. — Alguém vai encontrar e avisar o pessoal do resort.

Jane assentiu, mas o pavor lhe dizia que seria como tentar encontrar uma agulha no palheiro.

— Que tal umas panquecas para acompanhar a lasanha e os ovos?

Jane não era a única ótima em distrair os outros.

— Com gotas de chocolate?— perguntou ela.
— E tem outro tipo?

Capítulo 5

As ondas cobriam de forma ritmada a areia pedregosa, acordando Levi. Ele respirou fundo. Sentiu o ar ameno e o cheiro de pinheiros frescos. Que agradável. O céu deslumbrante combinava com a cor do lago diante dele, uma imensidão azul, rodeado pelos picos da Sierra. Ao seu lado, na praia, havia uma urna.

As cinzas de Amy.

O lago Tahoe era o lugar preferido dela. Levi era a pessoa preferida dela, desde o ensino fundamental, quando se esbarraram no trepa-trepa e bateram a cabeça.

Amy gostava de dizer que ele acertara bem em sua alma, que nunca haveria outra pessoa para ela. Sabia disso desde os 12 anos. Ele nunca entendera aquilo por completo.

Nem dera valor.

Levi foi tomado pela culpa na mesma velocidade com que a água batia na areia. Só que... Espere um pouco. O som de ondas suaves estava se transformando em um irritante bip, bip, bip...

— Levi? Como estamos?

Ele não reconheceu a voz e com certeza não queria abrir os olhos, porque de repente algo começava a martelar na base de seu crânio. Parecia uma marreta. Levou as mãos à cabeça, para tentar mantê-la no lugar, e sentiu o puxão de um acesso intravenoso.

Droga. Tudo aquilo somado ao cheiro de antisséptico só podia significar uma coisa. Ele abriu os olhos e logo se arrependeu, porque explodiram de dor.

— Meu Deus — ofegou ele.
— Vai com calma. Respire devagar ou vai passar mal.

Ah, jura? De repente, a ânsia de vômito passou a ser o principal problema. Ele inspirou bem devagar, pegando pouco ar. Mais uma vez, sem se mexer um centímetro sequer até que o enjoo diminuísse.

— Muito bem.

Levi lutou para abrir os olhos outra vez. Por causa da claridade que entrava pela janela à esquerda, deduziu que era de manhã. À direita, a enfermeira conferia seus sinais vitais.

— Eu estou bem — disse ele.
— Claro que está. — Ela sorriu. — Talvez só um pouquinho abatido. Mas bem-vindo de volta.
— Calma. — Levi sentia a cabeça embaralhada. — Jane. — Ele precisou pigarrear, e o som rouco causou ainda mais dor nos olhos. — Cadê a Jane?

A enfermeira se aproximou, ajustou o acesso intravenoso e deu um tapinha na mão dele. No crachá, estava escrito *Daisy*. Seus olhos acolhedores e gentis estavam cheios de empatia.

— Desculpe. Eu não estava aqui quando você chegou. É uma parente? Sua esposa?

Levi fez um esforço para pensar, para lembrar, mas sua mente parecia limitada, como se o crânio estivesse muito apertado.

— Só preciso saber se ela está bem.

Ao ver a expressão dele, Daisy ficou com pena.

— Tá certo, querido, vou dar uma conferida. Qual é o sobrenome dela?

Ele abriu a boca para falar, mas logo fechou de novo, porque não sabia o sobrenome de Jane.

— Bem, então não é parente, e com certeza não é sua esposa — afirmou Daisy, com objetividade. — Aguenta aí. Vou chamar o médico.

Levi ficou deitado encarando o teto. A noite anterior era um borrão, uma confusão de cenas que ele não conseguia encadear na ordem certa. Frustrado, tentou se levantar, mas, na mesma hora, tudo começou a girar.

Bip, bip, bip...

— Opa — disse Daisy, de volta, empurrando-o com cuidado para que se deitasse. — Você ainda não está pronto pra outra. — Ela verificou os sinais vitais, fez umas anotações e sorriu. — Espere um pouquinho, seu médico já vem.

Assim que ouviu o barulho da cortina deslizando na haste de metal, lembrou-se de outro som metálico. Na noite anterior, quando a gôndola dera um tranco, a barra de aço escorregara do suporte e...

Caíra na cabeça dele.

De repente, as memórias se reordenaram. Deixara São Francisco para subir a montanha até o lago Tahoe, onde crescera. Depois de passar uma hora com os pais, fora acometido por um sentimento familiar de inquietação e, precisando tomar um ar, fora para a estação de esqui North Diamond. Ao subir na gôndola, ficara animado pela primeira vez em muito tempo, ansioso pela adrenalina que sentia ao esquiar.

E Jane. Havia flertado com ela. E a provocado... enquanto a tempestade se intensificava em uma velocidade surpreendente, atingindo as gôndolas, que balançavam como um navio em mar agitado.

Então a cabine à frente caíra. O arquejo de horror de Jane e o próprio medo quando se dera conta do perigo. Ambos sabiam que poderiam cair e morrer a qualquer momento, e mesmo assim Jane mantivera a calma. Não fora destemida. Não, ela com certeza estava com medo. Caramba, os dois estavam aterrorizados. No entanto, ela era boa em lidar com emergências e, nossa, aquilo tinha sido bem sexy.

Ficara deitado no chão da gôndola oscilante enquanto a tempestade os castigava de todos os ângulos. A cabeça apoiada no colo de Jane, que pressionava o ferimento. Estar com ela fora tranquilo e sereno... Claro, tanto quanto possível em uma experiência de quase morte.

Levi se lembrou de estar na ambulância. Jane, ao seu lado, falava em jargão médico com a equipe de resgate, e ele se lembrava de ter achado aquilo sexy também. Ela estivera no hospital, sentara na cadeira ao lado da cama dele. Alguém tinha lhe dado um uniforme limpo, e ela estivera presente enquanto limpavam e atavam os ferimentos na cabeça dele, até Levi ser levado para tirar radiografias e fazer exames.

Quando ele voltara, Jane tinha ido embora. Era sinal de que ela estava bem, certo?

O médico que passou pela cortina não era um estranho. O dr. Mateo Moreno usava o uniforme e um jaleco branco aberto, e aparentava estar muito além de exausto. Era irmão de Amy e durante uma época também fora o melhor amigo de Levi. Fazia alguns anos desde a última vez que se viram.

E a culpa era de Levi.

Mateo se aproximou da cama. O olhar, antes sempre cheio de alegria, sagacidade e um carinho sincero, conquistado ao longo de uma vida inteira de cumplicidade, estava agora irreconhecível.

— Como você está? — perguntou ele com o tom de um médico que se dirige ao paciente.

— Pronto para ir pra casa.

— Boa tentativa. — Mateo fez uma pausa e, em seguida, afundou-se na cadeira, cansado, mas também cauteloso. — Já estava na hora de nos encontrarmos, mesmo que tenha sido só porque veio parar no pronto-socorro parecendo um defunto.

— Estava tão ruim assim?

Mateo deu de ombros.

— Já vi você pior. Tipo aquela vez que a gente pegou a caminhonete do meu pai pra dar cavalo de pau no pico da montanha e você caiu.

Levi riu e gemeu de dor.

— Está falando da vez que a gente *roubou* a caminhonete do seu pai e *você* deu cavalo de pau no gelo até a porta do passageiro abrir e eu ser arremessado no barranco?

— Questão de semântica. — Mateo sorriu, e dessa vez foi um sorriso verdadeiro. — Estava divertido até você querer chamar atenção.

— Ha-ha — debochou Levi. Mas tinha mesmo sido divertido, e aquele era apenas um dos vários momentos bons que compartilharam. — Tivemos sorte de sobreviver a todas as merdas que fizemos.

— Verdade. E por falar em sobreviver, você vai ficar em observação por causa da concussão e dos pontos, mas vai estar novinho em folha em algumas semanas se repousar bastante. Ainda bem que tem a cabeça dura.

Levi riu, o que desencadeou uma nova onda de dor, mas ele tentou não demonstrar.

— Ainda bem.
Mateo assentiu com um olhar sério.
— Faz mesmo muito tempo que nós não nos vemos.
— Muito tempo — concordou Levi. Ele achara que voltar a Sunrise Cove e ver Mateo seria angustiante. Mas, na verdade, era apenas triste. Em parte por causa dos ferimentos, mas especialmente por ter perdido uma das melhores amizades que já tivera. — Desculpa.

Ignorando o pedido, Mateo se levantou e apertou umas teclas no computador.

— Liguei pra sua mãe, disse que você vai ficar bem. Também falei que o horário de visita só começa às nove da manhã, então de nada e você me deve uma.

Ele se virou para ir embora.

Levi estava mesmo devendo uma para Mateo. E sentia falta do amigo.

— Eu fui um babaca.

Mateo parou e olhou para trás.

— Dizem que admitir o problema já é meio caminho andado.

Levi deixou escapar uma risada rouca e, depois, um gemido, porque a cabeça estava doendo.

— Precisa ir com calma — disse Mateo. — Você se machucou feio.

— Podia ter sido pior.

O médico, com o olhar ainda sério, assentiu.

— Podia. Se você estivesse na cabine da frente.

Era verdade. Ele teria morrido sem ter aquela conversa.

— O pedido de desculpa foi sincero. Desculp...

Mateo levantou a mão.

— Você está mal. Não vamos falar disso agora.

— Preciso falar — disse Levi. — Eu não devia ter desaparecido.

— Não, não devia mesmo. O que aconteceu com a Amy não foi culpa sua.

— Eu a magoei.

— Só porque não deixou ela te arrastar para o altar? — Mateo sacudiu a cabeça. — Você não estava pronto para se casar.

— Estávamos juntos uma vida inteira, era pra eu estar pronto. Amy sonhava em se casar, e eu não dei isso pra ela antes que... antes que fosse tarde demais.

Mateo olhou para baixo e por um bom tempo encarou os sapatos cobertos por protetores descartáveis. Com um suspiro, reaproximou-se da cama.

— Foi por isso que você se afastou? Culpa? Você acha que a minha família te culpou por não ter se casado com ela? Não, Levi. A gente te culpou por ter ido embora sem olhar pra trás. Como se não desse a mínima para nenhum de nós.

Levi sentiu um nó na garganta, e a dor na cabeça passou para o peito.

— Vocês foram importantes pra mim. Todos vocês. E mereciam mais.

— Com certeza — disse Mateo, com a voz menos fria do que antes.

Levi respirou fundo, feliz por não ter vomitado.

— Preciso de mais um favor — pediu ele, baixinho.

— Isso já parece uma lista.

— Dois, na verdade.

Mateo ergueu a sobrancelha.

— Quero outra chance.

Tinham começado com aquilo das chances no ensino fundamental. Quando um deles fazia alguma coisa muito idiota — o que acontecia com frequência —, o outro podia oferecer a chance de tentar de novo. Ou não.

No entanto, nunca haviam *negado* uma segunda chance ao outro.

Mateo levou um bom tempo para responder.

— Tá certo — respondeu ele, enfim. — Te dou outra chance. Vou aceitar na forma de pizza e cerveja, quando você puder beber.

Levi soltou o ar que sem perceber havia prendido. Uma nova chance era mais do que merecia.

— Fechado.

— E qual é o outro favor?

— Me trouxeram para o hospital com uma mulher chamada Jane. Você sabe se ela está bem?

Mais uma vez, Mateo encarou Levi com um olhar solene por um bom tempo e cruzou os braços.

— Sei, sim.

— E?

— E ela está bem melhor que você.

Com isso, Mateo se virou para ir embora e fechou a cortina atrás de si.

Levi deixou escapar um suspiro e, evitando as memórias amontoadas na cabeça dolorida, abriu a mão e encarou o colar delicado de ouro que segurava. Um amigo da equipe de resgate encontrara o objeto na gôndola e lhe entregara no pronto-socorro. Levi prometera devolvê-lo à dona. Abriu o medalhão e sorriu. A foto minúscula à direita era de uma menina de cerca de 8 anos com cachos ruivos escuros e volumosos que pareciam uma auréola. Jane, vestida de Fada Açucarada, de *O Quebra-Nozes*. A mulher mais velha na imagem ao lado poderia ser qualquer pessoa, mas ele imaginou que fosse a avó dela. Como poderia devolver o medalhão se nem sabia o sobrenome de Jane? Bem, teria que descobrir quando saísse do hospital.

Do lado de fora das cortinas, Levi ouviu uma comoção, seguida pela voz aguda e irritada de uma mulher.

— Onde ele está? Cadê meu filho?

— Falaram que era o terceiro leito à esquerda, Shirl — disse um homem. O pai de Levi. — É o próximo.

— Eu sei contar, Hank. Por que você está andando tão devagar?

Levi encarou o teto, nem um pouco preparado para aquilo. Não que fizesse diferença. Pronto ou não, a mãe, o pai, a irmã e a sobrinha se amontoaram ao seu redor.

— Querido! — gritou a mãe, aproximando-se dele.

Ela estava toda arrumada, cabelo e maquiagem feitos, sem os óculos azuis vibrantes de sempre, sinal de que estava com lentes de contato. E ela odiava usar lentes. A cena toda era tão incomum que ele precisou analisar a mulher outra vez.

O rosto dela estava repleto de preocupação.

— Mãe, eu estou bem.

Não satisfeita, ela o avaliou com cuidado. Levi era, e sempre fora, o esquisito da família. Seus pais eram donos de uma loja de artigos esportivos, e, se não havia uma bola, um caiaque ou uma tenda envolvidos no assunto, não tinham interesse. Levi crescera ao ar livre e fora muito feliz, mas seu grande amor eram os livros, a ciência. Gostava de desmontar objetos e montá-los outra vez de um jeito melhor, gostava de coletar informações e criar formas de gerenciá-las.

Moral da história: o cérebro dele funcionava de uma maneira diferente da do restante dos Cutler e, mesmo sabendo que o amavam, eles nunca o compreenderam de fato.

Ainda assim, ali estavam eles, a ponto de sufocá-lo de amor daquele jeito que faziam tão bem.

— Sério, eu estou bem.
— Tem certeza? — insistiu a mãe.
— Absoluta.
— Tá bom, então. Conta o que aconteceu.
— Você já sabe o que aconteceu — afirmou Levi. — Mateo disse que te ligou.
— Ele falou que você estava bem e que o horário de visitas começava às nove da manhã. Ponto-final. Sinceramente, vocês dois precisam aprender a ter bons modos ao telefone.

Levi olhou para o relógio na parede. Faltavam cinco minutos para as nove.

— A enfermeira deixou a gente entrar mais cedo.

Tradução: a mãe dele insistira tanto na recepção que acabaram cedendo. Ninguém, ninguém *mesmo*, jamais diria a Shirley Cutler o que ela podia ou não fazer.

— A enfermeira falou que você teve uma concussão — disse a mãe. — Ninguém quis falar nada da Jane.

Levi sentiu o princípio de uma fisgada no olho. Era possível sentir uma veia estourar? Será que daria para desmaiar e perder o restante da visita se fosse grave?

— Quem está cuidando da loja? — perguntou ele.
— Vamos abrir uma hora mais tarde — declarou a mãe.

Aquilo foi uma surpresa. A loja da família, Cutler Artigos Esportivos, ficava na região de Tahoe. Fechava na Páscoa e no Natal, e em *nenhuma* outra data além dessas. Tinha altos e baixos como qualquer comércio, mas de modo geral ia muito bem. Principalmente porque, quando o assunto era dinheiro, Hank Cutler não abria a mão nem para dar tchau.

— Então… cadê a Jane? — questionou a mãe.

Ela olhou em volta como se Levi estivesse escondendo a garota em algum lugar.

— Devem me liberar logo, logo — afirmou ele, na esperança de distrair a mãe do fato de que a namorada da noite anterior nunca existira de fato. — Vocês não precisavam ter vindo até aqui só pra me ver.

— Ah, não — disse Tess, a irmã. — A gente veio para conhecer sua namorada.

— Cadê o Mateo? Ele vai saber me responder — insistiu a mãe.

— Shirl, escuta o menino — disse o pai. — Todo mundo está bem e, se não estivesse, ele saberia.

— Tio Levi! — gritou Peyton, dando pulinhos. — A vó disse que você vai se casar logo. Posso ser a daminha?

Levi encarou a mãe, que teve o bom senso de desviar o olhar. Ele balançou a cabeça em repreensão e sorriu para Peyton.

— Oi, meu anjo. Não vai ter casamento nenhum.

— Tudo bem! — A menina de 6 anos abriu um sorriso mostrando o buraco dos dois dentes da frente. — Hospitais são fedidos. Têm cheiro de remédio e torrada queimada e de quando o vô esquece de borrifar o cheirinho depois de fazer cocô.

— Peyton — chamou Tess, que parecia estar segurando uma risada. — Não tem como sentir todos esses cheiros de uma vez só.

— Na verdade, tem, sim — disse Levi. — O nariz humano pode distinguir pelo menos um trilhão de cheiros diferentes.

A mãe, o pai e a irmã o encararam, mas Peyton riu, satisfeita.

— Um trilhão é muita coisa?

— Um *montão* de coisa — respondeu ele.

— Mais que as estrelas no céu?

— Na nossa galáxia, sim — concordou Levi. — Mas, no universo, não.

O pai jogou as mãos para cima.

— Ele arrebenta a cabeça, mas ainda consegue se lembrar de um monte de fato científico.

— É por isso que ele sempre ganha de você nos jogos de conhecimentos gerais — replicou a mãe. — Também é por isso que ele consegue consertar qualquer coisa. É assim que ele é, Hank, você sabe disso.

Ao longo dos anos, Levi aguentara a família pegando em seu pé por ser o "conserta-tudo", mas ser daquele jeito não o ajudara a impedir que

Amy morresse ou a evitar que a irmã fosse abandonada pelo babaca do marido, Cal. E, mesmo tentando muito, não tinha conseguido se livrar daquele vazio no peito que começava a temer que fosse permanente.

Peyton deu tapinhas na mão do irmão sem o acesso intravenoso e abriu um sorriso tão cheio de amor e tão gentil que quase doeu.

— A mamãe disse que eu posso pegar um doce da máquina!

Tess parecia exausta.

— Toda vez que eu digo "não" o que ela ouve é "pede de novo". Sucumbir foi o caminho mais fácil.

Peyton tentou escalar a cama. Tess fez menção de impedi-la, mas Levi se inclinou para ajudar a menina. O esforço causou dor, mas, até aí, viver também doía.

Peyton sentou-se no colo dele, o sorriso desaparecendo devagar conforme o observava de perto.

— Você tá com machucado! — disse ela, apontando para a cabeça do tio.

— Vai sarar.

Ela assentiu, inclinou-se e deu um beijo bem molhado na bochecha dele.

— Vou pegar doce da máquina pra você. Vó! A gente tem que trazer doce pro tio!

— Tenho uma ideia melhor. — A mãe de Levi estava na cadeira do canto e começou a procurar algo na bolsa. — Barrinha de cereal. Eu mesma que fiz... Onde elas foram parar...

Tess bufou e se aproximou de Levi.

— Aliás, obrigada por buscar a Peyton ontem, ajudou muito — sussurrou.

— Ah, me desculpa. Eu ter ficado entre a vida e a morte foi inconveniente pra você, né?

Com os ouvidos maternais ultrassônicos, provavelmente capazes de escutar os batimentos cardíacos de Levi, a mãe ergueu a cabeça.

— *Entre a vida e a morte?* — repetiu ela, arregalando os olhos.

— Ele está só brincando — respondeu Tess.

Levi correu o risco de derrubar a própria cabeça ao assentir com tanto vigor.

— Vamos falar da Jane. Onde ela está? — perguntou a mãe.

— Ela já foi liberada.

— Liberada... Ah, graças a Deus. — A mãe se ajeitou na cadeira, removeu as lentes de contato murmurando que eram irritantes, guardou-as na caixinha e colocou os óculos azuis vibrantes. — Por que ela não está aqui com você? E por que você nunca falou dela? Como vocês se conheceram? Ela é daqui ou de São Francisco? O que ela faz da vida?

A mãe olhava em volta como se esperasse que outra cama aparecesse milagrosamente, e, naquele momento, o cabelo arrumado e a maquiagem fizeram todo o sentido.

Ela se arrumara para Jane.

Inventar uma namorada não era a atitude típica de um bom filho. Fizera sentido na situação extrema pela qual ele passou, mas agora...

— Olha, sobre...

— Ai, não. — A mãe levou a mão à boca. — Ela te deu um pé na bunda.

— Não... — Ele piscou. — E por que você acha que eu levaria um pé na bunda?

Ela fez a gentileza de desviar o olhar.

— Ah, bem... acontece com todo mundo pelo menos uma vez, né?

— Não foi isso. Eu inventei a Jane.

A mãe levou a mão ao peito.

— Você está me dizendo que prefere mentir na minha cara e dizer que não está namorando a me apresentar pra ela? A gente te envergonha *tanto* assim?

Não tinha analgésico suficiente no mundo para aquilo.

— Eu só quero te ver feliz — disse a mãe com gentileza, a voz embargada. — Saber que você tem alguém ao seu lado foi a melhor notícia que tive em muito tempo. Isso é importante *demais* para mim.

Levi soltou o ar devagar e cedeu como papel molhado.

— Não faz muito tempo que a Jane está em Sunrise Cove. E quanto ao que faz da vida, ela é enfermeira.

— Uma enfermeira — repetiu, impressionada. — Eu adoraria conhecê-la e, antes que diga não, prometo não envergonhar você.

— Mãe. — Levi pegou a mão dela. — Você não me envergonha.

— Bom. Então pode convidar a Jane para o nosso jantar de quarenta anos de casamento.

Os jantares da família Cutler eram uma mistura de discussões, brigas e, de vez em quando, uma boa guerra de comida para elevar os ânimos. Nos feriados, era tudo isso ao quadrado. O jantar de quarenta anos de casamento, dali a quatro semanas, seria *exponencialmente* pior. Levi não desejaria aquilo nem para o pior inimigo.

— Mãe, não precisa...

— Ah, não, nem comece. — Ela respirou fundo, os olhos brilhando com lágrimas. — Acha que eu não sei que você está minimizando os acontecimentos de ontem à noite? Que poderíamos ter perdido você? Com a Jane, você *finalmente* superou a morte da Amy e parece pronto para viver sua vida, e tudo poderia ter acabado de repente.

Houve um breve momento de silêncio constrangedor. Os Cutler não eram muito bons em lidar com sentimentos. Ninguém, nem o pai e menos ainda a irmã, gostava de falar o que sentia. Nunca.

Levi não era exceção. Sim, Amy fora a primeira pessoa a entendê-lo, a vê-lo por quem ele era, e ele a amara por isso. Com ela, não precisava se explicar ou justificar por que era diferente. Na verdade, os dois eram bem parecidos e, embora não tivesse tanta certeza quanto ela de que o carinho e o amor entre eles eram sinais de que estavam *apaixonados* ou de que seriam excelentes parceiros para o resto da vida, Levi temia nunca mais encontrar aquela aceitação tão natural. Pensar em Amy doía de verdade, mas dois anos se passaram, e ele tinha aprendido a lidar com aquela merda toda.

— Você não me perdeu, mãe. Estou bem aqui.

— Eu sei, e sou muito grata por isso. Estou feliz em saber que você está *finalmente* saindo com alguém — disse Shirley, naquele tom de mamãe-urso durona que vinha usando com cem por cento de aproveitamento desde que ele nascera. — Estou só pedindo uma chance de conhecer a mulher que trouxe esse seu coração lindo e enorme de volta à vida.

O tal coração lindo e enorme deu uma pontada. Ligar para casa na noite anterior fora uma burrice. Pior inda, havia sido egoísmo.

— Achei que a gente tinha te perdido — disse a mãe baixinho, de um jeito desesperado.

— Eu estou bem, de verdade...

— Estou falando de quando foi embora de Tahoe. A gente quase não te vê mais.

Bem, era verdade. O motivo, porém, não era apenas a perda de Amy. Levi saíra de Tahoe porque se sentia... sufocado ali. Mudar para São Francisco fizera muito bem para ele.

A mãe se aproximou e segurou seu rosto.

— Quando você ligou ontem à noite, tinha algo diferente na sua voz.

Sim, porque ele tinha certeza de que estava à beira de uma morte horrível.

— Tinha amor — sussurrou ela. — Eu percebi na sua voz uma emoção verdadeira. Ficou claro que era pela Jane. Quero conhecê-la, Levi. Quero abraçá-la e agradecer. E dar comida para ela. No meu jantar de aniversário.

É, ele era um idiota egoísta.

— Mãe, ainda faltam algumas semanas para o jantar. Até lá já vou ter voltado para São Francisco. Você e o pai costumam sair só vocês dois.

— Este ano vai ser diferente. Vou dar um jantar para a minha família, e isso te inclui. E você não pode ir e vir ainda. Mateo disse que você precisa descansar por umas semanas, pelo menos. Então, entenda, você *vai* estar aqui para o jantar.

— Isso não está nem perto do que ele disse.

— Foi o que eu ouvi. — Ela olhou para o pai de Levi. — Fala pra ele, Hank.

O pai se virou para Levi.

— Você tem que fazer o que quiser, filho. Sempre foi assim.

Havia muito para analisar na afirmação, mas a cabeça de Levi latejava, a visão estava embaçada, e ele só queria fechar os olhos.

— Posso me virar sozinho enquanto me recupero.

— Levi Anthony Cutler, somos perfeitamente capazes de cuidar de você, mesmo que seja mais inteligente que todos nós juntos!

— Ei! — reclamou Tess, depois deu de ombros. — Tá certo, *talvez* ele seja. Mas é bem possível que a concussão tenha acabado com algumas partes do cérebro dele, né? Vai ver o QI diminui um pouquinho e o jogo ficou mais equilibrado.

— Você vai ficar conosco — concluiu a mãe.

Resistir era inútil.

— Enquanto os médicos recomendarem — respondeu ele, o máximo que estava disposto a ceder.

A mãe sorriu de orelha a orelha.

— Eu vou cozinhar, você vai comer. E... vamos conhecer a Jane!

Droga, ele caíra direitinho. O que de fato colocava em xeque seu suposto QI elevado.

— Mesmo assim, vou precisar trabalhar — lembrou ele.

— Você é seu próprio chefe. Pode trabalhar de qualquer lugar.

Podia até ser verdade, mas *ao contrário* das pessoas com quem compartilhava o sobrenome, ele precisava do próprio espaço para existir. Um espaço tranquilo e ordenado.

E possivelmente de uma lobotomia também.

Daisy, a enfermeira, reapareceu, deu uma olhada em Levi e balançou a cabeça.

— Todo mundo pra fora — mandou ela. — Meu paciente precisa de silêncio.

Levi quase a pediu em casamento naquele instante. Quando o espaço se esvaziou, lançou à mulher um olhar de gratidão.

— Obrigado.

— Não me agradeça. Eles não vão demorar a voltar.

Levi sabia bem. Passou o polegar pelo medalhão de Jane. Ela devia querer o objeto de volta, sabia disso também. Namorada de mentira ou não, teria que encontrá-la. E a razão pela qual esse pensamento lhe rendeu o primeiro sorriso verdadeiro do dia, era algo que ele não tinha certeza de que queria saber.

Capítulo 6

Andando pelo hospital, Charlotte notou que, mesmo depois de dez horas em pé, estava se sentindo bem. Alegre, até. Por mais estranho que pudesse ser para alguém que não fosse da área, ela amava a vida naquele lugar. Adorava tudo que envolvia o trabalho. Ajudar pessoas. Curá-las.

Aquilo a distraía da própria vida.

Quanto ao motivo de precisar desse tipo de distração, bem, ela não era de ficar remoendo as coisas, então seus pensamentos não foram por esse caminho.

Charlotte percebeu que a barriga estava roncando e que não comia nada havia muito tempo, então foi até a sala dos funcionários. Certamente era o aniversário de alguém e haveria docinhos.

Adorava docinhos.

Quando entrou, a sala ficou em silêncio. Interessante. Não era um grupo silencioso. Era um monte de sabichões altamente qualificados, com enorme imaturidade social advinda do fato de terem passado metade da vida na faculdade. Charlotte semicerrou os olhos.

— O que foi?

Era hora do jantar, por isso a sala estava mais cheia que o normal. Havia funcionários nos dois sofás, nas duas mesas, de pé na pequena área da cozinha.

Todos a encaravam.

— Eu perdi um chamado?

— Você ganhou a aposta — disse Mateo, com aquele tom rouco de sempre, que a arrepiava e que ela fingia que era apenas irritação.

Uma mentira descarada.

— Qual aposta?

Era uma pergunta válida. Importante, também. Havia sempre de dez a vinte apostas diferentes rolando no hospital. De fato, os membros da equipe passavam quase todos os minutos do dia sobrecarregados e exaustos. Porém, naqueles raros segundos em que conseguiam socializar, o assunto de praxe eram as apostas em andamento.

Será que Lonny completaria o turno sem que um dos gêmeos de 4 anos ligasse para a emergência querendo falar com o "papai"?

Será que Rae se controlaria e não pregaria uma peça em ninguém?

Será que Mateo conseguiria evitar levar cantada de um paciente ou de um familiar do paciente?

Será que Charlotte passaria um turno inteiro sem entrar em uma nova aposta?

Aquela era, inclusive, a única aposta que ela perdera.

— Você ganhou a maior quantidade de elogios de pessoas que não trabalham no hospital em vinte e quatro horas — respondeu Mateo. — Eu conferi três vezes e ainda não entendi por que seus pacientes e os familiares deles fazem tanta questão de que todos no hospital saibam como você é incrível.

— Você duvida que os elogios sejam sinceros?

O olhar dele ficou sério.

— Não. Porque eu sei bem como você é incrível.

As partes de si que ela havia fechado para o mundo se contorceram. Charlotte as ignorou.

— Então qual é o problema?

— Você ganhou todas as apostas esta semana.

— E daí? — perguntou ela.

— E daí que você está enriquecendo à nossa custa.

Ela riu e estendeu a mão para pegar o envelope com o dinheiro, sem nenhum remorso, porque todos ali ganhavam bem.

— Sou um pouco competitiva, qual o problema?

Mateo bufou.

— Um pouco? Você ainda não perdoou a Montana por ter ganhado semana passada na quantidade de cirurgias feitas em vinte e quatro horas.

— Porque ela trapaceou.

— Não trapaceei! — protestou Montana, apontando para Charlotte com uma lata de refrigerante. — Não é minha culpa ter sido chamada para uma cirurgia de última hora antes do fim do turno.

— Faltavam quinze segundos para o final do turno. Não devia ter contado. Vamos refazer a aposta.

Montana sorriu, animada.

— Vamos.

Charlotte assentiu.

— Ha! — gritou Montana e praticamente deu pulinhos enquanto batia palmas. — Você acabou de perder a aposta de hoje, de que não entraria em nenhuma aposta.

Que merda.

— Sua onda de sucesso acabou — disse Montana.

— É temporário — respondeu Charlotte.

Todos voltaram a conversar e a comer. Bem, todos menos Mateo, que a encarava, balançando a cabeça devagar.

— O que foi?

— Nada.

— É alguma coisa, sim — insistiu ela. — Quero saber.

Ele a encarou por um longo instante com um brilho nos olhos.

— Quem sabe em outro momento.

— Por quê?

— Você não está preparada.

E saiu andando. Charlotte assistiu enquanto ele se afastava.

— Quando estarei?

Ao se virar e perceber que ela encarava sua bunda, Mateo abriu um sorriso.

— Talvez antes do que eu pensava.

* * *

Depois de uma longa semana de "descanso e relaxamento", que parecera durar cinco anos, Levi finalmente havia escapado de casa para uma consulta médica. Após um exame e a retirada dos pontos, ele saiu do consultório e foi até Tess, que o esperava no estacionamento. Ele deslizou para o banco do passageiro do carro da irmã, bastante aliviado.

— E aí? — perguntou ela. — A cabeça ainda está bagunçada?

— Só um pouco. É capaz que eu ainda sinta dor de cabeça por um tempo. — Ele aguentaria conviver com a dor. — A boa notícia é que conquistei minha liberdade. Me deixaram dirigir.

O alívio era quase avassalador. Ele tinha esquecido como era morar com os pais.

— Então pode se preparar pra inquisição — avisou Tess. — Você sabe que a mãe está se contendo, tentando ao máximo não encher seu saco sobre a Jane e entender por que ela não deu as caras.

— Talvez a gente esteja trocando mensagens e se falando.

— Talvez. — Tess olhou para o estacionamento. A voz dela estava monótona quando perguntou: — Agora você vai se mandar, né?

— Em algum momento. Mas não agora.

A irmã olhou para ele, os olhos brilhantes demais.

— Agora não? — Ela fungou. — Sério?

— Sério. Vai levar mais algumas semanas até que eu me recupere, e você sabe que a mãe quer que eu fique até a festa.

Ele estava surpreso com a demonstração de afeto e, ao mesmo tempo, preocupado. Não era típico dos Cutler demonstrar qualquer coisa que não fosse estar "perfeitamente bem".

A mãe de Levi ainda não tinha contado por que o chamara a Tahoe, insistindo que não era nada com que se preocupar enquanto estava se recuperando.

— O que está acontecendo, Tess?

— Nada.

— Tenta de novo.

Ela suspirou.

— Eu não contei nem pra mãe nem pro pai, mas Cal e eu não tínhamos um acordo pré-nupcial. — Tess respirou fundo. — Ele tirou todo o dinheiro das contas antes de fugir para Bali com a babá.

— Mas que filho da p... — Levi passou a mão no rosto. A raiva não ajudaria. — O que a polícia disse?

— Ao que parece, nem transar com a babá nem tirar dinheiro da conta conjunta é ilegal.

Talvez não, mas Levi gostaria de ter um minuto a sós com Cal para ensiná-lo a ter um pingo de respeito. Enfiando um soco na cara dele. Como aquela não era a reação de que Tess precisava, ele a guardou para si. No entanto, podia fazer algo com relação ao dinheiro.

— Eu posso ajudar...

— Não. Eu não quero seu dinheiro. Quero minha vida de volta.

Com raiva, ela enxugou as lágrimas. Então agarrou o volante com força e chegou mais perto do para-brisa para encarar o carro que a fechara na rotatória.

— Ô! Babaca! — gritou Tess, pontuando cada sílaba com a buzina. — A preferência é minha!

Ela passou pela rotatória com uma manobra tão brusca que o carro pareceu se inclinar e ficar apenas sobre as rodas da direita.

— Será que não é melhor eu dirigir? — perguntou Levi.

— Eu estou bem!

— É, estou vendo... — Levi se retraiu. — Tem um carro vindo...

— *A preferência é minha!*

Ela acelerou e, quando o segundo carro buzinou, xingou o motorista e mostrou o dedo do meio.

Cinco minutos depois, Tess entrou no estacionamento da Cutler Artigos Esportivos. Levi deu um suspiro de alívio e soltou os dedos da alça de segurança do carro. Quem diria. Ele não apenas havia sobrevivido à nevasca como *também* à condução da irmã.

— Preciso trabalhar — disse ela. — Pego carona com a mãe ou o pai pra voltar pra casa. Fica com meu carro e vai descansar.

— Você está trabalhando muito.

Ela deu de ombros.

— Pego turnos mais longos quando a Peyton está na aula de dança ou na casa de algum amiguinho.

— Economizando pra se mudar?

— Pra bancar as drogas pra depressão.

— *Tess* — disse ele, baixinho.

— Estou brincando. Mais ou menos. Ando comendo um monte de batatinhas sabor barbecue. Teoricamente não viciam, então não é nada preocupante.

Quando Tess saiu do carro, Levi foi para o banco do motorista. Era curioso como tinha se sentido à deriva por não poder dirigir, como se sentira impotente. Era bom estar de volta ao comando do próprio destino.

No caminho, fez duas paradas rápidas, primeiro para pegar uma pizza e, depois, no Cake Walk, para comprar o cupcake que era especialidade da casa. Levou a pizza para o hospital e procurou por Mateo.

Seu amigo mais antigo chegou à recepção cinco minutos depois e pareceu surpreso ao ver Levi.

— Você está bem?

— Quase, graças a você. — Levi empurrou a pizza pela mesa da recepção. — Não trouxe a cerveja para acompanhar, porque você está trabalhando.

Mateo pegou a caixa.

— Não preciso de agradecimento. Mas com certeza preciso da pizza. — Ele olhou para Levi. — Essa é a pizza do recomeço?

— É. Está dando certo?

— É possível que sim. — Mateo começou a se afastar, mas parou para dizer: — Pode continuar trazendo.

Levi saiu do hospital e dirigiu até a estação de esqui North Diamond. Estacionou e olhou pelo para-brisa a imponente montanha adiante, coberta de neve.

O sol apareceu e fez os cristais de gelo brilharem como um monte de diamantes — por isso o nome do resort. A mais de dois mil metros de altura, o ar estava fresco, mas ao mesmo tempo acolhedor, e o céu estava tão claro e azul que parecia editado no computador. Com uma sensação estranha e desconfortável de déjà-vu, Levi saiu do carro e inspirou o ar frio e rigoroso do inverno, recebendo o frescor gélido com prazer. Virou o rosto para o sol, mas o ar estava denso demais para aquecê-lo. Não se importou. Gostava do inverno. Era revigorante.

Mesmo que quase o tivesse matado.

O estacionamento estava lotado, os teleféricos estavam funcionando e, pela quantidade de gente esquiando e praticando snowboard, o negócio prosperava, apesar do que acontecera na semana anterior.

A investigação concluíra que não passara de um acidente. Na manhã do dia da tempestade, algumas obras haviam sido feitas e, por algum motivo desconhecido, um pouco do entulho fora deixado para trás. Um pequeno pedaço de madeira, que o vento traiçoeiro lançara no cabo.

A probabilidade de algo do tipo acontecer era mínima.

Ainda assim, Levi não subiu na gôndola.

Em vez disso, encontrou um amigo que por acaso estava em patrulha e pegou carona na motoneve até o pronto-socorro que ficava no meio da montanha. Entrou na clínica e perguntou se Jane estava trabalhando. Havia ligado mais cedo. Para todos os prontos-socorros da região. Não tinha conseguido convencer ninguém a lhe dizer quem estava de plantão. Por isso, ali estava ele...

— Ela não está na escala de hoje — disse a enfermeira da recepção.

Em seguida, Levi dirigiu até a estação de esqui High Alpine. Também não teve sorte.

Duas horas depois, entrou no último pronto-socorro da região. Ficava em Sunrise Cove, bem ao lado do hospital.

Não havia ninguém na recepção, mas ele não precisou de ajuda, porque Jane estava bem ali, de uniforme e com uma atitude bastante familiar, encarando a única pessoa no local além dela — um homem enorme, com quase dois metros de altura, e forte, do tipo que não sai da academia.

O sujeito também parecia muito irritado, com o rosto fechado e o corpo inteiro tenso.

— Nem ferrando — rosnou para Jane. — Não vai rolar.

Jane, que *talvez* chegasse a 1,65 metro, isso contando o amontoado de cabelo ruivo escuro e volumoso preso no topo da cabeça, estava com as mãos na cintura e a cabeça inclinada para trás, para conseguir encarar o homem, nem um pouco impressionada com a performance do machão.

— A gente já passou por isso antes, Nick — disse Jane, calma. — E nós dois sabemos quem vai ganhar. Então você pode ir lá para os fundos por conta própria — ela gesticulou em direção à porta que devia levar às enfermarias —, ou eu posso ligar pra sua esposa de novo.

O homem pareceu se encolher.

— Por que você tem que ser tão ruim? Vou voltar amanhã.

— Não vai, não. Você precisa de uma dTpa *agora*.

— Eu não preciso desse negócio aí.

— Vai tomar vacina antitetânica, sim. Você enfiou um prego enferrujado no polegar. Prometo que é só um incomodozinho.

— *Você* que é um incomodozinho — murmurou ele, depois passou a mão pelo rosto. — Merda, me desculpa, falei sem querer.

— Está bem. Agora, será que podemos...? — Jane apontou para os fundos novamente.

Nick e seus ombros largos murcharam.

— Não entendo por que tem que ser hoje. Eu falei que volto depois.

— Por favor, lembre-se da ordem que eu já te dei.

Nick soltou um grande suspiro e foi até o laboratório. No meio do caminho, ele se virou.

Jane ainda estava apontando.

Com outro suspiro, ele desapareceu pela porta.

Jane virou-se para Levi, sem demonstrar nada além de uma leve surpresa.

— Tarzan.

Ele fez uma careta.

— Me diz que você lembra do meu nome de verdade.

— Claro que lembro. Afinal, não fui eu quem machucou a cabeça.

— Estou bem. — Ele bateu no topo da cabeça. — Firme como uma rocha. E você?

Levi apontou para o pulso dela, que estava sem a tala.

— Estou bem.

Os olhos verde-escuros não revelavam nada, nem mesmo como ela se sentia em vê-lo outra vez. Quanto ao que ele sentia, parecia alívio.

— Queria te agradecer por salvar minha vida — disse Levi.

— Você ficaria bem se eu não estivesse lá. Só se machucou porque estava tentando me proteger.

— Gostei da companhia — replicou ele e, enquanto Jane parecia absorver o comentário, acusou: — Você me largou no hospital.

— Olha, primeiro eu me certifiquei de que você estava vivo.

Aquilo o fez rir.

— Obrigado.

— Sem problemas. Você precisa de atendimento médico?

— Não.

Ela o analisou de cima a baixo mesmo assim. Levi queria acreditar que havia atração por trás dos olhos que o examinavam, mas Jane era ótima em se manter impassível.

— Tudo bem, então — aceitou ela. — Bom, preciso voltar ao trabalho. Confere se a porta fechou quando você sair. A trava nem sempre funciona.

Ele sorriu por ter sido dispensado de uma forma tão direta.

— Muito bom seu jeito de lidar com pacientes. Sexy. Só que você não manda em mim, Jane. Bem… a menos que peça com jeitinho.

— Agora você está tentando me deixar vermelha de propósito.

— Não sabia que eu tinha esse poder.

Ela revirou os olhos e afastou algumas mechas de cabelo do rosto.

— Como se não soubesse que causa esse efeito na maioria das mulheres.

— Mas não em você.

— Não sou como a maioria das mulheres. E como me encontrou, afinal de contas?

— Primeiro, desbravei a montanha de North Diamond atrás de você, mas descobri que não estava escalada para os turnos de hoje. Nem lá nem na Sierra North, na Homeward ou na Starwood Peak…

Ele ganhou uma risada baixa, mas o sorriso dela desapareceu aos poucos.

— Vou ficar de fora dos plantões na North Diamond por um tempo.

Levi odiava pensar que ela estava com medo de voltar à montanha, mas entendia.

— Quase tive um ataque de pânico só de pensar em subir na gôndola — admitiu ele. — Tive que pedir para um amigo da patrulha me dar uma carona na motoneve.

A confissão fez Jane encará-lo novamente, dessa vez com o olhar mais suave.

— Não é comum as pessoas tentarem me encontrar — comentou ela. — Costuma acontecer o oposto.

O sorriso de Levi desapareceu quando lembrou que Jane não tinha família. A dele era um verdadeiro pé no saco, mas não conseguia imaginar viver sem eles.

— Podemos conversar?

Os olhos penetrantes dela o avaliaram, notando a cicatriz que os pontos deixaram na sobrancelha dele.

— Fico feliz em saber que você está bem, mas não sei o que temos pra conversar.

— Vai ver eu precisava saber que você também estava bem.

— Estou bem.

Ele sorriu ao ouvir o próprio mantra e pousou o olhar no hematoma na mandíbula dela. Com cuidado, passou o dedo pelo machucado.

— Sinto muito pelo que aconteceu naquela noite, Jane.

Ela engoliu em seco e balançou a cabeça.

— Nada daquilo foi culpa sua. Desculpa, mas preciso mesmo voltar ao trabalho. A não ser que você tenha mais alguma curiosidade fascinante pra me contar, te vejo por aí...

— Se alguém gravasse em DVDs todos os dados processados em um único dia na Terra, daria pra empilhar todos eles e chegar até a Lua, duas vezes.

Ela piscou, parecendo um pouco impressionada.

— Tá, essa foi boa.

— E eu te trouxe uma coisa.

Levi enfiou a mão no bolso.

— Pelo menos dessa vez você não me pediu pra pegar.

Ele sorriu, a sensação foi boa. Boa demais. Levi estendeu a mão para ela, com o punho ainda fechado, e os olhos de Jane se estreitaram.

— O que é?

— Que desconfiada! — Ele pegou a mão dela e deixou cair o colar em sua palma. — Um dos caras da equipe de resgate encontrou naquela noite, mas não te achou no hospital. Prometi devolver pra você.

Jane pareceu congelar e encarou o colar com os olhos marejando, fechando os dedos ao redor do medalhão e levando-o ao peito.

— Obrigada — sussurrou, com a voz embargada. — Você não tem ideia do quanto isso é importante pra mim.

Vendo Jane olhar para o colar outra vez, Levi achou que talvez tivesse ideia, sim.

— Estou feliz por você ter recuperado o colar. Jane...

Ela ergueu o rosto.

— Você quer conversar? — perguntou Levi. — Sobre o que passamos?

— Não. Nós dois estamos bem, não há necessidade. — Ela deu um passo para trás. — Mas te devo uma.

— Na verdade, você ter salvado minha vida ganha do colar que eu te devolvi. Posso te pagar o almoço no seu intervalo?

— Não estou com fome — disse Jane, mas sua barriga roncou, e ela fez uma careta, envergonhada. — Tá, tudo bem. Estou morrendo de fome. Faço uma pausa depois desse paciente. Me encontra no refeitório do hospital. Fica no prédio ao lado, no térreo.

Levi sorriu.

— Encontro marcado.

— Não é um encontro. Eu não tenho encontros.

— Nunca? — quis saber ele.

— Bom, talvez de vez em nunca.

Os olhos dele brilharam com malícia.

— Então ainda há esperança. Te vejo no refeitório, Jane.

Ela assentiu e ficou olhando enquanto ele deixava o pronto-socorro — Levi sabia que ela o observava, porque se virou e a pegou no flagra.

Com outra careta, Jane desapareceu nos fundos, e ele se dirigiu ao refeitório, sorrindo por todo o caminho.

Capítulo 7

Quinze minutos depois, Jane entrou no refeitório. Uma má ideia. *Péssima* ideia, ainda mais porque, embora ela não estivesse interessada em ter nada com Levi, parecia se esquecer disso quando o encontrava.

Aqueles olhos idiotas e lindos.

Sandra, que também era uma enfermeira itinerante, encontrou Jane na entrada.

— Oi, Jane! Quais as novidades?

— Nada de interessante — respondeu ela, indiferente.

— Tem certeza? Porque tem um cara bem gato esperando por você. — Sandra inclinou a cabeça na direção de uma mesa à direita e ergueu as sobrancelhas.

— E daí?

— E daí... que tem um cara bem gato esperando por você.

A pergunta implícita era *onde foi que o conheceu?*

A rede de profissionais de saúde em Tahoe era muito competente, mas os bastidores eram iguais aos de uma escola. Uma espécie de ensino médio com jovens inteligentes que respiravam trabalho, então todos cuidavam demais da vida uns dos outros.

E Jane não tinha a menor intenção de ser a fofoca da vez. Uma rápida olhada por cima do ombro revelou Levi recostado na cadeira, mexendo no celular. E, caramba, Sandra estava certa. Ele era bem gato mesmo, talvez ainda mais com a nova cicatriz na sobrancelha direita.

— Você não vai me contar nadinha mesmo? — perguntou Sandra. — Poxa, meu dia está péssimo.

Jane riu, mas balançou a cabeça.

— É sério que você veio lá da maternidade só para ouvir fofoca?

— Não, na verdade eu vim te procurar. Queria saber quanto tempo você vai ficar na casa da Charlotte este ano. O hospital quer prolongar o meu contrato por mais alguns meses, mas não tem alojamento disponível. E você sempre diz que vai embora em breve, então eu queria saber se vai mesmo…

Jane passara a juventude tendo que se mudar. Os pedidos sempre chegavam de forma indireta, e começaram quando o avô não conseguia mais cuidar dela sozinho. Ela migrava de um parente distante para o outro. *Jane, você não gostaria de ficar com o primo fulano de tal por um tempinho?*

Mas aquele não era o caso, ela lembrou a si mesma.

— Você falou com a Charlotte? — perguntou Jane.

— Ainda não. Quis falar com você primeiro.

Charlotte tinha o coração molenga demais, e Jane sabia que a mulher dormiria no próprio sofá só para garantir que Sandra tivesse um lugar para ficar. E por nunca ter cobrado o valor cheio de Jane, Charlotte sem dúvida ganharia mais dinheiro com Sandra.

A verdade, porém, era que Jane não tinha certeza de que conseguiria lidar com as perguntas de Charlotte. Preferia partir por conta própria a enfrentar tudo aquilo outra vez.

— Meu contrato vai até o final da temporada, mas que tal a gente dividir o quarto? Veja o que a Charlotte prefere fazer e me avise.

Sandra apertou a mão dela.

— Obrigada, querida.

Quando Sandra se afastou, Jane respirou fundo e foi em direção à mesa em que Levi estava. Ele olhou para ela, sorriu de um jeito que afastou suas más lembranças e se levantou.

— Oi.

— Oi.

Ele empurrou uma bandeja cheia de comida para o centro da mesa.

— Sei que você está na correria, então comprei um pouco de tudo.

Foi ridículo o quanto o gesto a encantou, e ela riu, pegando o queijo-quente, a tigela de sopa e, depois de pensar um instante, as batatas fritas também.

Parecendo satisfeito, Levi pegou o hambúrguer e a salada pequena.
— Gostei muito de ver você lidando com aquele grandalhão hoje.
— Nick? — Ela sorriu. — Ele é legal. Só tem tamanho.
Levi riu.
— Se você diz.
Estavam comendo quando Levi se inclinou.
— Temos plateia. À sua direita.
Jane se virou e viu Sandra, junto com outras enfermeiras, observando os dois com ávido interesse. Fez um gesto de "xô", e elas se dispersaram.
— Desculpa. Até parece que nunca me viram com ninguém antes. — Então fez uma pausa e uma careta. — Tá bom, nunca me viram com ninguém antes. Elas não têm ideia de que é só um almoço entre duas pessoas que quase bateram as botas juntas.
Jane riu.
Levi, não.
Ela parou com uma batata frita a meio caminho da boca.
— É só um almoço entre duas pessoas que quase bateram as botas juntas, *né*?
— É o que a gente quiser que seja.
Por algum motivo, o coração de Jane acelerou.
Levi empurrou uma caixa branca pela mesa. Tinha um laço vermelho lindo, que Jane encarou como se fosse uma cobra.
— O que é?
— É um presente de agradecimento por não ter me deixado morrer.
— Não. Eu não aceito presentes.
— Você mudaria de ideia se soubesse que é um cupcake de cookies da Cake Walk?
Ela arregalou os olhos.
— Não me provoca.
— Jamais.
Jane praticamente rasgou o laço, o que o fez rir, mas ela não se importou. Cupcakes da Cake Walk eram o equivalente a barras de ouro no mundo dos cupcakes. Melhor do que um dia de folga. Melhor do que sexo, ela tinha quase certeza. Já fazia um tempo desde a última vez.

— Você lembrou — disse ela, encarando com água na boca o cupcake enorme e perfeito, o almoço já deixado de lado.

— É. Você gemeu um pouquinho quando falou dele.

Bom, aquilo foi meio vergonhoso. E verdadeiro.

— Quer dizer que você queria me ouvir gemer outra vez?

— Já ouvi.

Ele sorriu com um pouco de malícia e... caramba. Que sorriso. Daqueles que faziam uma mulher ter uns pensamentos bem indecentes, o que ela também não tinha já fazia algum tempo. Mais agitada do que o normal, Jane pegou a faca, dividiu com cuidado o cupcake e entregou metade a ele.

— Tem certeza absoluta de que as partes estão iguais? — perguntou Levi.

Ela olhou para as metades outra vez.

— Tenho — confirmou ela, e notou o sorriso no rosto dele. — Você ainda está me provocando. Fique sabendo que eu levo esses cupcakes muito a sério.

— Então estou *seriamente* emocionado por você estar dividindo comigo. — Ele ergueu seu pedaço. — Um brinde a não morrer.

— Um brinde a não morrer. — Ela deu uma grande mordida e gemeu de novo. Quando ele sorriu, ela apenas disse: — Não consigo evitar.

— Não estou reclamando. — Levi também deu uma mordida e... soltou um gemido, mas bem másculo.

Rindo, Jane apontou para ele.

— Viu? Melhor que sexo, não é?

O olhar dele se aqueceu.

— Admito que o cupcake é incrível, mas não existe nada melhor que sexo. Não se for bem-feito.

Bom, quem mandou falar de sexo. Determinada a sair da zona de perigo, ela se concentrou na mordida seguinte, sem nem sequer perceber que levara a mão livre até o colar.

Levi fitou o medalhão.

— Fica bem em você.

Mais cedo, quando Levi colocou o colar da avó na palma dela, Jane tentou lutar contra as lágrimas. Sabia que ele percebera, mas não a pressionou a falar. Ficou quieto e a esperou se recompor.

— Obrigada mais uma vez — disse baixinho.

— Pareceu importante pelo jeito como tocou nele na gôndola.

Ela precisou de um minuto para conseguir falar.

— Muito. Era da minha avó. — Ela abriu o medalhão e olhou para a foto, o dia mais feliz de sua vida, porque tinham acabado de ver *O Quebra-Nozes*. — É a única coisa que tenho dela. — Jane fez uma pausa. — Na verdade, é a única coisa que tenho da minha infância.

— Fico feliz que tenha recuperado. — Estendendo a mão, Levi tocou com cuidado o hematoma desbotado no rosto dela. — Você está bem mesmo?

— Estou. — Jane olhou para o corte na sobrancelha dele. — Eu devia ter perguntado como você está se sentindo.

— Do mesmo jeito que você, imagino.

Ela respirou fundo. Não queria falar com Charlotte sobre o que acontecera na gôndola, dissera à amiga que ainda não estava pronta para relembrar. Não queria admitir que pedira para sair da escala da clínica North Diamond, ou que tivera mais de um pesadelo sobre aquela noite, ou que desde então se sentia... nem tinha certeza de como se sentia. Perdida? Até agora, pelo menos. Com o colar de volta, conseguiria enfrentar qualquer coisa.

— Eu sou mestre em engolir meus sentimentos e fingir que nada aconteceu.

Levi deixou escapar um riso áspero.

— Idem.

Seus olhos se encontraram. Talvez ela não tivesse conseguido conversar com ninguém sobre o que aconteceu, porque não queria reviver aquilo tudo. No entanto, Levi estivera lá com ela, ele já sabia. Não precisava contar nada. Sentindo um conforto estranho, Jane voltou ao seu cupcake e tentou não devorá-lo, mas, sim, saboreá-lo.

— Estou meio arrependida de ter te dado metade — disse, depois de abocanhar mais um pedaço do doce.

Levi não tinha devorado o dele de uma vez. Estava comendo com toda a calma do mundo e, enquanto aproveitava, chupou casualmente um bocado de glacê do polegar.

Jane olhou para o próprio polegar, na esperança de ter um pouco de glacê também, mas não havia nada. Mordeu o último pedaço e olhou para o papel-manteiga, perguntando-se se conseguiria lambê-lo sem passar vergonha.

— Você vai me dizer por que sumiu naquela noite? — perguntou Levi.

— Eu não sumi.

Ele a encarou.

— Tá certo — reconheceu Jane. — Fui embora porque sabia que você estava em boas mãos e ficaria bem. Não havia mais nada que eu pudesse fazer.

Além disso, quanto mais tempo passava ao lado da cama dele, mais queria ficar. Jane brincou com o papel do cupcake, até que sentiu a mão dele na sua.

— Olha — disse Levi, baixinho, esperando até que ela o encarasse. — Só pra você saber, depois de uma situação como aquela, é normal criar um vínculo com a pessoa que estava com você. Eu não fazia ideia de como isso é verdade até uma semana atrás. Somos os únicos que sabemos o que passamos. Depois que você foi embora, nos dias seguintes, eu fiquei... preocupado, acho, pensando em você por aí, talvez com dificuldade de lidar com tudo e sem ninguém que entendesse.

Ela não queria ficar emotiva, mas ficou. Também não queria admitir o quanto estava sendo difícil.

— Eu vejo as pessoas entre a vida e a morte o tempo todo no trabalho. Se me apegasse a cada paciente, não duraria muito na minha profissão.

Ele a encarou por um longo momento.

— Nós dois sabemos que o que aconteceu naquela gôndola foi muito mais do que uma profissional da saúde cuidando de um paciente.

Jane olhou dentro da caixa do cupcake, mas não apareceu outro magicamente.

— Então, você lida com situações de vida ou morte todos os dias no trabalho? — perguntou Levi.

Era evidente que o efeito do açúcar tinha afrouxado a língua de Jane, e Levi era bastante esperto, porque pescou o detalhe que ela não pretendia deixar escapar.

— Eu te falei que só fico em Tahoe durante a temporada de esqui. No resto do ano, trabalho com os Médicos Sem Fronteiras e outras organizações do tipo.

Jane adorava ajudar as pessoas e fazê-las se sentirem seguras, o que era irônico, já que nunca tinha se sentido segura na infância ou… em qualquer momento da vida. Adorava também a brevidade daqueles contratos. Adorava saber que era ela quem decidia quando partir. Que a data final já estava estabelecida desde o início. Ninguém precisava pedir para ela ir embora porque se tornara inconveniente. Não podia ser devolvida.

Aquela era a verdade sombria, triste e secreta que guardava: tinha medo de ficar tempo demais em um lugar e se tornar um fardo.

Levi a encarava como se Jane o tivesse surpreendido, mas não fez comentários, e ela ficou grata. Nunca sabia o que dizer quando as pessoas respondiam com "uau", "que incrível" ou "obrigado por ser tão generosa".

Jane percebeu que ele ainda segurava sua mão, esfregando o polegar na palma, com uma expressão de deslumbre.

— Você continua me surpreendendo, Jane.

— Pois é. — Ela puxou a mão. — Ouço isso sempre.

— Eu quis dizer no bom sentido.

Ela absorveu a seriedade por trás do ar brincalhão, da barba por fazer e do sorriso que surgiu lentamente no rosto dele enquanto Jane o observava.

— Ah — disse ela, sem soar tão indiferente assim.

— Ah — repetiu Levi com um sorrisinho, e deslizou o restante do cupcake de volta para ela. Tinha dado apenas duas mordidas pequenas.

— Você está me devolvendo?

— Gosto de te ver comendo.

— Você é um cara estranho.

— Sem dúvida — concordou ele.

Sem querer olhar os dentes de um cavalo dado, ela pegou o cupcake. Mordeu. Mastigou. Engoliu. E enfim se deu conta.

— Você quer me pedir alguma coisa.

— É uma coisinha de nada.

Droga. Ela sabia. Jane parou de comer.

— O que é?

— Você sumiu antes de meus pais conhecerem minha... *namorada*.

Ela sentiu um tremor na barriga, não necessariamente ruim, mas que a fez exigir explicações.

— Quer dizer sua namorada de mentira.

— Minha mãe quer conhecer a mulher disposta a me aturar. Quer convidá-la para o jantar de aniversário de quarenta anos de casamento.

— Entendi, mas não sei como isso é problema meu.

Mesmo fascinada pela família dele, já sentia ondas de pânico percorrerem seu corpo só de pensar.

— É só um jantar em família.

— Ah, não — disse ela, bufando para esconder o horror crescente. — Não, não, não.

— Tá, ótimo. Você vai pensar, então.

Jane foi obrigada a rir.

— Pelo jeito, a Audição Seletiva típica dos homens está intacta.

— Bom, eu sou homem, então... — Sorrindo, Levi se levantou. — Não precisa ter pressa para decidir, o jantar é só daqui a três semanas.

Então virou aquela bunda maravilhosa — era mesmo um arraso — e foi embora. Passou pela mesa das enfermeiras, boquiabertas, e deu uma piscadinha.

— Ela vai pensar no meu pedido — disse ele num tom de conspiração.

Em perfeita sincronia, a mesa toda se virou para encarar Jane.

— Não — retrucou ela. — Não vou.

— Será que *a gente* pode pensar, então? — perguntou Sandra.

Jane bateu a cabeça na mesa.

Na manhã seguinte, quando o alarme de Jane tocou às 4h45 da manhã, ela ainda não conseguia fazer nada além de pensar no pedido. Só precisaria chegar ao trabalho depois das oito, mas mesmo assim se levantou, tomou banho e, às cinco, foi à lanchonete Stovetop.

Deus ajuda quem cedo madruga.

Era o que o avô costumava dizer. E era por isso que ela estava ali. Não só no restaurante, mas em Tahoe.

No ano anterior, quando estivera na cidade para a temporada de esqui, como de costume, avistara o avô no restaurante. Na época, ficara surpresa demais para falar com ele. Não se orgulhava disso, mas saíra antes que ele pudesse vê-la.

Não estava pronta para falar com ele. Culpa e mágoa, além do constante medo de rejeição, garantiram que isso não acontecesse. Para complicar ainda mais, o avô também trazia à tona algumas de suas melhores lembranças da infância.

Um ano depois, ela ainda sentia um turbilhão de emoções. Ainda não era capaz de tomar a iniciativa e falar com ele.

Mas isso não a impedia de querer vê-lo. Assim, Jane estacionou na lanchonete, porque sabia que o avô sempre seguia a mesma rotina.

O edifício fora construído logo após a Lei Seca e funcionara como uma destilaria durante décadas. Nos anos 1950, havia se tornado a primeira lanchonete de North Shore, com tudo a que tinha direito: piso xadrez preto e branco, assentos vermelhos e jukeboxes. Desde então, o visual perdera um pouco do encanto, mas a comida era incrível, garantindo que o local permanecesse um dos pilares da região.

A autorização para comercializar álcool também ajudava.

Jane olhou para a mesa do outro lado do salão, onde o avô estava com os amigos, tomando o café expresso matinal e contando histórias sobre como tinha sido crescer em Tahoe antes de se tornar um destino turístico badalado.

— Nos velhos tempos — dizia um deles —, dava para pular do penhasco em Hidden Falls e não arranjar encrenca.

O avô riu.

— Antes, Secret Cove ainda era uma praia de nudismo que ninguém conhecia, a não ser o pessoal da região. Mas tinha que ter cuidado com os gansos, eles gostavam de morder as partes baixas.

Jane o observou, com o coração dividido entre amor e mágoa, enquanto tomava um gole de café; disfarçada com a touca de esqui quase cobrindo os olhos, cachecol enrolado no pescoço e casaco por cima de tudo para esconder o uniforme. Estava em uma mesa afastada, difícil de ver, com um café extra que levaria para Charlotte no trabalho — a menos que acabasse tomando os dois por puro nervosismo.

O avô inclinou a cabeça para trás e riu alto de alguma coisa que um dos homens dissera, e ouvir aquela risada era doloroso e, ao mesmo tempo, agradável. Ela tinha passado muitos anos reprimindo os sentimentos, por isso as ondas de nostalgia, mágoa e culpa a atingiram com força.

Quando uma pessoa se sentou de repente à sua mesa, Jane quase pulou de susto.

— Que bela detetive você é — disse Charlotte, roubando o café de Jane. Usava o uniforme e aquela jaqueta cor-de-rosa ridícula. — Nem me viu chegando.

— Precisa botar um sino no seu pescoço. E o seu café é o do copo pra viagem.

Charlotte pegou os dois, satisfeita consigo mesma.

— Eu sou ligeira, queridinha. Você nem imagina o quanto.

Jane olhou para ela desconfiada.

— Quanto?

— O bastante pra saber que um cara bem gato te levou um cupcake no trabalho ontem e que você almoçou com ele.

Jane ficou boquiaberta.

— E soube que ele te pediu alguma coisa e você está pensando a respeito.

— *Como foi que...*

Charlotte sorriu.

— Ouvi de um residente, que ouviu de um técnico de laboratório, que ouviu da Radiologia, que ouviu de uma enfermeira que estava na mesa com a Sandra.

— Uau. — Jane balançou a cabeça. — E você perdeu um monte de detalhes. Suas fontes são falhas.

— Na verdade, eles disseram que você foi flagrada em um almoço pós-coito com o Cara Gato do Teleférico. — Charlotte se inclinou, com as mãos sobre a mesa. — Vamos debater a questão.

— Claro. Vamos debater assim que você falar sobre nosso vizinho bonitão, que também é seu colega de trabalho, e por que esse tempo todo você fingiu detestá-lo, sendo que, na verdade, *gosta* dele.

* * *

Charlotte se engasgou com o gole de café e quase soltou o líquido pelo nariz. No entanto, não foi o engasgo que fez seu coração bater mais forte. Fingindo que não tinha acabado de queimar a garganta, recostou-se casualmente no banco e analisou a melhor amiga.

— Não sei do que está falando.

— Então eu também não — disse Jane com um sorriso malicioso. Ela sabia direitinho o que se passava com Charlotte.

Jane era uma amiga especial. Ninguém enxergava Charlotte como ela. Não no trabalho, onde era praticamente uma ditadora. Nem entre os amigos mais próximos, que achavam graça e não se incomodavam com sua necessidade quase obsessiva de controlar... bem, tudo. Ninguém. Charlotte era muito boa em se esconder à vista de todos.

Exceto de Jane. A amiga a enxergara direitinho desde o começo, havia entendido a verdadeira Charlotte. No início fora assustador, mas então passara a achar reconfortante. Ainda mais sabendo que ela própria transmitia a Jane a mesma sensação de segurança.

Eram farinha do mesmo saco, o que permitia a Charlotte se soltar com Jane como não fazia com mais ninguém.

Só que, naquele momento, enquanto uma encarava a outra, com Jane escondendo seus sentimentos por um homem pela primeira vez desde que as duas se conheceram, e Charlotte fazendo quase exatamente a mesma coisa... Bem, a situação teria sido engraçada se não fosse tão apavorante.

Elas se encararam durante algum tempo. Charlotte cedeu primeiro. Como sempre. Nunca conseguira lidar com o silêncio e sabia muito bem disso. Era irritante pra caramba, então fez o que fazia de melhor: ficou na defensiva.

— Eu também sei que você fez companhia por um bom tempo para o Cara Gato do Teleférico enquanto ele estava internado. — O sorriso de Jane passou de malicioso para... apreensivo? E o coração de Charlotte disparou de novo, dessa vez por um motivo completamente diferente. Era uma pessoa que se preocupava demais, sempre fora, mas com Jane também era superprotetora. — O que ele quer com você? Quer que eu dê uma surra nele?

— Não! — Jane soltou uma risadinha. — Meu Deus, a gente está descontrolada. Mas não precisa dar uma surra em ninguém! Abaixa as armas, dra. Dixon.

— Tem certeza? Porque você sabe que eu dou. — Charlotte mostrou o muque. — Posso ser baixinha, mas tamanho não é documento.

Aquilo lhe rendeu outra risadinha, que vindo de Jane era o equivalente a uma gargalhada de doer a barriga.

— Eu não duvido. Mas o que o Levi quer é, hum...

Jane se remexeu, constrangida.

Fascinante. Jane *nunca* demonstrava estar incomodada com nada. Nunca mostrava o que sentia. Pelo menos não para outras pessoas além de Charlotte, o que era um grande motivo de orgulho. Jane era osso duro de roer. Em compensação, Charlotte nunca aceitava não como resposta. Levara seis anos, mas estava bastante confiante de que Jane enfim a considerava da família.

— O que ele quer?

— É pessoal — respondeu Jane.

Charlotte arregalou os olhos.

— Sei o que está pensando — disse Jane com outra risadinha. — Mas não é *isso*. Quando Levi e eu estávamos naquela gôndola e a gente achou que ia morrer, ele ligou pra mãe para se despedir.

Charlotte levou a mão ao peito.

— Meu Deus — sussurrou, tentando se imaginar ligando para a própria mãe para se despedir.

Não conseguia sequer pensar naquilo sem a garganta embargar e os olhos arderem com lágrimas.

— Pois é. — Jane soltou um suspiro.

— Deve ser desesperador ter que fazer uma ligação dessas — disse Charlotte baixinho, segurando a mão de Jane. — Ah, meu bem.

— A questão é que ele não conseguiu falar a verdade. Disse que estava feliz e namorando.

— Que gracinha. Mas não vou deixar passar despercebido que eu não recebi uma ligação.

Jane balançou a cabeça.

— Eu não podia fazer isso com você.

Charlotte precisou de um instante para respirar e apagar da mente a possibilidade de perder a amiga.

— Da próxima vez, eu quero uma ligação. — Ela apertou a mão de Jane. — Mas vamos combinar que não vai ter uma próxima vez, tá?

— Fechado. — Jane respirou fundo. — Mas, enfim, agora Levi precisa de uma namorada de mentira para um jantar de família importante que vai acontecer daqui a três semanas.

Charlotte absorveu a informação. Jane estava... corando um pouco. E evitando contato visual. Fascinante.

— Você vai fazer o que ele pediu?

— Ele devolveu meu colar.

Charlotte sentiu um sorriso surgir em seu rosto.

— Você vai.

— Não sei. Espera, como você sabe que eu fiquei com ele no hospital? Você estava em cirurgia.

— Me contaram.

Jane a encarou.

— Que droga. Agora vou ter que matar o Mateo.

Mateo. O único homem que fazia Charlotte se sentir como se não soubesse o que estava fazendo. Passava os dias sem saber ao certo se queria estrangulá-lo com as próprias mãos ou montar nele como se estivesse em um rodeio. Não admitiria isso nem sob ameaça de morte. Não mesmo. A quedinha ridícula por aquele homem, que era muito mais gostoso do que o permitido por lei, continuaria secreta. Por um número infinito de motivos, mesmo que não conseguisse apontar um, assim, do nada.

— Eu sabia! — Jane apontou para ela. — Viu, você *não quer* que ele morra!

— Bom, eu nunca disse que queria, disse? Só queria que ele parasse de flertar comigo.

Uma mentira deslavada.

— Admita. Você não tem a menor ideia de como lidar com um cara legal tentando chamar sua atenção. Você não é tão ferrada da cabeça quanto eu, mas está quase lá.

E era verdade. Charlotte tivera uma boa infância, mas também tivera sua cota de traumas, que a faziam se sentir tão estranha e desconfortável quanto Jane quando o assunto era romance.

— Ele quer te levar pra sair.

Charlotte ignorou o friozinho na barriga que a ideia lhe provocava e balançou a cabeça.

— Ele é cheio de papo. É o jeito dele. Ele flerta com *todo mundo*.

— Errado — rebateu Jane. — Mateo é um dos poucos que prestam. Sim, ele é legal com todo mundo da área, desde os cirurgiões até as enfermeiras e as equipes de limpeza. Mas tem só uma pessoa com quem ele flerta, que ele encara todo caidinho e para quem leva café. E é você. E... *Ai, meu Deus.*

— O que foi?!

Jane soltou um gritinho e se enfiou debaixo da mesa. Charlotte abaixou a cabeça para falar com ela.

— Você derrubou alguma coisa?

— Derrubei, meu bom senso! Acho que meu avô me viu... Ai, meu Deus, não olha!

Charlotte já estava olhando e sentindo o coração endurecer na hora.

— Quero ver o homem que te abandonou quando você tinha só 8 anos.

— Ele não me abandonou.

— Lorota — retrucou Charlotte.

— Ele não estava bem.

— E você tinha 8 anos.

— É — murmurou Jane. — Por isso mesmo estou escondida como se fosse uma criança.

Charlotte enfiou a cabeça embaixo da mesa outra vez, amolecendo ao ver o pânico genuíno no rosto de Jane.

— Meu bem, o que eu sempre te falo?

— Hum... Que os homens são um lixo?

— Tá, e o que mais?

— Sempre arrume tempo pra passar um batonzinho, porque não somos animais.

— Ah! Você prestou atenção. — Charlotte se sentiu orgulhosa demais. — E...

— E... família a gente não herda, conquista.

Charlotte assentiu.

— Então você tem que decidir. Está pronta pra isso? Pronta pra revisitar mágoas antigas?

A expressão no rosto de Jane mostrava que estava indecisa. E era compreensível, tendo em vista tudo por que passou.

— Não importa o que decidir — disse Charlotte com gentileza —, você sabe que tem pessoas que te amam e te apoiam.

Jane hesitou e, em seguida, assentiu.

— Ainda estou me acostumando com tudo isso. Deixei você invadir a minha conchinha.

Certeira.

— E o Mateo também — acrescentou Jane. — E talvez o Levi agora? Parece gente demais. Parece… aquele pesadelo de ir para a escola pelada. Lá estou eu, sentindo o ventinho, vulnerável, só esperando alguém me dizer que está na hora de eu ir embora.

— Eu nunca vou te dizer isso — disse Charlotte, séria. — E sabe que não importa o que aconteça com seu avô, você vai ficar bem, porque… Por quê?

Jane abriu um sorriso relutante.

— Porque eu tenho você.

— Ah. Você amadureceu tão rápido…

Charlotte viu de relance o homem alto de uniforme médico que entrou no restaurante. Soltou um gritinho estranho, escorregou para fora da cadeira e se enfiou embaixo da mesa também.

Jane a encarou.

— O que…

— Mateo está aqui — sussurrou Charlotte.

Jane piscou.

— E daí?

— E daí que não é alarme falso! Parabéns, você me ensinou a ser ridícula. Espero que esteja orgulhosa. Agora chega pra lá e me dá espaço!

Jane bufou, mas abriu espaço, bem quando Mateo falou:

— Bom dia, meninas. Vocês derrubaram alguma coisa?

Jane sorriu para Charlotte.

— Não se atreva a sair…

Ficou falando sozinha, porque Jane sumiu como se os cães do inferno estivessem em seu encalço.

Não era o caso de Charlotte. Não eram os cães do inferno que a perseguiam. Era o passado.

O que parecia igualmente assustador.

Capítulo 8

Levi acordou com o som inconfundível de patas se aproximando, mas não se mexeu nem abriu os olhos, na esperança de ficar invisível. Não era provável que conseguisse, já que estava no sofá-cama do escritório da família Cutler.

Então, quando uma língua muito quente e úmida lambeu seu rosto do queixo até a testa, ele apenas murmurou:

— Obrigado, Jasper.

Aparentemente incentivado pela saudação, o cachorro peludo pulou em Levi, balançando os quarenta quilos com a graça de um elefante em uma loja de porcelana, baforando aquele hálito canino na cara dele.

Levi conseguiu abraçar o cachorro bobão e adorável enquanto protegia as partes favoritas do próprio corpo, o que não foi uma tarefa fácil, considerando as patas gigantes de Jasper.

— Bom menino, mas está na hora de descer.

Jasper se deitou em cima de Levi, que só conseguiu rir. Quem poderia imaginar que sentiria falta do quarto de infância? Depois que Tess e Peyton voltaram a morar com os pais por causa do divórcio horroroso, seu quarto tinha se transformado em um belo palácio de princesa. Elas se ofereceram para sair de lá enquanto ele estivesse na casa, mas Levi recusara e dissera que o sofá estava de bom tamanho.

Não que importasse onde dormiria, porque sempre se sentira um pouco deslocado naquela casa. Uma peça quadrada enfiada em um buraco redondo. Até mesmo porque ele tinha sido um acidente. Os pais acharam que não teriam mais filhos depois de Tess, quase dez anos mais velha.

Os três já tinham a própria dinâmica quando ele chegara. Levi fizera o possível para se encaixar. Era um bom esquiador e poderia ter chegado a algum lugar com o esporte se quisesse, mas mesmo tendo estudado na Universidade do Colorado, que tinha uma equipe de esqui e participava de campeonatos importantes, havia focado em conquistar o diploma em ciência de dados. O que, claro, deixara os pais perplexos. Para eles, Levi dera as costas para todo aquele talento atlético.

Olhando em retrospecto, Levi entendia o ponto de vista deles, mas também sabia que nunca entenderam o seu. Tinha trabalhado na loja da família na adolescência, dedicara seu tempo aos negócios, embora sempre estivesse com o nariz enfiado em um livro ou no computador, criando softwares e aplicativos. Mais tarde, antes, durante e depois da faculdade, trabalhara com tecnologia para se bancar.

Mais do que talento, Levi tivera sorte, conseguira fazer os contatos certos, e sua start-up, a Cutler Analytics, era um sucesso. Sim, ele sentia falta da vida na montanha. Na verdade, sentia muita falta, mas não sentia falta de ser aquela peça quadrada.

Estava se saindo muito bem sozinho e aprendera a ficar bem como estava. Às vezes se sentia mais do que bem. Às vezes a alegria e o entusiasmo eram genuínos, como minutos antes de ter sido acordado por Jasper, quando ainda estava dormindo e seu sonho estrelava uma enfermeira gata e inteligente chamada Jane. Infelizmente, a realidade estava muito longe daquele sonho erótico.

Assim que pensou isso, Peyton entrou no escritório cheia de energia, uma versão do coelhinho da Duracell de tutu e tiara, agitando uma varinha brilhante.

Jasper enfim saiu de cima de Levi e correu na direção de sua pessoa favorita.

— Senta — ordenou a menina de 6 anos, que pesava menos que o cachorro.

Jasper se sentou como um cachorro bem-comportado. Provavelmente porque Peyton também trazia uma tigela de cereal, e Jasper sabia que só os bons garotos ganhavam cereal.

Peyton se inclinou sobre Levi, e ela cheirava a cereal adocicado. Quando viu que ele estava de olhos abertos, a menina abriu o sorriso desdentado.

— Tio Levi! Tio Levi! Tio Levi!

— Oi, meu amor.

— Sua namorada tá aqui?

Ele estreitou os olhos.

— Sua mãe mandou você me perguntar isso?

— Não. A vó.

Levi suspirou.

Peyton deu risadinhas.

— Onde ela tá escondida?

Ele não se importava de distorcer a verdade para as intromissões da mãe e da irmã, mas não mentiria para Peyton.

— Podemos falar de outra coisa?

— Tá, vamos falar da minha festinha de chá. É daqui a pouco. Você vem.

A sobrinha estava com uma bolsa pendurada no pescoço, uma das bolsas de Tess, e tirou um caderninho e um lápis. Abriu, fez alguns rabiscos e logo fechou.

— O que é isso? — perguntou ele.

— É meu *diabo* secreto.

Levi mordeu o lábio para não rir. Talvez um dia a corrigisse, mas não naquele momento.

— O que você escreve aí?

— Anotações importantes. Mamãe escreve anotações importantes no diabo dela pra guardar e mostrar pro papai, pra chutar a *bunda* dele se ele vier em casa. — Peyton baixou a voz: — Não conta pra ela que eu disse *bunda*, viu? Mamãe diz que *bunda* é um palavrão.

Levi fingiu fechar um zíper nos lábios.

— Você acha que o papai vai *vim* logo? — perguntou a menina.

— Eu não sei, querida.

No entanto, ficaria feliz em ajudar Tess a chutar a *bunda* do cara por fazer duas de suas mulheres favoritas sofrerem. Levi se sentou e percebeu que o pai estava a apenas alguns metros de distância, sentado à escrivaninha, a cabeça inclinada para a frente em um ângulo estranho, de modo que conseguisse espiar por cima dos óculos em vez de usá-los de fato. Estava resmungando sobre a "porcaria do sinal de internet" enquanto martelava com os dedos indicadores o teclado do computador.

Não prestava atenção em qualquer um deles — nem no cachorro, nem no homem, nem na menininha. Melhor assim. Peyton voltou a pular e, merda, o movimento estava deixando Levi tonto para caramba.

— Vamos fazer a festinha de chá? — Ela aproximou o rosto do dele outra vez. — Vamos? Vamos? *Vamos?*

— Talvez eu tenha que tirar uma soneca primeiro.

— Mas! Mas! Mas! — Peyton gostava de se repetir. Em decibéis altíssimos. — Mas eu tô pronta agora!

— Peyton! — gritou Tess de algum lugar no corredor, também em decibéis altíssimos. Filha de peixe peixinho é. — *Não acorda o tio Levi!*

— Ele já tá acordado! Foi o Jasper!

Peyton se agachou e pegou com cuidado a tigela de... isso mesmo, cereal colorido. Sem leite, porque todo mundo já estava cansado de escorregar nas pequenas poças que a menina nunca avisava que tinha derramado.

— Eu trouxe café da manhã pra você — disse ela com a tigela equilibrada precariamente nas mãozinhas.

Levi se inclinou para pegar um cereal, mas Peyton ergueu a varinha.

— Qualquer cor menos vermelho — disse muito séria. — O vermelho é o meu favorito.

— Que tal o amarelo?

— É meu segundo favorito.

— Verde?

— Pode pegar o verde — decidiu ela.

— Obrigado. — Levi jogou um cereal na boca, e ela sorriu, um sorriso doce, inocente e desdentado que tocou seu coração. Brincando, ele puxou uma mecha do cabelo da sobrinha. — Você sabe que eles têm o mesmo gosto, né? Não existe sabor diferente.

Peyton piscou, absorvendo a informação nova.

— O vermelho é o mais bonito.

— Entendi.

Ela se transformou no coelhinho da Duracell de novo.

— Levanta, levanta, levanta!

— Tá bom, tá bom. — Ele estava prestes a se levantar, mas lembrou que havia dormido só de cueca. — Hum, por que você não vai preparando o chá e eu te encontro depois do banho?

— Eba! Eba! Eba! Não demora!

Ela saltitou para fora do escritório.

O silêncio tomou conta do ambiente, exceto pelos indicadores do pai, que continuavam a martelar no teclado.

Levi se levantou e grunhiu. A cama era uma porcaria. Ou talvez a vida dele que fosse.

O pai o encarou, desinteressado.

— Finalmente se levantou, hein? Não sei como é na cidade, mas aqui nas montanhas o dia começa antes das dez.

Levi sempre presumira que o pai gostava de provocar o único filho. E o homem era bom nisso. Não fora fácil crescer sabendo que esperavam que ele permanecesse ali, assumisse os negócios da família e vivesse feliz para sempre, sem seguir os próprios planos e sonhos.

Tinha superado aquilo. Tudo bem, talvez ainda tivesse um *pouquinho* de mágoa. Desde a passagem pelo hospital, porém, e, agora, ficando um tempo na casa da família, Levi começava a perceber que talvez o pai agisse daquela forma não por desrespeitar ou discordar das escolhas do filho. Talvez... talvez estivesse dando o máximo de si e ser cínico o ajudasse a lidar com os problemas do dia a dia.

— O que houve, pai? Por que tanto resmungo?

— Não pergunte se você não se interessa de verdade.

A loja da família era a única loja de artigos esportivos na área de North Shore, o que significava que era muito movimentada e um ótimo negócio. Mesmo assim, não tinha uma margem de lucro grande, e a família havia enfrentado dificuldades ao longo dos anos — um fato que lhe passara despercebido quando mais novo, porque os pais nunca deixaram transparecer qualquer problema financeiro.

Saber que protegeram os filhos daquele estresse fazia Levi ser mais paciente quando o pai bancava o dono da verdade. Só que além de ter dormido mal naquela noite, sua paciência tinha se esgotado.

— Pai, fala logo o que está acontecendo.

O pai empurrou a cadeira para trás, parecendo enojado.

— As contas da loja estão uma bagunça.

Cal, o futuro ex-marido de Tess, cuidara da contabilidade da loja por dez anos. Assumira o posto logo após terminar a faculdade, fora o primeiro funcionário que não era da família a lidar com as contas.

No entanto, Cal fugira com a babá no mês anterior e abandonara o trabalho. Sendo sincero, Levi admitia que nem tinha se preocupado com a loja, apenas deduzira que outra pessoa passaria a cuidar da contabilidade.

Pelo jeito, a pessoa era seu pai. Aquilo não era nada bom, porque, embora o homem entendesse do assunto, ficava impaciente demais quando se tratava das finanças da loja.

Hank removeu os óculos e jogou na mesa.

— O Cal é um merda.

— Concordo. — Olhando o pai com mais atenção, Levi enxergou a severidade nos lábios e as linhas de estresse ao redor dos olhos. — Qual é o problema?

O pai esfregou os olhos.

— A situação não é nada boa.

O coração de Levi afundou.

— Preciso que seja mais claro. Cal bagunçou os registros ou fez um caixa dois?

Hank abriu os olhos e encarou Levi.

— Não tenho certeza. Mas acho que a segunda opção.

— Meu Deus, pai.

O homem balançou a cabeça.

— É só um pressentimento, por enquanto. Ainda não encontrei nada.

— O software que eu te passei no último trimestre devia ter alertado sobre qualquer coisa estranha.

— Então, eu não consegui entender bulhufas daquele programa. E para que mudar uma coisa que estava funcionando?

— Não acredito... — Levi parou e respirou fundo, porque não estava disposto a entrar numa briga. — A mãe me disse que o software estava sendo muito útil.

— Porque foi isso que eu falei para ela. — O pai desviou o olhar. — Era complicado e nunca consegui usar direito. Já deu para perceber que não foi uma atitude inteligente.

Uma confissão surpreendente. A questão era que o programa de Levi não era complicado. Era simples. E ninguém teria que fazer nada além de deixar o programa rodar em segundo plano. Ele respirou fundo.

— Pai. — Levi não acreditava no que estava prestes a dizer. — Por que você não me deixa dar uma olhada e eu vejo o que consigo descobrir?

— Para você fazer a coisa funcionar e depois se mandar de volta pra cidade? — perguntou Hank, agitando os óculos que segurava. — Não quero ficar tentando resolver algo que outra pessoa fez.

Levi engoliu os argumentos defensivos que estava pronto para soltar.

— Eu não sou o Cal, pai. Nunca fiz merda e abandonei o barco.

O pai suspirou e esfregou a mão no rosto.

— É, eu sei. Desculpe. Não quero descontar em você. Mas que merda, aquele idiota ferrou a gente.

— Então por que você sempre fala que está tudo bem quando eu ligo?

— Sua mãe não queria te preocupar nem incomodar. E de qualquer forma, você nunca quis saber da loja, nunca foi feliz aqui, que diferença faz para você?

— Meu Deus, pai. — Levi começou a esfregar o rosto também, percebeu que herdara a mania do pai e parou. — Eu adoro esse lugar. — E era verdade. Adorava a montanha, adorava saber que podia se aventurar ao ar livre sempre que quisesse. — Quero ajudar.

— Quer?

— Quero.

O fato de não ter sequer pensado na loja depois que Cal foi embora, deixando a família em apuros, enchia Levi de culpa.

— Deixa eu passar um pente-fino nas contas e ver o que encontro.

— Não posso te pedir isso.

— Você não pediu. Quando terminar, eu instalo o software pra você, e ele vai achar esses problemas quando eu não estiver aqui.

Hank pareceu incerto e foi como um chute no estômago. Levi ganhava a vida, uma vida muito boa, por sinal, com sua habilidade de resolver os problemas de outras pessoas. Problemas como aquele. No entanto, por ser o caçula da família — e, convenhamos, o diferente —, o pai tinha dificuldade de enxergar seu valor.

— Pai, me deixa ajudar — pediu Levi mais uma vez, e gesticulou para que Hank saísse de trás da mesa e ele pudesse usar o computador.

— Não vai colocar uma calça primeiro?

— Vou.

Levi vestiu a calça jeans, que estava no chão, e uma camiseta. Não era desleixado em casa, mas ali só tinha o sofá, então seus pertences acabavam naturalmente no chão. Quando se sentou à escrivaninha, percebeu a expressão do pai. Talvez fosse alívio. Ou esperança. Era difícil dizer, já que Hank não falava muito sobre o que sentia.

Levi era bem parecido com ele, afinal.

O pai pousou a mão em seu ombro. Na linguagem dos Cutler, era o equivalente a um abraço forte e acolhedor.

— Obrigado.

Levi o olhou.

— Você deve estar desesperado *mesmo*.

O pai sorriu com tristeza.

— Antes de você acordar, eu estava a dois segundos de arremessar o notebook pela janela.

Levi concluiu que deveria se sentir grato pelas pequenas coisas. Por exemplo, era melhor ter sido acordado por uma fada dançarina exigindo sua festinha de chá do que pelo som de um notebook estilhaçando a janela e se espatifando dois andares abaixo.

Capítulo 9

Jane acordou tarde, o que era uma alegria rara. Dias de folga não eram comuns. Normalmente, quando estava em Tahoe, trabalhava todos os turnos que conseguia. Como tivera que se virar sozinha durante os anos de vacas magras, trabalhar duro e guardar dinheiro para qualquer imprevisto tornara-se parte da rotina.

Mas ali, deitada, contemplando o teto, ela sabia que tinha dito a Charlotte a verdade. Não estava mais sozinha.

Jane tocou o colar. Antes, o objeto evocava memórias da avó, mas agora havia novas lembranças ligadas àquele medalhão. A maneira como Levi olhara para ela ao devolvê-lo. Sabia que ele tinha um sorriso arrebatador, que era bem engraçado e que era bastante capaz de cuidar de si próprio em uma emergência — coisas muito atraentes.

Só não imaginava que ele também fosse gentil. Ao pensar nisso, os olhos foram se fechando e um sorrindo se abrindo... até que se abriram quando a cama se mexeu.

E começou a ronronar.

— Mas o que...

Jane pulou da cama, puxou as cobertas e deu de cara com um par de olhos cinzentos ligeiramente tortos, uma cauda se contorcendo aborrecida por ter sido descoberta. Gato de Rua.

— Ai, meu Deus, como você entrou aqui?

Ele se levantou, espreguiçou-se, deu uma voltinha e se deitou de novo, de costas para ela.

Jane riu.

— Você não pode ficar aqui. Esta casa é uma zona livre de bichinhos e, além disso, eu só pago um aluguel.

Depois de pegá-lo, ela o levou até a cozinha e, sem conseguir resistir, aproximou o rosto do focinho dele, e o gato ronronou ainda mais alto. Droga. Se fosse capaz de criar raízes em algum lugar, ficaria com o bichano sem pensar duas vezes. Mas não era, então não podia ficar com ele.

— Por favor, entenda — sussurrou contra o pelo cinzento.

Charlotte estava à mesa, encarando o notebook.

— É de se imaginar que pagar as contas pela internet seria tão mais tranquilo. Mas não é, não.

Jane passou por ela até a porta dos fundos e deixou o gato sair.

Gato balançou a cauda e foi embora.

— Ele podia ter esquentado seus pés — disse Charlotte.

— Foi por isso que você deixou ele entrar?

Elas se encararam, Jane esperando uma confissão, e Charlotte sem transparecer qualquer arrependimento.

— Você sabe que não posso ficar com ele — disse Jane baixinho. — E sabe por quê. Não dificulte as coisas pra mim.

Charlotte suspirou enquanto Jane se serviu de café, depois encheu também a xícara da amiga e apontou o queixo na direção do notebook.

— Você poderia aumentar o aluguel dos quartos, porque todo mundo sabe que você cobra bem abaixo do preço, aí as contas não ficariam tão complicadas.

— Não vou fazer isso.

Jane jogou as mãos para o alto, exasperada, e Charlotte sorriu.

— Você me ama.

Jane revirou os olhos.

— Ama, sim — insistiu Charlotte.

— Talvez — admitiu Jane. — Mas não amo quando você coloca o gato de rua pra dentro e abre a porta do quarto de visitas pra ele subir na minha cama.

— Em primeiro lugar — começou Charlotte —, ele queria entrar. E em segundo, ele não é um gato de rua, ele é *seu* e foi procurar você. Ficou chorando na porta, que não é do quarto de visitas, é do seu quarto.

Jane sentiu um aperto no peito ao pensar no gato chorando por sua causa.

— Não posso ficar com ele. Você sabe que eu vou embora logo. Não seria justo ele morar comigo por um mês e depois voltar pra rua. — Ela pegou um pedaço de papel, com uma lista. — O que é isso?

Charlotte deu de ombros.

— Minha família e umas pessoas não param de me perguntar o que eu quero de presente de aniversário.

Jane a encarou. Charlotte odiava ganhar presentes, mas era aquele "umas pessoas" que despertara seu interesse.

— E alguma dessas pessoas se chama Mateo?

Charlotte fingiu não ouvir.

— Fiz a lista, mas parece coisa de gente gananciosa, então não vou mandar para ninguém.

Discretamente, Jane pegou o celular e tirou uma foto da lista. Se Charlotte não aceitava dinheiro, daria à amiga um presente de aniversário incrível e garantiria que os outros fizessem o mesmo. Uma dama jamais recusaria um presente, seria muita falta de educação.

— E aí... — disse Charlotte.

— E aí... o quê?

— Você vai topar? Ser a namorada do cara bonitão?

— Eu sabia que ia me arrepender de ter contado. Vou tomar banho e depois resolver umas coisas.

Jane se virou para sair da cozinha.

— Não se esqueça de comprar uma caminha pro Gato dormir no seu quarto — gritou Charlotte atrás dela.

— Claro, assim que você parar de cuidar da vida de todo mundo menos da sua — gritou Jane de volta.

No quarto, depois de tomar banho e se vestir, Jane pegou o celular e enviou a foto da lista para Mateo com uma mensagem.

JANE: Ela fez uma lista e agora decidiu que não quer mandar mais. Segue a foto. A jaqueta de esqui fica pra mim.

MATEO: Olha só, você mostrando seu lado gentil.

JANE: Para com isso.

MATEO: Você é uma boa amiga, Jane.

Sem ter certeza de que aquilo era verdade, ela guardou o celular no bolso e saiu para comprar a jaqueta. Charlotte não dava muita importância a coisas materiais, a menos que fossem relacionadas a esqui. Ela adorava esquiar.

Jane não era muito fã de prender uma tábua em cada pé e se atirar pela encosta íngreme de uma montanha. Mesmo assim, sabia da importância de um bom equipamento, então iria até a Cutler Artigos Esportivos.

Será que havia escolhido a jaqueta de esqui só para ter uma desculpa e ir até a loja? Não. Claro que não. *Provavelmente não...*

Tá bem. Sim, ela escolhera a jaqueta por isso.

A loja ficava no centro da cidade, que consistia em uma área de quatro quarteirões chamada Lake Walk, à margem do lago em Sunrise Cove. Era repleto de bares, cafés, lojas de souvenires, galerias e qualquer coisa que pudesse atrair ainda mais turistas. A maioria dos edifícios era do início dos anos 1900 e, embora tivessem sido reformados várias vezes, ainda mantinham um ar de Velho Oeste bem charmoso. À noite, vitrines e árvores brilhavam com milhares de luzinhas que refletiam no lago e faziam o lugar parecer um verdadeiro cartão-postal.

O encanto, porém, era evidente mesmo à luz do dia. A loja dos Cutler parecia um armazém dos velhos tempos, com equipamentos esportivos da virada do século adornando as paredes e com as vigas expostas. Havia esquis e trenós antigos, pranchas de surfe feitas de madeira e itens do gênero.

Jane disse a si mesma que sua missão era entrar na loja, encontrar a jaqueta e sair, tudo isso sem esbarrar com Levi. Não tinha ideia se ele estava ali, mas foi direto à seção de esqui, sem sequer olhar para os lados, apenas para a frente, e parou nas jaquetas femininas.

Namorada.

Levi queria que ela fingisse ser sua namorada.

Se ele a conhecesse bem, teria rido da ideia. Afinal de contas, se Jane nunca tivera sucesso em um relacionamento de verdade, teria muito menos em um de mentira.

Mas tinha que existir alguém para ela, certo?

Que droga. Precisava parar de ver comédias românticas às escondidas. Encontrou uma jaqueta que parecia corresponder à descrição de Charlotte e a puxou. Quando viu a etiqueta de preço, quase desmaiou.

Que droga.

Amizade não tem preço, disse a si mesma. Pelo menos não no que dizia respeito à amizade de Charlotte e a tudo o que ela já fizera por Jane. Pensando em como reduzir os gastos com alimentação pelos próximos... bom, meses, ela foi até o caixa e entrou na fila. A mulher à sua frente dizia:

— Não se esqueça do desconto de cinquenta por cento para funcionários, é por isso que peguei tanta coisa. Não resisti. Graças a Deus, Robby adora trabalhar no departamento de bicicletas, né?

Desconto para funcionários...

Será que namoradas de mentira também recebiam desconto?

— Bom dia — disse a atendente quando Jane acordou do devaneio.

— Achou tudo de que precisava?

— Na verdade, acabei de perceber que preciso verificar uma coisa. Sabe onde posso encontrar Levi Cutler?

A garota apontou para cima.

Jane olhou para cima. Mais para cima. Mais para cima ainda... A parede dos fundos era um paraíso para alpinistas. Era dividida em três níveis de escalada, sendo que o mais avançado tinha a altura dos três andares do prédio, e lá estava Levi, perto do topo, e, pelo que ela conseguia ver, a única coisa que o segurava era uma corda bem fininha.

O homem era obviamente louco.

Jane se aproximou da parede e parou ao lado de um cara alto e magro, de bermuda cargo e camisa de funcionário da loja. O cabelo loiro formava uma juba selvagem em volta do rosto. No crachá, lia-se *Dusty*.

— Ele me ouve se eu gritar daqui? — perguntou ela.

— Esse aí ouve *tudo*. A gente acha que ele tem audição de morcego.

— É verdade — disse Levi, calmo como se não estivesse pendurado no teto.

— Aí, Tarzan — gritou Jane. — Perdeu o juízo?

Ele sorriu.

— Não. Ele está intacto.

— Sério? Porque você teve uma concussão, o que causa visão embaçada e tontura. Então, ficar a trinta metros de altura é uma péssima ideia.

— São dez metros, e meu médico me liberou.

Ela cruzou os braços, e o sorrisinho dele se alargou.

— Você está preocupada comigo. Que fofinha.

Fofinha? Ela era muitas coisas. Sarcástica. Esquentada. Teimosa... Fofinha, jamais.

— Precisamos conversar — disse ela.

O sorriso de Levi cresceu ainda mais.

— Claro. Sobe aqui.

— Engraçadinho.

A risada dele ecoou até Jane.

— Achei que não tinha medo de nada.

Na verdade, ela tinha medo de muitas coisas, inclusive de como o ritmo de seu coração mudava só de olhar para ele.

Empurrando a parede de escalada com as pernas, de repente Levi fez um arco no ar, e Jane ofegou ao olhar para Dusty, que estava ali parado com as mãos na cintura, só observando.

— Calma aí, você não está segurando a corda?

— Ele está usando um sistema de segurança automático.

Levi foi para o chão, pousando levemente, como um gato. Um gato selvagem, elegante e poderoso. Os olhos brilhavam com a emoção da aventura, e ele abriu um sorriso que eliminou mais um monte dos neurônios de Jane.

— Você faz isso de propósito — murmurou ela.

— Faço o quê? — perguntou ele, inocente.

Dusty bufou e foi embora.

Jane cruzou os braços.

— Não é possível que tenham te liberado pra escalar. Quem é seu médico?

— Mateo Moreno.

Jane piscou.

— O dr. Mateo Moreno?

— É, ele é um velho amigo. Melhor amigo, na verdade, do colégio. Confia em mim, ele me conhece bem e sabe que subir aqui é tranquilo em comparação com metade das merdas que a gente fazia quando era mais novo.

— Hum.

Como ela não sabia disso?

Levi inclinou a cabeça.

— Você o conhece?

— Ele é vizinho da casa onde estou hospedada. É um cara bacana.

— O melhor — concordou Levi. — E me liberou pra fazer o que eu quiser.

Ele sorriu, e Jane ficou atordoada com a sensualidade que exalava testosterona e feromônios.

— Você é um perigo — decidiu ela.

— E você está aqui na loja. Ou você está com saudade, ou precisa de alguma coisa.

No que dizia respeito às suposições, as dele eram bastante precisas. Não que ela fosse admitir. Levi a analisou.

— Interessante. — Seus olhos brilhavam com bom humor. — Você está aqui para aceitar ir ao jantar em família como minha namorada.

— Namorada *de mentira* — reforçou ela. — E... — Jane mordeu o lábio inferior —, talvez eu esteja.

— Gostei do seu talvez. — Ele apontou para a parede de escalada. — Quer tentar?

Jane abriu a boca para dizer que ele estava delirando, mas Levi ergueu uma sobrancelha, o olhar cheio de desafio. E, caramba, a natureza competitiva a fez erguer o queixo.

— Eu não sei escalar.

— Temos um especialista na equipe.

— Onde?

Ele sorriu.

— Você?

Levi deu de ombros.

— Vi um cara escalar uma ou duas vezes.

Ela semicerrou os olhos, e ele riu.

— Cresci escalando essa parede. Assim como todas as montanhas da região. E eu já falei que quem escala ganha cupcakes da Cake Walk? — perguntou ele.

Jane semicerrou ainda mais os olhos.

— Você está me provocando.

— Você vai saber quando eu estiver te provocando.

Bom, lá estava aquele friozinho na barriga de novo.

Ela apontou para a menor das três paredes de escalada, a de um só andar.

— Quais são as chances de eu morrer escalando aquela parede?

— Em média, ocorrem dois acidentes e meio a cada dez mil horas de montanhismo.

— Dois e meio? — perguntou ela, cética. — Como alguém cai pela metade? Você quase cai ou o quê?

Ele sorriu para Jane.

— É só estatística.

— Mas não faz sentido.

— Também não faz sentido a mulher mais corajosa que já conheci recusar um desafio simples.

A mulher mais corajosa que ele já conheceu ficou perplexa. Jane nunca tinha se considerado corajosa. Na verdade, muitas vezes se sentia o oposto. Fugindo por medo de criar laços e raízes...

Talvez fosse hora de parar de fugir. Ela soltou um suspiro.

— Alguma dica?

— Não olhe para baixo.

Ela riu e inclinou a cabeça para trás, observando a parede. A mais alta, onde Levi estivera, tinha uma envergadura para a frente nos últimos três metros, o que fez Jane estremecer de horror. A do meio parecia apenas um pouco menos intimidante, mas a menor... Duas crianças a escalavam. Qual poderia ser a dificuldade?

— Ok. Mas vou naquela.

Levi colocou o equipamento nela tão rápido que ficou claro que ele sabia que Jane poderia sair correndo a qualquer instante.

— Segurança em primeiro lugar — brincou ele, usando as palavras dela na noite da nevasca.

Ela bufou.

— "Segurança em primeiro lugar" é uma besteira que a gente só diz quando está preocupado ou é um completo idiota.

Ele sorriu.

— Eu pareço alguma dessas coisas?

Jane tinha que admitir que não.

Depois de um resumo surpreendentemente profissional sobre o que ela teria que fazer e em que momento, Levi acrescentou:

— Também vou escalar e estarei ao seu lado o tempo todo. Dusty vai te dar suporte. Eu juro que você está segura.

Ela olhou para Dusty, que se aproximou quando Levi gesticulou para ele.

— Olha — disse Jane —, tenho certeza de que você é legal e tudo o mais, mas não sou muito de confiar com facilidade.

— Você já confiou quando preencheu o formulário de autorização — disse Dusty.

— Hum... — murmurou Jane, e Dusty deu um sorriso. O que fez ela dizer:— Não tem graça. Se eu cair...

— Você não vai cair — disse Levi. — Dusty estará logo abaixo na corda. Ele é da equipe de resgate e é o melhor dos melhores.

Jane olhou para Dusty.

— *Sabia* que te conhecia de algum lugar. Você estava naquela noite da nevasca.

O sorriso de Dusty desapareceu, e ele assentiu.

— É, e foi o mais perto que chegará de morrer sob meu comando. Você pegou seu colar de volta?

Ela puxou o medalhão de debaixo da gola do suéter.

— Peguei. Muito obrigada.

— Não me agradeça, agradeça a ele — disse Dusty, acenando para Levi.

O olhar de Levi encontrou o dela.

— Ele disse que faria o que fosse necessário para devolver o colar para você — disse Dusty. — Tem medo de altura?

Jane desviou o olhar de Levi com alguma dificuldade. Ficou um pouco tonta com a brusca mudança de assunto. Ou talvez fosse por perceber que Levi era mesmo um cara legal.

— Prefiro altura a lugares apertados.

Dusty riu baixinho.

— Se quiser parar, é só pedir que a gente te traz pra baixo.

Ela sorriu, agradecendo, e se virou para Levi.

— Então eu preciso de uma pessoa de verdade controlando a corda pra segurança, mas você não?

— Isso — disse Levi com firmeza.

Dusty assentiu.

Tudo bem, então. Ela começou a subir em silêncio e com calma, com os dois homens dando dicas bastante úteis. Como prometera, Levi estava ao seu lado. Sempre que ela tinha dificuldade para encontrar o apoio certo para a mão ou para os pés, ele sugeria um movimento com uma explicação rápida e, embora Jane quisesse dizer "Eu sei o que tenho que fazer!" como uma criança birrenta, ela aceitava as sugestões. Assim, aos poucos, Jane começou a entender a dinâmica e a entrar no ritmo.

Até que olhou para baixo para conferir o progresso. Uma decisão muito, muito idiota. O chão parecia estar a um quilômetro de distância e, no mesmo instante, sua cabeça começou a girar e Jane achou que fosse vomitar.

— Jane.

Ela encostou a testa na parede, fechou os olhos e engoliu em seco.

— Desculpa, não dá pra falar agora, estou *muito* ocupada tendo um ataque de pânico.

Levi passou o braço em volta dela.

— Respira — disse ele, baixinho em seu ouvido. — Só respira.

Ela abriu a boca para dizer que já estava respirando, mas percebeu que na verdade não estava. Que droga. O coração batia forte e os músculos das pernas tremiam. Na teoria, sabia que era impossível cair, mas na prática era outra história.

— Você está indo bem. E está segura, eu juro. — Ele estava com o braço em volta dela. — Não tem como escorregar ou cair. A corda está te segurando. Dusty está de olho. E eu estou cuidando de você.

Eu estou cuidando de você...

De repente, Jane ficou ainda mais assustada. Não com a ideia de cair. Não por se dar conta de que aceitaria ser a namorada de mentira de Levi. Nem mesmo com a ideia de jantar com a família dele... Tudo bem, ela estava com um pouco de medo do jantar, sim.

No entanto, o que mais a assustava era que Levi estava cuidando dela. Quando tinha sido a última vez que um homem cuidara dela? Jane nem lembrava. Incapaz de se conter, ela deu outra olhada e soltou um gemido baixo.

— É como se eu estivesse na nevasca de novo.

— Só que não tem vento, nem neve, e não estamos pendurados a duzentos e trinta metros de altura.

— Peraí... duzentos e trinta? Naquela noite você tinha me dito que eram cento e setenta!

— E faz diferença?

Bom ponto, mas Jane abriu os olhos e o encarou zangada mesmo assim. Os olhos cinzentos não estavam tão tempestuosos, mas brilhantes. E, caramba, ele tinha cílios naturalmente longos e escuros.

— Muito injusto — sussurrou ela.

— Eu ter mentido?

— Que você tenha cílios longos.

Levi apertou os lábios para conter a risada, e o olhar de Jane se perdeu, caindo nos lábios dele, que se curvaram lentamente.

— Jane.

— Hum.

— Vamos terminar a subida?

— Tá. E eu vou chegar no topo antes de você.

Ela não tinha ideia de por que tinha dito aquilo. Ah, calma, sabia, sim. Era porque não suportava perder.

Divertindo-se com o lado competitivo dela, Levi riu, e os dois voltaram a escalar. Alguns minutos e muito suor depois, Jane precisou admitir que estava gostando, mesmo quando vacilava ou demorava um momento para encontrar o apoio certo. Quando chegou ao topo e tocou o sino, estava ensopada e sorrindo como se tivesse escalado o Monte Everest. Um Monte Everest de 3,6 metros de altura.

— Eu consegui.

Levi sorriu para ela.

— Você conseguiu.

Jane assentiu e sentou ali no topo mesmo, porque os joelhos estavam reclamando. Ele lhe entregou uma garrafa de água e se sentou ao lado dela.

— Estou impressionado — disse ele, sorrindo. — Você é durona nas emergências *e* nas competições. Eu gosto disso. Gosto de você, Jane.

Ela soltou a água pelo nariz e engasgou.

Levi esfregou suas costas até que ela conseguisse respirar direito.

— Você não gosta de receber elogios. Saquei.

Na verdade, era o "gosto de você" que ela não esperava. E a própria reação. Jane brincou com as gotículas na garrafa de água.

— Então… sobre aquela história de namorada de mentira. Eu tenho algumas perguntas. E regras.

— Manda.

— Sua família é muito unida.

— Se por "unida" quer dizer que passamos metade do tempo querendo matar uns aos outros, sim.

Ela encontrou o olhar de Levi.

— Olha, vi como foi importante pra você ter ligado pra eles quando achou que a gente ia morrer, então imagino que eles te amem muito. Só não quero estragar a relação de vocês.

Ele parecia perplexo.

— Como você estragaria?

— Acredite. Famílias não costumam gostar de mim.

Começando com a dela…

— Jane, não tem como eles não se apaixonarem por você assim que a virem.

Ela sentiu o rosto esquentar e ficou irritada consigo mesma.

— Eu sou… — começou ela, procurando uma maneira de explicar. — Tenho um senso de humor estranho. Rio de coisas que ninguém acha engraçadas. Sou sarcástica. Digo o que penso, e nem sempre é… legal.

— Então, pronto! — exclamou ele. — Você vai se encaixar perfeitamente.

Jane olhou para ele. Por que Levi não tinha se assustado?

— E o que mais? — perguntou ele.

Jane respirou fundo.

— O que um namoro de mentira implicaria, exatamente? Tipo, nada… de contato físico, certo? Nem mesmo para fingir.

Quando ele falou, a voz estava séria:

— Eu jamais *fingiria* esse tipo de coisa com ninguém. Muito menos com você, Jane.

Ela franziu a testa.

— Porque...

Ele abriu um sorrisinho.

— Acho que vou deixar você interpretar como quiser.

Ela respirou fundo. Ai, caramba...

— Você mencionou regras. — Ele parecia estar se divertindo.

Jane assentiu e tentou lembrar quais eram.

— Você tem que me prometer que vai ser só de mentira e que, não importa o que aconteça, você não vai se apaixonar por mim.

Levi sorriu.

Jane apontou o dedo para ele.

— Ei! Poderia acontecer!

O sorriso dele desapareceu.

— Não duvido.

O coração de Jane deu uma cambalhota.

— Prometa — sussurrou ela.

Levi ficou quieto por um instante.

— Eu entendo — disse ele finalmente. — Não seria uma boa ideia a gente se apaixonar. Nós dois vamos embora de Sunrise Cove daqui a um tempo e temos vidas muito diferentes, seria quase impossível manter um relacionamento.

Bem, se ele ia agir de um jeito maduro... Jane gostou. Da honestidade. Gostou muito, mesmo, e se sentiu bem melhor com a situação toda.

— Minha vez de fazer uma pergunta — disse Levi. — Você mencionou que não tem família. O que aconteceu?

Momento da verdade. Ela desviou o olhar, se concentrou no teto alto do armazém, na iluminação, nas pessoas que circulavam na loja...

— Jane.

— Não tenho contato com eles.

Com gentileza, Levi virou o rosto dela para si.

— Ninguém?

— Há muito tempo, não.

— Jane — disse ele num tom gentil.
— Acredite, foi melhor assim.
— O que aconteceu?
Ela deu de ombros.
— Fiquei indo de um parente para outro quando era criança. Meio que estragou essa coisa de família pra mim. — Ela deu de ombros outra vez e até sorriu, embora odiasse falar da infância.

Odiasse.

E Levi a olhava como se sentisse pena. Pensar que tinham pena dela fez a ansiedade voltar. Embora soubesse que poderia ter sido muito pior — suas necessidades básicas foram supridas, nunca passara fome ou ficara sem ter o que vestir —, lembrar o passado sempre a fazia se sentir descartável, como os botões que vinham na etiqueta dos suéteres, que eram facilmente removidos e esquecidos.

— Minha vez — pediu ela. — Namoradas de mentira ganham o desconto para amigos e familiares?

Levi riu, quebrando a tensão, mas seu olhar permaneceu sério.

— Namoradas de mentira ganham de tudo. Por quê?

— Queria comprar aquela jaqueta que está no caixa pra minha amiga.

Ele sorriu.

— Inteligente. Engraçada. Sexy. *E* uma mulher de negócios esperta. O pacote completo. Então... a gente vai ao jantar dos meus pais?

— Vamos.

Ele assentiu.

— Provavelmente a gente devia se conhecer melhor antes do jantar.

Ela piscou.

— Tipo, saindo juntos?

— *Ótima* ideia — disse Levi. — Vamos ter um encontro.

Jane o encarou.

Ele sorriu.

Ela semicerrou os olhos.

— Você me enrolou pra eu sair com você?

— Ou... você me enrolou pra conseguir o desconto? — rebateu ele.

Ela riu.

— Espertinho. Também é um encontro de mentira, certo?

— O que você quiser, quando quiser. Basta dizer a hora e o local.

Jane hesitou, tentada.

— Não sei...

— Se ajudar, você pode encarar isso como uma missão investigativa sobre seu namorado de mentira. A gente vai poder se conhecer.

— Quando eu estiver pronta.

— Quando você estiver pronta — concordou Levi.

Só de pensar que estava aceitando conhecer a família dele e desempenhar um papel no qual nunca fora boa (o da namorada carinhosa), Jane ficou mais nervosa do que estivera ao escalar aquela parede.

Levi abriu um sorrisinho, como se estivesse lendo seus pensamentos.

— Você confia em mim, Jane?

— Não.

— Droga. — Ele sorriu de novo, descaradamente e nem um pouco preocupado. — Então não vai ser tão divertido.

— O quê?

Ele se levantou e pegou a mão dela, puxando-a até a beira da parede.

— O que está fazendo? — perguntou Jane.

— Meu primeiro ato como seu namorado é te levar de volta à terra firme em segurança.

— Namorado *de mentira* — corrigiu ela, e foi gritando até voltarem para o chão.

Capítulo 10

Charlotte ligou o rádio e deixou a postos uma enorme caneca de café para se manter desperta enquanto dirigia de volta para casa. Acabara de sair de um plantão de vinte e quatro horas no centro cirúrgico e, graças ao clima e à neve escorregadia, passara o turno todo de pé.

Vítimas de acidentes de carro chegavam umas atrás das outras, sem parar. As pessoas se recusavam a reduzir a velocidade e a levar em consideração as condições das estradas ao deixarem suas cidades e irem para as montanhas. Afinal, se estavam de férias, não precisavam ter cuidado, não é mesmo?

Charlotte aproveitou o caminho de volta para espairecer. Respirou fundo e com calma, cantou junto com o rádio, embora fosse desafinada, e fez o possível para focar em pensamentos felizes. Tudo para se livrar dos horrores daquele dia, dos resultados chocantes e devastadores de acidentes que estavam à altura de um episódio de *Grey's Anatomy*.

Quando estacionou na entrada da garagem, Charlotte se sentia quase humana novamente e, por força do hábito, olhou para a casa de Mateo. Não tinha nenhum veículo na garagem. Ele não estava de plantão, mas também não estava em casa. Logo ao amanhecer.

Fazendo o possível para não pensar em que cama Mateo estava, já que não estava na dele, Charlotte entrou em casa. Tudo estava silencioso. Vazio. Sabia que Zoe e Mariella estavam no trabalho. Não tinha ideia de onde Jane estava. Havia um bilhete na geladeira com o garrancho da amiga e a frase "Não se preocupe".

Aquele era o jeitinho de Jane dizer para Charlotte que estava viva e bem.

Já era uma grande evolução comparado aos primeiros anos. Naquela época, Jane não entendia que Charlotte se importava mesmo com ela e queria saber se estava bem. Portanto, deixar um bilhete era quase o equivalente a gritar aos quatro ventos que considerava Charlotte parte da família. A filhotinha de lobo selvagem estava crescendo o bastante para perceber que outras pessoas poderiam se preocupar com ela de verdade.

Que progresso.

Charlotte era uma década mais velha que Jane, mas, analisando suas experiências de vida, Charlotte era a novata entre as duas. Ainda assim, adorava sufocar a amiga de amor, primeiro porque, até onde sabia, Jane não deixava ninguém fazer aquilo, e segundo, porque era divertido ver a amiga se contorcer na tentativa de descobrir como lidar com o carinho.

Charlotte planejava tomar um banho, fechar as cortinas blecaute e ir para a cama, mas saiu do chuveiro inquieta, vestiu uma calça jeans e um moletom e foi para o quintal. Com as mãos na cintura, olhou para o telhado de casa, onde pisca-piscas brilhavam de um jeito zombeteiro.

— Eu sei, eu sei — disse Charlotte. — Estamos em fevereiro e você está com vergonha de ainda estar aí em cima.

No trabalho, sempre havia uma aposta rolando para descontrair o pessoal. Charlotte raramente instigava a disputa, mas quase sempre vencia.

Não conseguia se conter e odiava perder. No mês anterior, apostaram quem conseguiria ficar mais tempo sem fazer uma pausa para ir ao banheiro. A aposta surgira porque o banheiro dos funcionários localizado entre o pronto-socorro e o centro cirúrgico fora fechado para reforma, assim era necessário subir um andar e usar o banheiro da maternidade. Até instalaram uma minicâmera na entrada do banheiro para ver quem entrava — e quem não aparecesse na filmagem seria o vencedor. Tinham instalado outra câmera no banheiro do terceiro andar, para garantir que ninguém burlasse as regras.

Não instalaram nenhuma no quarto andar, deduzindo que ninguém teria tempo de sobra para ir até lá. Charlotte ganhara o belo prêmio de duzentos dólares graças à presidenta do hospital, uma amiga próxima que tinha um banheiro dentro do escritório.

Ganhara as últimas cinco apostas e não tinha intenção de perder tão cedo.

No outro dia, na sala dos funcionários, quiseram apostar quem ainda estava com a decoração de Natal montada, e não dava para apostar em si mesmo.

Charlotte ainda se lembrava bem do brilho nos olhos de Mateo enquanto ele recebia a recompensa às gargalhadas, porque era o único que sabia que a decoração dela continuava no telhado.

— Os pisca-piscas iluminam meu quarto todo à noite — dissera ele, quando ficaram sozinhos. — Me fazem pensar em você.

O que ele diria se Charlotte lhe contasse a verdade — que também pensava nele? Pensava demais. Embora ainda odiasse ter perdido a aposta por um detalhe técnico. Charlotte apontou para as luzes.

— Vocês me aguardem.

As luzes piscaram, caçoando dela, e Charlotte se perguntou se Mateo perceberia que haviam sumido.

Ele a convidara para sair várias vezes. E ela sempre recusava. Não porque queria o celibato. Nem por falta de interesse. Teria que estar morta e enterrada para não se atrair pelo homem cuja personalidade descontraída contrastava, de um jeito fascinante, com a destreza que apresentava no pronto-socorro.

Nem pense nisso...

Charlotte respirou fundo, determinada, e arrastou a escada da garagem até o quintal, lutando para apoiá-la no telhado. Não seria uma tarefa fácil em dia nenhum, mas com trinta centímetros de neve no chão e mais ainda acumulada contra as paredes da casa, estava especialmente difícil. Ela fincou a escada na neve e torceu para que isso a fizesse se sentir mais segura.

Se Jane estivesse por perto, teria feito aquilo para Charlotte. Jane era boa com escadas. Jane era boa em quase tudo. Charlotte era excepcional em uma sala de cirurgia. Também era excelente em se apegar ao passado, não que se orgulhasse desse detalhe.

Era por isso que morava na Costa Oeste. Porque não conseguia conceber a vida na cidade onde *aquilo* acontecera. Onde todos a conheciam e tinham pena dela. Sim, sentia falta dos pais, mas também se sentia furiosa porque uma única decisão ruim numa noite horrível lhe roubara não só sua capacidade de confiar nos outros, mas, no final, também sua família.

Bastante exausta, Charlotte subiu até o topo da escada e começou a puxar o fio dos ganchos no beiral. Dois minutos depois, viu-se diante de um dilema. Enrolar o pisca-pisca e pendurar no ombro ou deixar cair no chão e possivelmente quebrar as lâmpadas?

Ainda estava decidindo um plano de ação quando ouviu a campainha tocar. Resmungando, ela desceu a escada.

Torceu para que fosse entrega de comida.

Como não havia pedido nada, as chances não estavam a seu favor. Deu a volta pela lateral da casa e parou, surpresa, ao ver Jane na varanda. A amiga usava calça jeans e um suéter fino que acentuava a figura esbelta. Sem jaqueta, porque sem dúvida esquecera. O cabelo longo e ondulado esvoaçava em torno de seu lindo rosto. Carregava uma sacola grande da padaria em uma das mãos e, nos pés, calçava botas incríveis — uma forma de dizer às pessoas que não deveriam subestimá-la.

Charlotte com certeza nunca fez isso. Conhecera Jane anos antes em uma clínica médica na Colômbia, onde ambas trabalharam para a organização Médicos Sem Fronteiras. Fora uma das primeiras incursões de Charlotte no exterior, e sabia que seria difícil.

No entanto, tinha sido um pesadelo ainda maior do que ela poderia ter imaginado. Certa noite, rebeldes armados entraram na clínica para confiscar os remédios e o pouco dinheiro que havia. Charlotte estava trancando a porta quando um rebelde que aguardava na saída se aproximou.

Ela não entendeu bem o que ele dizia, mas a intenção ficou clara quando ele a encarou, acariciando seu cabelo e levando uma mecha até o rosto para cheirar de um jeito exagerado.

Charlotte congelou, completamente mergulhada em um pesadelo antigo, a lembrança de outra situação que não fora capaz de controlar. E quando não esboçou reação, o homem a apertou ainda mais. Antes que pudesse puxar o ar para gritar, uma das enfermeiras dos Estados Unidos se enfiou na frente de Charlotte, com os braços abertos para mantê-la atrás de si enquanto encarava o rebelde.

"Pega os remédios e o dinheiro e dá o fora daqui", dissera ela.

O homem riu na cara dela, mas a mulher de 1,65m não recuara.

Os rebeldes fizeram o que tinham ido fazer e foram embora.

Charlotte havia desmaiado. *Desmaiado*. Mesmo seis anos depois, só de lembrar seu rosto esquentava com vergonha e humilhação.

Fizera muitas aulas de autodefesa desde então e tivera acompanhamento psicológico. Gostava de pensar que, se algo do tipo acontecesse de novo, ela saberia se defender e seria corajosa.

Tão corajosa quanto Jane havia sido naquele dia.

No entanto, não aceitara mais nenhum trabalho como aquele e permanecera em Tahoe, no hospital da região. Adorava o trabalho, amava as pessoas e como aquele era um lugar seguro.

Charlotte gostava de segurança.

Segurança era tudo o que queria na vida.

E devia a vida a Jane, nunca se esqueceria disso.

Jane estava com a mão levantada, prestes a tocar a campainha outra vez, quando avistou Charlotte se aproximando pela lateral da casa.

— Oi — disse ela, o sorriso desaparecendo assim que viu o rosto de Charlotte. — Tudo bem?

— Tá, exceto pelo fato de estar tocando a campainha. Você tem uma chave e sei muito bem que usa quando não estou em casa. Você mora aqui, Jane. E paga o aluguel.

Jane estendeu a sacola da padaria para Charlotte.

— Ouvi dizer que você teve um turno difícil. E você nunca aceita meu dinheiro.

Charlotte pegou a sacola, porque podia ser teimosa, mas não era burra. Na verdade, ela se recusava a ser burra.

— Eu me casaria com você só pelo que tem nessa sacola. E eu aceito, sim, seu dinheiro do aluguel.

— Charlotte, eu verifiquei meu saldo bancário ontem. Você devolveu minha transferência.

Charlotte abriu a boca, mas Jane apontou para ela.

— Você aceitou a da Zoe e a da Mariella?

Charlotte suspirou.

— Imaginei. — Jane balançou a cabeça. — Você sabe que adoro o que você faz por nós. Alugar para mulheres, oferecer um lugar seguro. Eu sei por que você faz isso e te admiro muito. Mas eu quero colaborar também. Quero ajudar.

— Você já ajuda. — Charlotte percebeu que estava se emocionando, apesar de não querer chorar. — E o que isso tem a ver com você não usar sua chave?

— Já que você não aceita meu aluguel, tecnicamente não sou inquilina. Sou convidada. E os convidados tocam a campainha. — Jane fez uma pausa e suavizou o tom. — Não é meu quarto, Charlotte. É o quarto de visitas. Eu sei que você gosta de deixá-lo para mim, mas poderia alugar para alguém e ganhar dinheiro. Nós duas sabemos que a Sandra quer ficar mais tempo.

Charlotte abriu a sacola. Sentiu a boca se encher de água com o bolinho enorme de mirtilo e limão, seu favorito. Saber que equivalia às calorias de um dia inteiro não a impediria de devorá-lo.

— Tá, primeiro, você não precisa me trazer comida, mas obrigada mesmo assim. Segundo, eu posso fazer o que quiser com o cômodo. E eu quero mantê-lo como um quarto. Para *você*. Porra, você não é uma inquilina qualquer, Jane. Você é parte da minha família.

— Você acabou de falar um palavrão — disse Jane, chocada. — Você nunca fala palavrão.

— Então eu devo estar falando muito sério.

Charlotte abriu a porta e entrou.

Jane riu e a seguiu.

— Trago comida para você porque você faz muito por mim e sinto que é a única forma de retribuir.

— Ai, meu Deus — disse Charlotte, levantando as mãos. — Parece que você quer que eu grite com você. — Ela se virou e colocou as mãos nos ombros de Jane. — Presta atenção. Você é minha melhor amiga, está sempre ao meu lado, quase nunca tenta mandar em mim e, depois de um dia longo, trágico e horrível na sala de cirurgia, você me faz rir.

Faz eu me sentir mais humana. Então confie em mim quando digo que *sou eu* quem tira proveito desse relacionamento.

Jane piscou, parecendo surpresa.

— Eu... não sabia de nada disso.

— Bom, agora você sabe.

Jane respirou fundo e foi até a sala. Deslizou a porta de vidro, saiu e sentou-se na varanda, onde o enorme gato cinza a esperava para pular em seu colo.

Charlotte também saiu, fechou a porta e estendeu a mão para acariciar o bichano, que permitiu uma, duas vezes e, na terceira, empurrou a mão de Charlotte, fazendo-a rir.

— Ah, como é bom ser gato e poder dar um tapão em tudo de que não gosta.

— Desculpa — disse Jane, enquanto o gato gigante saltava para se esfregar em seus tornozelos.

— Por que você está pedindo desculpa se ele não é seu gato?

Jane revirou os olhos.

— Esse gato não é de ninguém. Às vezes ele escolhe vir me visitar, só isso.

Com um baque forte, o gato pulou na mesa do pátio. Jane o cutucou.

— Nada de subir nos móveis.

O gato se sentou, parecendo ter se ofendido.

Charlotte riu pelo nariz.

— Alimente o seu vira-lata, aí eu alimento a minha.

— Você está me comparando ao gato?

— Você tem que admitir que existem algumas semelhanças.

Sorrindo com a careta de Jane, Charlotte entrou em seu cômodo favorito da casa. A cozinha. Cinco minutos depois, todo o ambiente já estava com o cheirou do bacon e dos ovos que havia preparado. Ela arrumou os pratos e pegou a jarra de chá na geladeira.

Sim, era inverno em Tahoe e a temperatura no momento devia ser de um grau com sensação térmica de menos oito, mas Jane adorava chá gelado.

E Charlotte amava Jane, então era chá gelado que tomariam.

Jane entrou na cozinha, preparou uma tigela de comida para o gato e a colocou próximo da porta dos fundos, onde ele esperava. Estava quieta. Não era um silêncio intenso, mas reflexivo, o que indicava que estava remoendo alguma coisa.

— O que foi? — perguntou Charlotte.

Jane olhou para cima, desconfiada.

— O que foi o quê?

— Algo está te incomodando.

Jane abriu um sorriso afetuoso.

— Você não me conhece? Tudo me incomoda.

— Aconteceu alguma coisa?

Jane hesitou.

— Desembucha — incentivou Charlotte.

— Pode ser que eu tenha feito algo meio idiota.

— Você não faz coisas idiotas.

Jane riu um pouco, sem alegria.

— Eu aceitei sair, em um encontro *de mentira*, com o Levi.

Charlotte ficou boquiaberta.

— O Cara Gato do Teleférico.

— Eu queria muito que você parasse de chamar ele assim.

— Só estou falando a verdade — comentou Charlotte. — E o encontro é de mentira... por quê?

— Eu te contei o que ele fez quando a gente achou que ia morrer.

— Contou. Ele disse à mãe que estava namorando para ela não se preocupar. — Charlotte sorriu. — Tão fofo. Mas ainda não entendi qual é a parte meio idiota.

— Porque o encontro *de mentira* é um ensaio para ser a namorada *de mentira* no jantar de aniversário de quarenta anos de casamento dos pais dele.

Charlotte olhou para ela e riu.

Jane apontou para a amiga.

— Pode parar.

— Não prometo nada. — Charlotte serviu dois pratos e entregou um a Jane. — Sabe o que mais eu amo? Que você dá um piti por qualquer coisa boa que aparece na sua vida, como se tivesse medo de acabar sendo ruim. Então, se você tem que ficar se convencendo de que é de mentira, tanto faz, eu sou totalmente a favor.

— Não estou me convencendo de que é de mentira, *é mesmo* de mentira. É só para ser convincente.

— Aham.

Jane revirou os olhos e provou a comida.

— Ai, nossa, está uma delícia. Ah, e eu comprei seu presente de aniversário, então não fica bisbilhotando minhas coisas.

Charlotte completaria 40 anos na semana seguinte e preferia que não fosse o caso.

— Eu falei para você não me comprar nada.

— Não escutei.

Charlotte suspirou como se estivesse chateada, mas os presentes, para ela, eram raros e, na verdade, uma alegria secreta.

— Tá, vamos ver esse presente aí, então.

— Sem chance. — Jane parecia cheia de si, o que significava que estava se sentindo à vontade, e *esse* era o verdadeiro presente, quer ela soubesse ou não. — Você só vai ganhar no seu aniversário, na semana que vem.

— Estraga-prazeres. — Charlotte observou Jane empurrar a comida com o garfo. — O que mais?

— Como você sabe que tem mais alguma coisa?

Charlotte apenas olhou para ela.

Jane suspirou.

— Encontrei meu avô ontem de novo.

— Encontrar implica uma conversa. Vocês conversaram?

— Tá, corrigindo — disse Jane. — Eu espionei novamente o almoço dele com os antigos colegas de trabalho.

Charlotte analisou o rosto da amiga.

— Só nesta temporada, você já espionou o café da manhã com os amigos e agora o almoço com os colegas de trabalho.

— Isso.

Charlotte olhou para ela.

Jane suspirou.

— É, é, eu sou ridícula.

Charlotte sentiu um aperto no peito ao ver a expressão insegura de Jane.

— Só se você se escondeu embaixo da mesa de novo.

Jane sorriu.

— Quem é você para falar de se esconder embaixo da mesa?

É, aquele não tinha sido um de seus melhores momentos.

— Circunstâncias extremas.

— Sei. E não, eu não me escondi embaixo da mesa. — Jane fez uma pausa. — Fiquei do lado de fora e observei pela janela.

Charlotte riu.

— Tivemos um progresso!

— Tivemos? A única maneira de *nós* termos um progresso seria se você encontrasse o Mateo hoje, não se escondesse embaixo da mesa *e* aceitasse sair com ele.

Ignorando o comentário e o friozinho na barriga, Charlotte ergueu o queixo.

— Como ele está?

— Gato demais — respondeu Jane. — O dr. Gostosinho tem aquele charme descontraído e tranquilo que combina com o físico musculoso de corredor e o fato de que ele é brilhante...

— Eu quis dizer seu *avô*! — gritou Charlotte.

Ela não precisava de uma descrição de Mateo, a aparência dele já estava gravada em seu cérebro. E Jane estava certa, ele era gato demais.

Jane sorriu e refletiu, dando algumas garfadas na comida. O sorriso desapareceu aos poucos.

— Ele está um pouco pálido, parece cansado. Claramente ainda está se recuperando do ataque cardíaco. O último eletrocardiograma mostrou alguns danos menores, mas o nível de oxigênio no sangue estava regular.

O coração de Charlotte deu um pulo.

— Me diz que você não violou nenhuma lei e arriscou não só seu emprego, mas sua licença, para conseguir essas informações.

— Não violei nenhuma lei. — Jane fez uma pausa.— Eu escutei a conversa com um dos amigos no estacionamento depois do almoço. — Ela olhou para Charlotte. — Você não vai sugerir que eu vá falar com ele?

De jeito nenhum.

— Ainda não tenho certeza de que ele merece você.

Jane se inclinou e deu em Charlotte um abraço raro, o que a deixou bastante tocada.

— Melhor do que o dinheiro do aluguel — brincou ela, fazendo Jane bufar.

Jane recolheu os pratos. Charlotte se levantou para ajudar, e Jane balançou a cabeça.

— Você cozinha. Eu limpo. Essa é a regra.

— Não temos regras entre nós.

— Temos, sim, e foi você quem criou. — Jane ergueu um dedo. — Regra número um: devo trabalhar em Tahoe todo ano e ficar com você.

— Bom, isso é só uma questão de bom senso — disse Charlotte.

— Regra número dois: a gente tem que contar uma pra outra quando estiver à beira do precipício, pronta para pular.

Charlotte assentiu. Já tinha acontecido. Com ambas.

— Regra número três — recitou Jane. — E esta fica implícita... Você cozinha, porque *eu* não cozinho, e eu limpo, porque *você* não limpa. Agora vai. Vai ser livre.

Ela enxotou Charlotte da cozinha.

A médica riu e foi terminar de tirar os pisca-piscas. Subiu na escada de novo, com os fones de ouvido no máximo, dançando no degrau, cantando sozinha enquanto trabalhava.

Quando, de repente, alguém colocou a mão em seu pé, ela quase desmaiou de susto. Reagindo por puro instinto, deu um chute.

E acertou Mateo bem no queixo.

Ele cambaleou e deu um passo para trás.

— Belo chute, campeã.

Tirando um fone de ouvido, Charlotte o encarou, horrorizada.

— Você está bem?

— Sem sangue, sem problema — disse ele, que parecia estar mais se divertindo do que irritado. — E foi cem por cento culpa minha.

Percebendo que voltara a respirar e que ele provavelmente não estava ferido, ela desceu. Uma mulher sulista que se prestasse sempre olhava nos olhos ao gritar com alguém.

— *Por que diabo você chegou desse jeito?*

Mateo deu de ombros.

— No outro dia, no refeitório, você saiu correndo quando me viu chegar. Então decidi tentar uma abordagem nova.

— Péssima decisão.

Ele inclinou a cabeça, e o sorriso desapareceu ao notar o estado dela. Charlotte sabia o que ele estava enxergando: os olhos turvos, as mãos trêmulas. E, embora quisesse parecer zangada, as palavras tinham saído embargadas, entregando seu disfarce.

Com a expressão séria, ele disse:

— Não queria te assustar. Não vou fazer de novo.

Ela engoliu em seco diante da sinceridade na voz de Mateo e do arrependimento em seus olhos.

— Obrigada.

Ela se virou para subir a escada de novo.

— Charlotte.

Ela deixou escapar um suspiro, mas hesitou.

— Você está tremendo — disse Mateo. — Para um pouco.

— Estou bem.

— Eu sei — replicou ele, calmo. — Mas faz isso por mim.

Charlotte hesitou por um instante, mas enfim assentiu, porque estava mesmo trêmula. Que irritante. E claro que também foi um momento muito revelador, porque lentamente, tão devagar que quase doeu, ele a trouxe para perto... e parou para olhá-la nos olhos antes de abraçá-la.

Sim, ela *com certeza* se entregara, talvez até mais do que pensava, porque eles nunca tinham se tocado.

Nem uma vez sequer.

E, meu Deus do céu, *por que eles nunca tinham se tocado?* Os braços dele... eram quase tão maravilhosos quanto o peitoral, onde a bochecha dela estava pressionada.

Mateo respirou fundo, como se estivesse tão surpreso com o contato físico quanto ela, e pressionou o rosto em seu cabelo.

— Charlotte.

— Oi.

— Estou gostando disso.

— Sei, mas não vai se acostumando.

Não que ela tivesse feito qualquer menção de se afastar.

E talvez a melhor parte foi que ele também não. Fechando os olhos, Charlotte se permitiu absorver a sensação dos braços de um homem em torno dela. Daquele homem. Grande e acolhedor. E cheiroso. Cheiroso demais. Encostada nele, de repente, pareceu muito fácil desmontar as barreiras e ficar vulnerável. Algo que nunca fazia.

E aí Jane abriu a porta dos fundos.

— Ô, Charlotte... — A amiga parou ao vê-los abraçados. — Ai, nossa, me desculpa. — Ela estava prestes a voltar para dentro, mas parou outra vez e sorriu. — Podem continuar!

E então sumiu.

Charlotte enterrou o rosto no pescoço de Mateo. Não por vergonha. Só queria dar uma última fungadinha nele antes de se afastar.

Ele estava sorrindo.

— Você acabou de me cheirar?

— Acredito que o nome disso é respiração.

Entendendo bem o que tinha acontecido, Mateo sorriu, mas não insistiu. Em vez disso, olhou para os pisca-piscas, metade deles ainda no telhado, a outra metade pendendo até o chão.

— Precisa de ajuda?

— Não. Eu... — começou Charlotte, mas ficou falando sozinha, porque ele subiu a escada. — O que está fazendo?

— O nome disso é mão amiga.

— Eu consigo fazer sozinha! — gritou ela, evitando ao máximo olhar para a bunda dele, que era bem maravilhosa, e, portanto, Charlotte acabou não se esforçando como deveria.

Mateo estava de bota, calça jeans escura e uma camiseta preta com uma camisa de flanela desabotoada por cima, esvoaçando com o vento.

— Por que ninguém usa casaco? Você vai virar um picolé.

— A meu ver, você tem duas opções — disse ele. — Você pode me pedir para descer e fazer tudo sozinha, ou...

Ele estava enrolando os pisca-piscas enquanto os soltava do telhado, enrolando o fio com facilidade em volta do ombro.

— Ou? — perguntou ela, curiosa.

— Ou você pode aceitar a ajuda do vizinho prestativo, porque a ideia não era fazer você se sentir incapaz, mas liberar seu raro tempo livre para você aproveitar e fazer outra coisa.

Não era ela quem acabara de dar um sermão em Jane sobre aceitar a ajuda dos outros? Sim. Pois é. Então talvez fosse hora de seguir os próprios conselhos.

— Tá bom. — Estava outra vez encarando aquela bela bunda. — Mas você tem que me deixar fazer algo para agradecer.

Mateo olhou para ela e sorriu quando Charlotte desviou o olhar da bunda dele.

— Agora estamos falando a mesma língua — disse Mateo.

Ela revirou os olhos.

— Vou fazer comida para você quando acabar aí.

Ele sorriu.

— Fechado.

Capítulo 11

Jane estava na décima sexta hora de um turno que devia ter durado doze. Seu estômago já estava se alimentando de si próprio. Quando conseguiu enfim fazer uma pausa entre os atendimentos, correu para o refeitório, grata por estar no pronto-socorro de Sierra North, porque assim conseguia dar um pulo no hospital adjacente e ir ao refeitório de lá. Encheu uma bandeja de comida e se sentou, deixando escapar um suspiro de gratidão. Pegou um refrigerante, a recompensa por ter sobrevivido àquele dia, mesmo desejando que fosse uma bebida alcoólica, e abriu a lata.

O líquido espirrou em seu rosto. Com o susto, ela ficou imóvel, incrédula, enquanto a bebida pingava do nariz.

— É isso que eu ganho por desejar que fosse álcool.

— Aqui. — Uma mulher lhe entregou uma pilha de guardanapos. — É, um martini seria ótimo agora.

— Obrigada. — Com uma careta, Jane começou a se limpar. — E, para falar a verdade, nunca tomei martini.

— Isso é um crime. Tem alguém sentado aqui?

Desistindo de esfregar o rosto e o uniforme encharcado, Jane olhou para a mulher que lhe entregou os guardanapos. Devia ter uns 30 e poucos anos, vestia trajes de ioga, tinha o cabelo castanho preso em um rabo de cavalo e olhos azul-acinzentados por trás de óculos quadrados. Exibia um sorriso acolhedor e caloroso, deixando claro que gostava de conversar.

E aquele era o problema. Jane gostava de ficar sozinha nos intervalos. Ansiava por aquele momento, mas não podia ser grossa, por isso assentiu. Além do mais, não mentiria: a bandeja da mulher, repleta de sobremesas, indicava que as duas poderiam ser almas gêmeas.

Ela se sentou e pegou a própria lata de refrigerante.

— É melhor tomar cuida... — Jane começou a falar, mas desistiu quando a lata explodiu.

A mulher riu quando Jane se levantou e trouxe mais guardanapos.

— Eu devia ter imaginado que isso ia acontecer — disse ela, com tristeza.

Jane olhou para a bandeja, com todas aquelas sobremesas, e teve dificuldade de desviar o olhar dos quadradinhos de limão.

— Pode pegar — ofereceu a mulher. — Eu estou de olho é nesse brownie enorme e fofinho.

Jane balançou a cabeça.

— Ah, imagina...

A colega nova pegou o prato com os quadradinhos de limão e colocou na bandeja de Jane.

— Por dividir a mesa comigo.

Jane era muitas coisas, mas não era o tipo de pessoa que recusava sobremesa. Então atacou o doce.

— Obrigada.

— Foi um turno longo? — perguntou a mulher, compadecida.

— Duplo.

— Que droga. Os heróis anônimos sempre ficam sobrecarregados.

Jane fingiu não ouvir enquanto abocanhava outro pedaço. Sempre ficava desconfortável quando alguém agradecia seu trabalho ou se referia ao que ela fazia como heroico. Era trabalho e, tudo bem, ela o adorava, mas era uma fonte de renda.

A companheira de mesa sorriu.

— Meu nome é Tess. Às vezes venho aqui almoçar antes de buscar minha filha na aula de dança, que fica do outro lado da rua. Economizo tempo e gosto da comida. E você?

— Jane. — Ela deu outra mordida no doce e imaginou Charlotte revirando os olhos ao vê-la ser tão mesquinha com as palavras. Suspirou.

— Sou enfermeira na clínica de pronto atendimento ao lado e venho aqui nos intervalos pelo mesmo motivo. Esqueci de trazer comida de casa.

— Você deve conhecer muitas pessoas interessantes no trabalho.

Jane pensou em como conhecera Levi enquanto estava a cerca de duzentos e trinta metros de altura e riu.

— Nem fale.

Tess sorriu.

— Parece que você tem uma boa história para contar.

Apelando para o direito de ficar calada, Jane deu outra mordida.

— Desculpe. — Tess se recostou na cadeira, parecendo um pouco envergonhada. — Eu sou mãe. Não tenho mais noção de limite. E me pego perguntando sobre o relacionamento dos outros, porque o meu foi pro ralo.

— Ah, lamento.

— Não se preocupe. Eu fui burra. — Tess balançou a cabeça. — Deixei meu futuro ex-marido cuidar de todas as finanças, então não tenho o direito de ficar surpresa por ele ter fugido com a babá e levado todo o nosso dinheiro.

— Isso é horrível — disse Jane, com uma comiseração genuína. — Homens são péssimos.

Teve um rápido flashback de Levi correndo para protegê-la enquanto a gôndola balançava ao vento como um brinquedo. De como ele a convencera a escalar. E depois lhe dera o desconto na jaqueta do aniversário de Charlotte, dizendo que era o mínimo que podia fazer pela namorada de mentira que salvara sua vida.

— Bom, talvez nem todos — corrigiu Jane.

Tess iluminou-se com uma esperança dolorosa.

— Ah, é? Você tem alguém especial, então? Um cara legal? Eles existem?

— Hum, não é bem isso. Vou ficar aqui durante a temporada de esqui. Depois, é provável que eu vá trabalhar em algum lugar longe. Não sou muito de namorar.

Tess ficou quieta por um instante. Reflexiva.

— Isso parece... solitário — comentou ela, enfim. — É difícil ficar indo de um lugar ao outro o tempo todo, sem laços?

Outra vez aquela palavra. Laços.

— Não sou muito boa em criar laços.

Tess assentiu.

— Você também se magoou.

— Acontece com todo mundo, não?

Tess abriu um sorriso sem alegria.

— *Touché*. Me diz que você está namorando o cara bacana. Me dá um tiquinho de esperança.

— Namorando? — Parecia meio bobo dizer *sinto uma conexão profunda com um homem que conheci há poucas semanas, quando quase morremos juntos...* — Não, mas...

— Ah, continua, vai — disse Tess, sorrindo. — Esse "não, mas" pareceu interessante.

Jane soltou uma risadinha.

— Acho que ainda vou descobrir.

Tess ergueu a lata de refrigerante para Jane.

— Um brinde à descoberta, então.

Levi não se lembrava da última vez que sentira os nervos à flor da pele, mas era assim que estava naquele momento. Era a noite do encontro — noite do encontro *de mentira*, como diria Jane. Alguns dias antes, em uma troca de mensagens, ela aceitara treinar as respostas do namoro enquanto jantavam em algum lugar.

O Louie's on the Lake era exatamente como o nome sugeria, na água, além de um restaurante popular que tornaria o encontro público. Ele tentaria se manter neutro *e* ficar acordado. Estava exausto, passara os dias anteriores cuidando da própria empresa e, ao mesmo tempo, mergulhado na contabilidade da Cutler Artigos Esportivos.

A situação da loja não era nada boa. Na verdade, era ruim, muito ruim, mas por ora ele era o único que sabia disso. Precisava conversar com a família, mas queria mais um dia para concluir a análise.

De qualquer forma, seria uma merda. No fundo, seus pais eram boas pessoas que não tinham filtros ou noção de limite pessoal, porque sempre esperavam o melhor de todo mundo.

E Cal claramente tirara proveito disso — de seus pais e de Tess. Ela ia querer morrer quando descobrisse. Era esse o pensamento que tirava o sono de Levi.

E outra coisa.

Fazia duas semanas que estava na cidade. Era mais tempo do que qualquer outra de suas visitas. Devia estar se sentindo claustrofóbico e desesperado para ir embora, já devia estar sentindo São Francisco chamá-lo de volta.

Só que não estava. Por mais estranho que pudesse parecer, era Sunrise Cove que o chamava. Estar ali, mesmo naquelas circunstâncias, fizera Levi lembrar como se sentia vivo nas montanhas.

Fora embora porque precisava de espaço.

No entanto, em algum momento, a necessidade desaparecera.

Quando o celular tocou com uma chamada do pai, que nunca ligava, ele atendeu no mesmo instante.

— Está tudo bem?

— Está, por que não estaria? — perguntou o pai, parecendo confuso, e Levi teve que soltar uma risada áspera.

— Porque você nunca me liga.

— Eu ligo, sim — retrucou Hank.

— Me diz uma vez.

— Quando sua irmã teve a Peyton.

— Pai, isso foi há seis anos.

— Mas eu liguei.

Levi colocou um dedo no olho trêmulo.

— O que foi?

— Estou no escritório da loja. Há um aviso no meu computador que diz para renovar a seção de livros, porque os disponíveis não estão sendo vendidos.

— Isso. Você vende os mesmos quatro livros há cem anos.

— Opa — reclamou o pai —, são obras sobre a natureza, desbravamento e história regional. São todas fascinantes.

— Pai, eles foram escritos na década de 1970 e estão desatualizados.

— Eu gosto deles.

— Então leva para casa, deixa no banheiro e lê nas três horas que você passa lá toda manhã.

— Não vou levar para casa.

— Por quê? Eles não são maravilhosos? — perguntou Levi, com sarcasmo.

O pai suspirou e desligou o telefone.

No momento perfeito.

Levi viu Jane se aproximando, vestida com uma calça jeans escura, um suéter verde tão bonito quanto seus olhos e botas elegantes, e de repente ficou claro que ficar acordado não seria difícil. Só de vê-la, já se sentia mais focado no presente do que... bem, desde a última vez que se viram, poucos dias antes, quando ela gargalhara em sua orelha durante a descida da parede de pedra.

Tinha sido a melhor escalada de todos os tempos.

O peso do estresse e da exaustão desapareceram, e Levi se sentiu leve pela primeira vez desde que ela aceitara participar da farsa. E não apenas porque Jane estava salvando sua pele de novo. Sempre se sentia leve com ela, quer estivessem fingindo ou não, embora certas partes de seu corpo deixassem claro que não havia fingimento algum na atração entre os dois. Pela primeira vez na vida, aquelas partes de seu corpo e seu cérebro pareciam estar em sintonia.

Jane sentou-se diante dele e, sem qualquer preâmbulo, desbloqueou o tablet e empurrou para Levi. Estava aberto em um artigo chamado "Como conhecer alguém em 100 perguntas".

Ele a encarou.

— É sério?

— Tudo bem, a gente pode pular as questões óbvias, tipo "Como você reagiria em uma situação de vida ou morte?".

Ele bufou, fazendo-a sorrir.

— Escolhe uma aleatória — pediu ela. — Aqui. — Jane pousou o dedo na tela. — Número cinquenta e dois. Qual é o seu talento mais incomum?

Levi sorriu.

— Dentro ou fora do quarto? Ah, e a propósito, oi.

Ela deu uma risada baixa, relaxando.

— Oi. — Jane apontou para ele. — Agora responde à pergunta. E só quero saber de coisas *fora* do quarto.

Levi sorriu de novo.

— Tô falando sério!

A atitude defensiva o fez rir.

— Tá bom, tá bom, meu talento mais incomum são... apetrechos. Apetrechos elétricos.

— Eu disse *fora* do quarto!

Deus, como ele a adorava.

— Eu estava falando sério, na verdade. Gosto de criar dispositivos robóticos.

— Ah. — Ela corou. — Desculpe.

A garçonete, por acaso, era uma antiga colega de classe de Levi. Kendra deu um sorriso caloroso.

— E aí, gato — disse ela. — Fiquei sabendo que você foi embora e se deu bem com esse seu cérebro de gênio. Agora você ganha dinheiro dizendo pros chefões da Bay Area o que fazer, não é?

— Na verdade, eu dou sugestões — corrigiu ele. — Como consultor.

Kendra sorriu.

— Mesmo assim, deve ser divertido.

— Às vezes — admitiu ele, e gesticulou para Jane. — Kendra, esta é a Jane. Jane, Kendra.

— Fizemos o ensino médio juntos — contou Kendra a Jane. — A gente apanhava muito nas aulas de química. E depois relaxava na traseira da caminhonete do meu pai de vez em quando.

Para alívio de Levi, Jane riu.

— Bom jeito de sobreviver à pior matéria de todas — disse ela.

Kendra sorriu.

— Não é? Então, o que vocês, jovens, vão querer hoje?

Levi gesticulou para Jane pedir primeiro.

— Estou tentando decidir se peço as fritas de batata-doce ou o espetinho de camarão — disse ela.

— Eu pediria os dois — disse Kendra. — São maravilhosos. Todas as entradas daqui são. E o prato principal?

— Hum... — Jane fez uma pausa. — Ah, só as entradas, mesmo, obrigada.

Levi não soube dizer se ela não estava com muita fome ou se estava preocupada com os preços.

— Escuta, por que a gente não pede um monte de entradas para dividir? — sugeriu ele.

Ela sorriu.

— Pode ser.

— Tem alguma coisa de que você não gosta? — perguntou Levi, com vontade de dar até a Lua para ela.

Jane balançou a cabeça, e ele olhou para Kendra.

— Que tal uma porção de cada entrada?

E pediu também um combo de cervejas, deixando Jane escolher os sabores.

— Agora temos *s'mores* no cardápio — anunciou Kendra. — A gente oferece os ingredientes, aí vocês podem levar tudo para as fogueiras, no pátio, e assá-los.

Levi olhou para Jane, que tinha se iluminado com a palavra *s'mores*. A delícia assada de marshmallow, chocolate e biscoito era claramente uma ótima pedida.

— Acho que queremos, sim.

Kendra deu uma piscadinha e foi embora.

— É sua ex? — perguntou Jane.

— Para ser ex, precisaríamos ter estado em um relacionamento — respondeu ele.

— Ah! Então você era daqueles caras gatos a quem as garotas se atiravam. Deixa eu adivinhar, foi difícil resistir a todas elas.

Ele riu. Nem evitou.

— Também não — enfim conseguiu dizer, tentando desfazer o sorriso quando ela o encarou. — Não, é sério, se você me conhecesse naquela época, entenderia por que essa ideia é tão engraçada.

— Me explica, Tarzan.

— Eu era o nerdzão das ciências.

— Parece que isso não te prejudicou com as garotas.

— Eu tinha *zero* garotas. Por sorte, logo depois de me formar no ensino médio, uma amizade antiga virou namoro.

— Mateo? — perguntou Jane, surpresa.

— A irmã de Mateo, Amy. A gente morava na mesma rua quando criança e éramos muito amigos. Amy e eu nos aproximamos naquele verão, depois da formatura, e ela mudou de faculdade para ir comigo para o Colorado.

— Quanto tempo você ficou com ela?

— Até depois da faculdade. Eu tive alguns namoros desde então, mas nada sério.

Não estava pronto para explicar o que acontecera com Amy, porque não tinha como contar sem pesar o clima. Passara muito tempo deprimido e não queria voltar a se sentir assim.

Por sorte, Kendra veio em direção aos dois com as cervejas e a comida. Deixou os pratos na mesa e sorriu para Levi.

— O tempo com certeza te fez muito bem, Cutler. — Ela se virou para Jane. — Então é verdade o que dizem sobre os nerds? Que eles só melhoram com a idade?

Jane olhou para Levi, e ele prendeu a respiração aguardando a resposta.

— Cem por cento.

Kendra riu e, quando ela se afastou, os dois se encararam por mais um instante.

— Quem está na chuva... — falou Jane, por fim, e pegou uma batata-doce frita. — E não tem como comer tudo isso. Foi fofo da sua parte, mas é impraticável.

Isso o fez rir, porque ele era a pessoa mais prática que conhecia. Na verdade, normalmente àquela altura de um encontro já estaria listando na cabeça os motivos pelos quais não daria certo. Assim, conseguia se manter emocionalmente indisponível. Era engraçado e ao mesmo tempo assustador que ela estivesse fazendo a mesma coisa.

— Impraticável? — perguntou ele. — Meu cérebro nem sabe processar algo desse tipo.

Jane deu de ombros. Pelo jeito, não era problema dela. Ela pegou a última batata-doce.

— Hum. Me pergunto como fazem para deixar tão docinhas.

— Quanto mais tempo elas ficam descansando, mais doces ficam.

Jane riu.

— É claro que você sabe disso. Então... por que terminou com a última pessoa com quem estava saindo?

Levi pensou em Tamara, a mulher que conhecera numa conferência alguns meses antes. Saíram para jantar, e ela pegou comida do prato dele. Sem pedir. Ela também comera a última batata frita, e a ironia o fez rir.

— Não éramos compatíveis. E você não me contou seu talento mais incomum.

— Irritar os outros, o que é autoexplicativo — disse ela. — "Apetrechos elétricos" não é.

— Acalmam meu cérebro.

Ela inclinou a cabeça e o analisou.

— É, dá para ver. Você sabe o que acalma meu cérebro? Cupcakes. — Jane pegou um espetinho de camarão, passou em um potinho de molho e apontou para Levi. — Agora para de tentar me distrair com esse seu papinho de nerd sedutor. Temos uma missão, ou pelo menos eu tenho. Preciso te conhecer rápido para me sair bem no jantar do seus pais e, deixa eu te contar uma coisa sobre mim, eu não gosto de fracassar. — Ela voltou para o tablet. — Próxima pergunta…

— Ah, não. — Ele colocou a mão sobre o aparelho. — Você não vai escapar me dizendo que seu talento é irritar os outros. Pode jogar limpo.

— Mas é verdade.

Ele a observou, intrigado. Jane acreditava mesmo naquilo.

— Você ainda não me irritou.

— Me dá mais um tempinho.

Levi se inclinou para a frente, esperando o olhar dela encontrar o seu.

— Não vai acontecer.

— Talvez… mas só porque vou embora logo.

— Esse parece ser o lema da sua vida.

Ela apenas deu de ombros.

— Mesmo assim, isso não vai acontecer, Jane.

— Você não sabe. Você pode discordar de mim. Pode não gostar das minhas opiniões, que são muitas.

— Não há nada de errado em discordar ou ter opiniões divergentes. Eu gosto disso, para falar a verdade.

Ela o encarou por um longo instante.

— Você é diferente.

— Agora, sim, você está entendendo.

Capítulo 12

Levi sorriu quando Jane o encarou. O ar parecia carregado com algo que ele não sentia havia muito tempo. E, dada a expressão cautelosa de Jane, ela sentia o mesmo.

Ao redor deles ouvia-se o som de conversas, risadas, talheres, louça, música… A mesa entre os dois era pequena.

Íntima.

— De mentira — lembrou Jane, apontando para ele. — Esse encontro é de mentira.

— Você está dizendo isso pra mim ou pra si mesma?

— *Para nós dois.* — Ela tirou a mão dele do tablet e leu a pergunta seguinte: — Você gosta de comidas apimentadas?

Ele sorriu.

— De novo, dentro ou fora do quarto?

Ela balançou a cabeça.

— Tá, admito que por essa eu pedi.

Levi fechou a capa do tablet.

— Mas… — reclamou Jane.

Ele fez um gesto com o dedo, pedindo para ela se aproximar.

Jane estreitou os olhos, mas se inclinou para a frente.

— O quê?

Estavam próximos. Não tão próximos quanto na noite da nevasca, quando ela mostrara sua coragem. Ou quando aparecera na loja e escalara a parede, revelando que também era determinada, aventureira e descontraída.

— Alô — chamou ela. — Terra chamando Tarzan.

— Seus olhos são lindos. Eles têm um anel dourado em volta da íris. Quando você fica irritada, parece que vira fogo. Eu gosto. — Jane bufou, e ele sorriu, então foi ficando mais sério aos poucos. — Você sabe que, para funcionar, precisamos de informações mais profundas do que preferências culinárias. Então me faz uma pergunta *de verdade*, Jane.

— Tá... — Ela o analisou com atenção. — Você é muito inteligente, bem-sucedido, e algumas mulheres *podem* te achar atraente...

Foi a vez de Levi bufar.

— Não ouvi nenhuma pergunta.

— Por que você precisa de uma namorada de mentira?

Foi ele quem quebrou o contato visual, virando-se para observar o lago pela janela.

— Passo o dia inteiro no trabalho fazendo as pessoas acreditarem que sou a solução para todos os problemas delas. Quando chego em casa, não quero ser esse cara. Só quero ser eu mesmo. E acho que ainda não encontrei uma mulher que me aceite como eu sou. Sou um cara simples com vontades simples.

— Entendi — disse Jane, assentindo. — Também me sinto assim.

Ser aceito facilmente. Uma surpresa, porque até então ninguém nunca entendia. Levi balançou a cabeça.

— O quê? — perguntou Jane.

— Estou aqui pensando que você é uma das mulheres mais fascinantes e incríveis que já conheci. Acho que estou surpreso por você estar... disponível.

Ela curvou os lábios.

— Você está me perguntando por que estou solteira?

— Se estiver disposta a responder, sim — retrucou ele. — Por que está solteira?

— Além do fato de que a maioria dos homens é um lixo?

Ele sorriu.

— Verdade, mas suspeito que você sempre soube disso. Então...

— Então... — Jane deu de ombros. — Passo nove meses por ano em outros lugares do mundo, lidando com pessoas e problemas reais e, no final das contas, isso faz um relacionamento parecer... — Ela procurou a palavra. — Fútil, eu acho.

Fazia sentido, mas a resposta fez Levi sentir uma pontada no peito. Jane estendeu a mão para pegar o tablet, mas ele o afastou com cuidado.

— Quero conhecer você *de verdade*, Jane, não através de um questionário genérico de uma revista qualquer.

Ela se recostou na cadeira, pegou uma das cervejas, tomou um gole. Endireitou os talheres.

— Você está nervosa — comentou ele, enfim percebendo.

— Não estou, não.

Levi colocou a mão sobre a dela.

— Eu estava nervoso também. Até ver você.

Jane abriu um sorriso contido.

— Na verdade, para mim é o contrário. Eu não estava nervosa, *até* te ver. Ainda bem que é tudo de mentira, certo?

Ele segurou a mão dela com firmeza.

— Vamos começar com calma, ok? Me conta algo sobre o seu dia.

— Sobre o meu dia? Não sei... Foi bem normal. — Ela pensou sobre o assunto. — Conheci uma pessoa no almoço. Costumo comer sozinha, porque é bom ter um minuto de descanso na correria dos atendimentos. Mas hoje uma mulher perguntou se podia sentar comigo. Primeiro fiquei irritada.

— Você? Imagina!

Jane bufou.

— Mas ela foi muito legal. Até trocamos telefones. Ela adora martinis e, como eu nunca experimentei, vamos combinar de tomar uns drinques juntas. Ela é mãe solo, está se divorciando, adora esquiar... Acho que é Tess o nome dela.

Levi congelou. Não, não podia ser...

— *Tess* — repetiu ele, tentando esconder a descrença.

— É. A aula de dança da filha dela fica em frente ao hospital. Ela falava *pra caramba*. A filha acha que é uma princesa. Ah, e Tess disse que tem um irmão superchato.

— Sério? — perguntou ele, azedo. — Que merda.

Deveria ter imaginado que aquilo aconteceria: a irmã, e a mãe também, sem dúvida, estavam vasculhando a vida de Jane na internet. Ele nem devia estar tão surpreso com a disposição das duas para se intrometerem em sua vida, mas estava.

Elas ainda se perguntavam por que Levi escolhera morar em São Francisco.

— É, parece que ele vai passar um tempo na casa dos pais — continuou Jane. — E age como se ainda fosse adolescente, deixa as roupas por toda parte e larga a louça suja na pia. Eu não tenho irmãos, mas acho que deve ser muito difícil aguentar esse tipo de coisa.

Ah, que maravilha. Agora estavam falando mal *dele*.

— Deve ser — conseguiu dizer.

O sorriso de Jane diminuiu um pouco.

— Sua família é grande?

— Somos cinco — respondeu ele. — Embora às vezes pareça bem mais.

Ela não sorriu, a primeira pista de que algo estava errado.

— E eles são... legais? — perguntou ela.

Estava nervosa com a ideia de conhecê-los.

— Eles vão ser *muito* legais com você, só vão tentar descobrir por que você está comigo.

Ela deu um sorrisinho ao ouvir aquilo, e Levi se conteve antes de falar da família dela outra vez.

— Você não falou muito da sua infância, só que ia da casa de um parente para o outro. Você não é próxima da sua família, imagino.

— Não. — Jane afastou o copo vazio. — Minha mãe era adolescente quando engravidou, e meu pai foi embora. É um eufemismo dizer que ela não estava pronta para cuidar de um bebê. Continuar com os estudos e viver normalmente foi difícil para ela, então ficávamos em vários lugares, com amigos dela.

— Não com a família?

— Não naquela época — disse ela. — Ela se afastou de muita gente.

— E você? O que aconteceu com você?

— Não me lembro bem, mas parece que, quando eu tinha 2 anos, minha mãe foi aceita na faculdade. Eu fui morar com a irmã mais velha dela, a tia Viv. Mas ela tinha cinco filhos e trabalhava o tempo todo, então acabei indo para a casa de uma prima da minha mãe. Fiquei lá por um tempo, até que ela se casou e quis formar a própria família.

— Qual era o problema de continuar com você?

— Eu demandava atenção. — Ela deu de ombros. — Ficava doente com frequência.

Levi balançou a cabeça.

— Não consigo nem imaginar como deve ter sido para você.

— Eu fiquei bem, nem me lembro direito dessa época — acrescentou Jane depressa, como se não quisesse que ele ficasse com raiva da situação, ou pior, com pena dela. — E, no fim das contas, foi aí que meus avós me acolheram... e foi... — Ela quase sorriu, e algumas das lembranças boas pareceram superar as ruins. — Perfeito. Eles moravam aqui em Sunrise Cove, em uma pequena cabana. Eu amava.

— Aqui? — perguntou ele, surpreso. — Seus avós moram aqui em Tahoe?

— Agora é só o meu avô. Minha avó... — Ela fez uma pausa, os olhos cor de jade deixando transparecer o sofrimento. — Ela morreu quando eu tinha 8 anos.

— Ah, Jane. Sinto muito. Você ficou com seu avô?

— A morte dela foi... difícil para ele. Estavam juntos desde a infância. Tinham um relacionamento incrível. Ele escondia presentinhos para ela encontrar. Comida, tranqueirinhas, joias caríssimas, não importava. Era um jogo entre os dois. Ele dava dicas, e ela corria para procurar. Ela ficava igualmente feliz em encontrar um pacote de cookies ou uma pulseira de diamantes. Ele só observava e ria enquanto ela procurava.

— Eles parecem incríveis.

Jane assentiu.

— Minhas lembranças favoritas da infância são do tempo que passei com eles.

— O que aconteceu depois que sua avó morreu? — perguntou Levi, com gentileza.

— Meu avô passou por um período complicado. O luto e alguns problemas de saúde. Minha tia Viv me acolheu de volta para que eu não o incomodasse, não me tornasse mais um problema na vida dele.

— Que droga. Você não teve uma trégua.

— Quem sabe se eu fosse uma criança mais fácil...

— Jane, você era criança. Deviam ter te deixado escolher com quem ficar e feito se sentir querida. Deviam ter *pedido* para você ficar.

Ela balançou a cabeça.

— A vida real não é assim. As lembranças ficam. As pessoas vão embora.

Levi odiou que aquela fosse a lição que ela havia aprendido na infância e pousou a mão na de Jane outra vez.

— O que aconteceu depois?

— Fui de um parente para o outro e, quando completei 16 anos, me emancipei.

Pois é, muito corajosa, e Levi a admirava ainda mais por tudo o que ela conquistara apesar das circunstâncias. Ainda assim, caramba, odiava o fato de Jane nunca ter tido um lar.

— Você vê seu avô quando está aqui?

— Não. Mas estou pensando nisso. Quem sabe. — Jane encontrou o olhar dele, captou a expressão em seu rosto e balançou a cabeça. — Não precisa sentir pena de mim. Não foi de todo ruim.

Ela comera o pão que o diabo amassou e estava confortando Levi. Ele sentiu um aperto no coração.

— Sua família te deixou na mão.

— Eles fizeram o melhor que podiam. E nunca precisei lidar com assistentes sociais nem orfanatos. — Ela estremeceu. — Conheço pessoas que ainda enfrentam as consequências de passar por isso.

Ele apertou a mão dela.

— Mesmo assim, não deve ter sido fácil.

— Não foi, mas quando a vida é fácil?

Jane era maravilhosa e resiliente, e Levi queria abraçá-la. Queria fazer outras coisas também. Ela era linda, e ele se sentia muito atraído, mas, antes de tudo, queria fazê-la sorrir. Fazê-la se sentir tão especial quanto ela o fazia se sentir.

Kendra passou e recolheu os pratos.

— Quando quiserem, trago os ingredientes para os *s'mores*.

Levi se levantou e pegou a mão de Jane, para que ela se levantasse também.

— Vamos. Eles vão servir a gente perto da fogueira.

Havia seis fogueiras espalhadas em um pátio coberto de neve. Os assentos eram bancos baixos. Os dois escolheram um lugar, e Kendra trouxe uma bandeja com três tigelas cheias de marshmallows, barras de chocolate e biscoitos.

— Nunca fiz isso antes — disse Jane.

Levi sorriu e lhe entregou um espeto.

— Você pega um marshmallow...

Ele parou quando Jane enfiou não um, não dois, mas três marshmallows no espeto e segurou sobre o fogo, tão animada que ele riu enquanto montava o próprio *s'more*. Também aproximou o marshmallow do fogo e bateu no dela suavemente.

Concentrada na tarefa, Jane se virou para ele.

— Obrigado pela noite — disse ele.

— Fazia muito tempo que eu não saía — admitiu ela.

— Quanto tempo é muito tempo?

Ela pensou.

— Talvez mais de um ano. Meu último relacionamento foi à distância e não deu certo.

— O que aconteceu?

— A distância. — Ela deu de ombros. — Comecei um trabalho novo, e o relacionamento não era sério o bastante para funcionar.

Jane tirou os marshmallows do fogo e sorriu, orgulhosa. Estavam no ponto certo. Com cuidado, ela montou o sanduíche com chocolate e, depois, biscoitos.

— Pensei que você nunca tivesse feito isso antes.

— Nunca fiz — afirmou ela. — Mas isso não quer dizer que eu nunca tive vontade de tentar.

Ela deu uma mordida, e Levi ficou enfeitiçado com o pedacinho de marshmallow derretido que ficou no canto de sua boca.

— O que aconteceu com você e a Amy? — perguntou ela.

A pergunta o surpreendeu, mas não deveria. Mais cedo, hesitara em contar, mas não gostava da ideia de esconder seu passado com Amy. Ela merecia mais do que ser um segredo.

Jane estreitou os olhos diante da longa pausa.

— Você a traiu?
— Não.
— Só conferindo. Você não parece ter muitos defeitos gritantes, então achei melhor perguntar. Sabia que seu marshmallow está pegando fogo?
— Merda.

Ele puxou o espeto e assoprou para apagar o fogo, olhando para o caroço preto que já tinha sido um marshmallow.

Jane riu.

Ele olhou para ela, que estava se divertindo em vê-lo desconfortável, e balançou a cabeça.

— Viu? *Muitos* defeitos.
— Aham, e um deles é ser ótimo para distrair os outros quando te fazem perguntas complexas. Você também faz *s'mores* horríveis. E não sabe disfarçar nada.

Jane ainda sorria, e o sorriso dela fez Levi sorrir também.

— Eu tenho defeitos — disse ele. — Muitos.
— É? Estou pronta para ouvir.
— Tá... — Ele ponderou, sem querer entregar o jogo, mas tentando ser honesto. — Às vezes eu me concentro demais no trabalho e esqueço todo o resto. E, quando estou assim, acabo ficando... — Ele pensou na maior reclamação de Amy e das outras pessoas com quem se relacionara. — Distante.
— Eu também — declarou Jane, e deu mais uma mordida no doce. Seu gemido feliz atingiu Levi em cheio. Bem como a pergunta seguinte.
— Então. Amy. O que aconteceu? Vocês se conheciam desde crianças, a amizade virou namoro, vocês foram para a faculdade juntos e aí...
— Ficamos noivos.

No ano seguinte à graduação, eles foram morar juntos, e levavam uma vida feliz. Ou era o que Levi achava. No entanto, Amy começou a pressioná-lo para que se casassem, o sonho dela desde o sexto ano da escola. Levi concordou meio sem vontade, mas mesmo assim ela ficou muito feliz. Só que Levi foi enrolando para marcar a data.

Até Amy falecer — sem o casamento, tudo o que ela sempre quis.

Depois disso, Levi parou de fazer promessas. Para sempre. Olhou para Jane e sentiu uma pontada o peito, porque, se ainda as fizesse, ela seria a única a quem ele faria.

— Levi.

Merda. Por que ele insistira para falarem de assuntos profundos? Era alérgico a esse tipo de assunto. Vai ver a batida na cabeça tinha sido mais forte do que imaginara. Embora o que estivesse doendo no momento não fosse a cabeça, mas o peito.

Era algo a se pensar.

Por enquanto, não havia como evitar a questão.

— Ela faleceu de repente, um ano após ficarmos noivos — revelou ele. — Teve um aneurisma.

— Ah, meu Deus. — Jane largou o *s'more*. — Me desculpa, eu não devia ter insistido…

— Não, está tudo bem. Como é que você disse? É uma merda. A vida é uma merda. Mas a gente aprende a conviver com isso. Não dá para esquecer, mas é possível seguir em frente.

O olhar de Jane foi acolhedor. Lamentava a situação, mas também se mostrava compreensiva. Ela não ofereceu palavras de consolo vazias, e Levi se sentiu grato. Jane assentiu e começou a assar outro marshmallow. Em seguida, montou um *s'more* e lhe entregou.

Foi naquele momento que ele percebeu que, quanto mais a conhecia, mais queria que tudo entre os dois fosse real.

— Este foi um encontro bem fora do comum — ponderou ela, os olhos escuros refletindo o brilho do fogo, a boca irresistível.

Ele sorriu.

— Você chamou de *encontro*.

— Encontro *de mentira* — corrigiu Jane. — Você me prometeu, lembra?

Certo. Ele tinha prometido não se apaixonar por ela. Pelo visto ele *ainda* fazia promessas, afinal de contas. Péssimas.

— Eu lembro.

Ela assentiu. Encarou a boca de Levi.

— Um encontro de mentira *muito* fora do comum.

— Você vai a muitos encontros de mentira, então?

Ela balançou a cabeça. Mordiscou o lábio, coisa que Levi teve vontade de fazer também. Devia estar se afastando em vez de querer prolongar a noite o máximo possível, mas não pretendia ir a lugar algum. Queria era vê-la outra vez. E mais outra.

— Vou embora em breve — lembrou Jane, como se pudesse ler a mente dele. — Você também, certo?

— Eu achava que sim. — Ele assentiu diante da surpresa dela. Então expressou o pensamento que ocupava sua mente havia dias: — É, também fiquei surpreso, mas na verdade estou pensando em ficar. Senti falta de ter laços e lembranças, e tenho muitas aqui. Mais do que eu me lembrava.

Jane ficou encarando a área externa e o lago adiante, escuro e fascinante.

— Dá para ver por que gosta daqui.

— E você? — perguntou ele.

Ela balançou a cabeça lentamente.

— Não sou muito de ficar em um lugar só.

Então o agora teria que ser suficiente. Supondo, claro, que o sentimento fosse recíproco. Embora a linguagem corporal de Jane demonstrasse que era, sim — ao menos em parte —, Levi sabia que ela estava longe de vê-lo como alguém indispensável em sua vida.

Quer fosse real ou não.

Começou a nevar, um pouco no início, mas quando eles terminaram o último marshmallow, rindo ao sair do local, a neve já caía intensamente.

Jane saiu da proteção do toldo e inclinou o rosto para sentir os flocos.

— Nunca me canso da neve. Tem potencial para causar estragos enormes e, ainda assim, é tão bonita.

Levi pensou que a descrição também caberia a Jane.

— Onde está seu carro?

— Ah, eu vim andando.

— Deixa eu te levar para casa — disse ele, pegando a mão dela.

— Não precisa. Eu gosto de caminhar.

No entanto, segurou a mão dele, e Levi sorriu.

— Então deixa eu te acompanhar até sua casa.

Jane encontrou o olhar dele, o cabelo polvilhado com flocos de neve, que também salpicavam os cílios e as bochechas, deixando-as rosadas.

— Aí você teria que voltar aqui para pegar seu carro.

— Eu não me importo.

— Olha aí você escondendo seus defeitos de novo, nessa pose de quem é bom demais pra ser verdade.

— Jane — alertou Levi com uma risada áspera —, posso garantir que não sou bom demais pra ser verdade.

Ela o analisou por um longo momento, enquanto Levi fazia o possível para parecer indispensável.

— Uma carona para casa seria ótimo, obrigada — concordou Jane, por fim.

Ele seguiu as instruções dela até um dos bairros mais antigos da cidade, a cerca de quatro quarteirões do lago, na colina. As casas da região haviam sido construídas fazia décadas, eram próximas umas das outras e, em sua maioria, não foram reformadas. Levi estacionou diante de duas casas vitorianas que compartilhavam a mesma entrada para carros.

— É a da esquerda — disse Jane.

Ele nunca tinha ido à casa de Mateo. O amigo a comprara depois que Levi se mudara para São Francisco, mas combinava bem com Mateo. O jardim da frente era amplo, com dois pinheiros enormes, tudo coberto de neve. Levi desligou o motor e virou-se para sair do carro.

Com a mão na maçaneta, Jane olhou para ele, intrigada.

— O que está fazendo?

— Levando você até a porta.

— Não precisa.

Ele saiu do carro mesmo assim e a encontrou na frente do veículo.

— Que lugar fofo.

— A casa fica cheia nesta época. — Enquanto caminhavam até a porta, ela permaneceu em silêncio, então virou-se para Levi quando chegaram à varanda. Jane encarou os lábios dele. — Você sabe que um primeiro encontro de mentira não termina com um beijo.

Aquilo o fez sorrir.

— Mas você está pensando em um beijo.

Ela riu. Foi uma boa risada.

— Não vou te chamar para entrar, Levi.

— Eu sei.

— Sabe mesmo? Porque estamos fingindo para a *sua* família. As pessoas da minha vida não precisam saber de você.

— Ai. E você me disse que não tinha ninguém na sua vida.

— Tá bom. Tem a proprietária da casa, que mora aqui também.

A porta se abriu. Uma bela loira sorriu para ele.

— Charlotte — disse a mulher. — A proprietária da casa que mora aqui também, como ela falou, mas vou fazer um adendo para dizer que sou a *melhor* amiga. E família.

Levi reconheceu e admirou o cuidado.

— Prazer em conhecê-la. — Ele se virou para Jane com um sorriso. — Parece que temos muitos motivos para marcar um segundo encontro.

Então Levi se afastou em direção ao carro.

— Ei! — chamou Jane.

Ele se virou e a viu na varanda, iluminada pelo brilho de uma única lâmpada.

— Qual é o primeiro motivo? — perguntou ela.

Ele sorriu.

— O beijo que você quer.

E, como ela não negou, ele foi sorrindo até chegar em casa.

Capítulo 13

Um dia de trabalho nunca estava completo até que alguém gritasse com Jane. Podia ser um médico ou um paciente, não importava. Acontecia sempre, em algum momento do dia, e era a pior parte de ser enfermeira. Naquela tarde, era um paciente esquentadinho chamado Jason Wells.

— Seus ferimentos são bem profundos — explicou Jane. — Precisamos limpar, ou você corre o risco de ter uma infecção.

— Some da minha frente e me dá meu telefone!

Jane respirou fundo para se acalmar, sem sucesso, e se afastou do homem de 30 anos que, por vontade própria, havia praticado snowboard fora da trilha, prática proibida em High Alpine, e batido em uma árvore.

De cara.

Trabalhar na linha de frente demandava interação com o público em geral, e a dor sempre trazia à tona o pior das pessoas.

Jane estava tentando irrigar o corte mais grave para a sutura, mas o homem não deixava. Vertia sangue de vários lugares, e tudo o que ele queria era o celular.

— É proibido o uso de celular na enfermaria, senhor.

— Que se foda! — esbravejou ele, tentando, com dificuldade, se sentar. Provavelmente porque quebrara o punho, mas não queria que ninguém tocasse ali também. — Me ajuda, vou dar o fora daqui.

O amigo, que tinha arrastado Jason para a clínica vinte minutos antes, apareceu de trás da cortina.

— Cara, dá para ouvir você gritando com ela de lá da sala de espera. Se acalma aí, ela só está tentando te ajudar.

Ai, caramba. Dizer a alguém para se acalmar nunca, jamais, em toda a história da humanidade dera certo.

— Eu não preciso de ajuda.

Finalmente conseguindo se sentar, Jason balançou o braço ileso e acertou em cheio a bandeja, espalhando todos os itens pela sala.

Mateo era o médico da equipe naquele dia, e tinha vindo do hospital porque o médico agendado não conseguira chegar ao trabalho. Não demorou e ele também apareceu na cortina.

— Jane.

Ele fez um sinal com o queixo, indicando para que ela se afastasse, saindo do alcance de Jason. Antes que ela fizesse aquilo, o amigo de Jason passou por ela e... deu um soco no rosto de Jason.

Jason caiu para trás, inconsciente, e o amigo olhou para Mateo e Jane.

— Desculpem pela bagunça que ele fez, mas acho que dá para cuidar dele agora.

E assim foi o dia de Jane. Havia muitas coisas que ela adorava em sua profissão. Ajudar as pessoas, claro. Embora não fosse só altruísmo. De certa forma, ela se sentia melhor consigo mesma quando cuidava dos outros. Não era algo fácil de explicar, por isso ela raramente tentava.

Outro atrativo importante de sua profissão era o fato de que um dia nunca era igual ao outro. Como aquele. Jason levara um soco do amigo, por isso tiveram que chamar a polícia e descobriram que o paciente tinha acabado de voltar do Afeganistão. Depois de três missões com o bom e velho Exército dos Estados Unidos, estava sofrendo de transtorno do estresse pós-traumático. O amigo só estava tentando ajudar.

Não, nunca tinha um dia entediante...

Jane fez a pausa para o almoço no deck da lanchonete de High Alpine e ficou observando os esquiadores pularem montanha abaixo. Seus pensamentos logo se voltaram para o encontro com Levi na noite anterior. Correção: encontro *de mentira*. Embora ela estivesse muito curiosa sobre o beijo que ele havia mencionado, sabia que era uma proposta perigosa.

Mas não significava que Jane não podia se deixar levar pelas fantasias.

Mateo saiu e sentou-se ao lado dela, segurando um recipiente de vidro que Jane logo reconheceu.

— Charlotte fez o almoço para você?
Ele sorriu.
— Ciúme?
— Óbvio. É a famosa lasanha de três queijos?
— A própria.
Mateo puxou dois garfos e entregou um a ela.
— Você é um Deus que caminha entre os homens — declarou Jane, fervorosa.
— Embora eu não me oponha ao título, foi coisa da Charlotte. Ela me deu a marmita e exigiu que eu compartilhasse com você, porque, como ela disse, você provavelmente trouxe uma barrinha de proteína e um refrigerante.

Os dois olharam para a barrinha de proteína e a lata de refrigerante de Jane.

Mateo riu e deu uma garfada na lasanha. Jane fez o mesmo e, começando pelas laterais, comeram apressados até o meio, porque, se tinham uma certeza, era a de que a pausa nunca durava muito.

Depois de alguns minutos de silêncio abençoado empanturrando-se, Jane apontou o garfo para Mateo.

— Então, o que está rolando entre você e a Charlotte?
— Fora o fato de que ela finalmente me deixou ajudar a tirar os pisca-piscas? Nada.
— Ela te deu comida. Ela só dá comida para as pessoas de quem gosta.

Mateo abriu um sorriso esperançoso.
— Sério?
— Sério. — Jane apontou o garfo na direção dele outra vez. — Se magoá-la, vai se ver comigo.
— Magoar a Charlotte é a última coisa que eu quero.

Foi a vez de Jane abrir um sorriso esperançoso.
— Verdade?
— Verdade.
— Então boa sorte para você — disse ela, séria. — Vai ser difícil.
— Nem me fale. Tem alguma dica?

— Adoraria. Mas o fato é que ela está determinada a manter o coração fechadinho.
— Por quê?
Jane balançou a cabeça.
— Não cabe a mim dizer, mas, acredite, ela tem seus motivos.
Ele assentiu, parecendo preocupado.
— É, deu para perceber.
Jane colocou a mão na dele.
— Só não desista fácil, tá?
— Eu não vou desistir.
— Ótimo. Ah, e já que estamos aqui... *Levi é seu melhor amigo? Como eu não sabia disso?*
Mateo deu de ombros.
— Até o incidente com a gôndola, fazia alguns anos que eu não o via.
Ela largou o garfo.
— Por causa da Amy?
Ele baixou o olhar.
— Lamento pela sua irmã, Mateo.
Ele suspirou.
— É. Eu também.
— Por que não me contou que conhecia Levi?
— Naquela noite no hospital? Ele era um paciente. Normas de confidencialidade e tudo o mais...
Jane assentiu.
— E depois?
Ele olhou para ela.
— Até este exato minuto, eu não sabia que tinha motivo para contar.
Merda.
— Não tem.
Ele riu.
— Aham. Você percebe que é quase tão sincera com os seus sentimentos quanto a Charlotte, né?
— Tenho certeza de que sou pior — reconheceu ela.
— Sei. Bom, admitir já é meio caminho andado. — Ele fez uma pausa. — O Levi está bem?

Jane viu uma apreensão genuína no rosto de Mateo.

— Ele disse que as dores de cabeça e a tontura praticamente desapareceram.

— Não quis dizer isso. Estou falando de... merda. — Ele esfregou o rosto. — Não sou pior do que você e a Charlotte, mas também não sou muito bom em falar o que penso.

— Você está preocupado com ele.

— Ele se isolou dos amigos e da família, como se achasse que não merecia esses laços. O que é absurdo, claro. Estou feliz por Levi estar de volta, mas só está aqui ainda por causa do acidente.

— Você acha que ele vai desaparecer de novo?

— Bom, não até você ir embora, pelo menos.

— Então você sabe de alguma coisa, sim. — Jane balançou a cabeça. — Mas não é o que parece.

— Espero que você esteja errada.

— É uma longa história — disse ela. — Mas só estou fingindo ser namorada dele para um jantar em família.

Mateo sorriu.

— Nossa. Você não faz ideia de onde está se metendo.

— Por quê? A família dele é horrível?

— Não. Eles são incríveis.

O celular de Jane apitou com uma notificação. Era do abrigo de animais. Estavam oferecendo vacinas gratuitas. O e-mail enfatizava a importância de manter em dia as imunizações de animais resgatados para permanecerem saudáveis e informava um número de telefone para o agendamento de uma consulta gratuita. Ela olhou para Mateo.

— Devo vacinar o gato, mesmo que ele não seja meu?

— Deve, e ele é seu, sim.

Ela ligou para o número e ficou surpresa ao conseguir uma vaga para as cinco da tarde.

— Não tenho caixinha de transporte — comentou ela quando desligou.

— Charlotte tem uma na garagem. Não sei por quê. Acho que uma das inquilinas tinha um gato.

Então foi assim que Jane se viu, depois do trabalho, tentando fazer Gato entrar na caixinha que tinha encontrado na garagem de Charlotte. O bichano até entrou de bom grado, mas estreitou os olhos quando ela fechou a porta.

E uivou de descontentamento até chegar ao abrigo.

— É *de graça* — disse Jane, olhando para ele pelo retrovisor. — E tomar as vacinas é importante para sua saúde.

Gato tinha muito a dizer sobre aquilo, mas ela o carregou para dentro do abrigo mesmo assim, enquanto ele vocalizava a frustração.

A mulher da recepção ergueu os olhos e sorriu.

— Caramba — disse ela. — Esse daí tem um baita gogó.

— Desculpa, ele tem mesmo. Meu nome é Jane e tenho um horário marcado.

O sorriso da mulher aumentou. Os olhos eram amigáveis por trás dos óculos azuis brilhantes.

— Olá, Jane, é um prazer conhecê-la. Eu sou a Shirl. E não sei o nome do seu gatinho.

— É Gato. Apelido de Gato de Rua.

Se Shirl achou estranho, não demonstrou, porque logo fez Jane preencher um formulário e, em seguida, levou os dois para a sala de pacientes.

— Ah, olha só você — disse Shirl para Gato, que saíra da caixa quando Jane a abriu, parecendo irritadíssimo. — O que sabemos sobre esse lindinho?

— Não muito. É um vira-lata, acho que ninguém o deixa entrar em casa, e nunca foi a uma consulta.

— Ah — disse Shirl, fazendo muxoxo. Corajosa, ela pegou Gato do chão e o colocou na mesa de exames. — Você tem uma mamãe gentil, sabia?

— Não tem — disse Jane. — Ele mora no beco atrás da casa onde estou ficando, e eu só queria garantir que ele esteja bem cuidado.

— Então, ele tem uma mamãe gentil com um coração enorme.

Shirl continuou a encher o gato de amor. Àquela altura, ele já tinha perdido a postura defensiva e parecia estar adorando toda a atenção.

— Esse garotinho lindo precisa de um nome de verdade — disse Shirl. — É o primeiro passo para torná-lo seu.
— Mas ele não é meu. — Só de dizer aquilo Jane sentiu um aperto no coração. — Sou enfermeira. Trabalho em turnos de doze horas que sempre se estendem por mais tempo, então eu seria uma péssima mãe de gato. Além disso, só vou ficar por aqui até o fim da temporada de esqui, depois vou embora.

Shirl pareceu agitada.
— Para onde?
— Acho que para o Haiti.

Shirl fez uma pausa.
— Ficar na linha de frente para cuidar de outras pessoas. Não sei se existe trabalho mais respeitável do que esse. Sua mãe deve sentir muito orgulho de você.

A mãe de Jane devia sentir muitas coisas, sim, mas provavelmente não era orgulho. E, se tivesse uma mãe como Shirl, era muito provável que Jane não ficasse viajando de um lugar para o outro o tempo todo. Em vez disso, iria querer contato com a família. Criar raízes e viver por perto.

Você está morando perto do seu avô...

Ao pensar nele, foi atingida pelo misto usual de emoções. Algumas Jane já conhecia: arrependimento, rancor, mais arrependimento... As outras não sabia nomear. Lembrou a si mesma de que não tinham um relacionamento próximo porque a saúde dele era frágil e ela não queria causar mais problemas. Quantas vezes tia Viv lhe dissera aquilo? Incontáveis. Jane não causaria mais estresse, como lembrá-lo de tempos mais felizes, de quando a esposa ainda estava viva.

Além do mais, ele não tinha lutado para mantê-la por perto. Ele a deixara ir com outros parentes, deixara Jane ser tratada como a sobra de comida da semana anterior, prestes a estragar.

Ah, sim. Pelo jeito ela conseguia nomear as outras emoções. Vergonha. Constrangimento. Medo de mais rejeição...

— Não sou próxima da minha família.
— Ah, sinto muito. — Shirl claramente se sentiu mal por ter tocado no assunto, o que não a impediu de fazer outro comentário. — Bom, mas o homem da sua vida com certeza está orgulhoso.

— Hum...

— Ah, caramba — disse Shirl, de repente, enquanto examinava o gato. — Interessante.

Jane sentiu o coração acelerar.

— O que há de errado com ele?

— Bom, essa é questão. Não é ele, é ela. — Shirl sorriu. — Que coisa, não?

Jane quase desmaiou de alívio.

— Tem certeza?

— Tenho. — Shirl notou a expressão no rosto de Jane, e seu próprio rosto se contorceu de culpa ao pegar a mão que ela havia apertado contra o peito. — Desculpe. Não queria te assustar. Dá para ver que ela já teve uma ninhada. Talvez seja melhor castrá-la antes que fique prenhe outra vez.

Jane pegou a gata no colo e a abraçou.

— Você é mamãe? — Gato encostou o rosto no de Jane, que sentiu o coração quase explodir. — Você tem bebês?

E nem devia saber onde estavam, como estavam, se estavam bem. Se tinham um lar... A garganta de Jane se fechou tanto que doeria se tivesse que falar.

Shirl inclinou-se sobre a mesa de exame e deu um tapinha na mão dela.

— Não precisa se preocupar. Nosso veterinário é um dos melhores.

Jane abraçou a gata com mais força.

— Obrigada. É, vou pensar sobre a castração o mais rápido possível.

Shirl sorriu.

— Você é uma boa pessoa, Jane. Se está preocupada com ela, temos coleiras e pingentes personalizados lá na frente. Você pode registrar seu telefone. Dá até para listar vários contatos. Muita gente coloca o número dos parceiros também, aí, se o animal se perder, quem achar pode contatar ambos. O que acha? Será que seu parceiro gostaria de colocar o número dele na coleira também?

Uma coleira deixaria claro que a gata era dela. Parecia uma ideia horrenda e, ao mesmo tempo, incrível.

— Vou pensar nisso também — disse Jane baixinho.

* * *

Levi passou o dia no escritório da Cutler Artigos Esportivos e esperou até que todos estivessem ocupados para entrar no estoque. Queria verificar o inventário e compará-lo com o sistema, porque, até onde sabia, Cal tinha se envolvido em quase todos os aspectos dos negócios da família.

Precisaria contatar as autoridades, para que pudessem ir atrás de Cal, mas não queria alarmar nem os pais nem Tess até o término da auditoria. Queria ter certeza de todos os detalhes antes de partir o coração da família inteira. E estava perto de concluir a análise.

Depois do encontro da noite anterior, porém, a missão na loja se tornara mais do que apenas verificar o inventário. Ele queria perguntar a Tess em que diabo ela estava pensando quando resolvera virar amiga de sua namorada de mentira.

E a irmã facilitou isso quando resolveu aparecer no estoque.

— O que está bisbilhotando aqui atrás? — perguntou ela.

Levi se encostou em uma parede de estantes.

— Parece que é você quem está bisbilhotando os assuntos dos outros.

Tess piscou. Fez uma careta. Entrou na sala e se encostou na estante diante dele.

— Você quer me falar alguma coisa? — perguntou Levi.

Resistiu ao impulso de agir como o irmão mais novo e acusar de uma vez, porque sabia por experiência própria que isso só a deixaria na defensiva. A única maneira de arrancar informações de Tess era sendo mais esperto, persistente e estratégico do que ela. Dez anos mais velha, ela estava no comando desde sempre. Por outro lado, ela também o amava desde sempre. Levi sabia que a irmã estava atordoada com o divórcio e profundamente magoada, e ainda assim conseguia cuidar dos pais e da filha. E dele.

Lembrou a si mesmo de que *aquele* era o motivo de Tess ter se metido. Porque ela o amava, do jeito dela. Mesmo assim, ele a encarou, sabendo o valor do silêncio quando se tratava de obter informações da irmã. Ela odiava o silêncio e sempre se apressava para preenchê-lo. Faria isso em três, dois, um...

— Tudo bem — disse ela. — A Jane te contou sobre nosso encontro por acaso.

Acaso, uma ova.

— Eu não sei como você descobriu onde seria o turno dela naquele dia nem a que horas ela faria a pausa para o almoço, mas não foi nada por acaso, Tess.

Ela deu de ombros.

— Um dos clientes da loja é técnico de raio X e a conhece. Não é minha culpa se você não conta nada sobre sua namorada. Tipo o fato de ela *não ser* sua namorada.

Subestimar o potencial de dissimulação de uma irmã mais velha mandona: aquele tinha sido o primeiro erro.

— Não sei do que você está falando.

Erro número dois: negação.

Tess sorriu, sabendo que o tinha pegado no pulo.

— Ela está solteira, Levi.

— Ou ela não gosta de fofocar sobre a vida amorosa.

— É essa a desculpa que você vai dar?

Droga. Poderia piorar a situação se continuasse fingindo, já que a irmã era melhor do que qualquer detector de mentiras. Além disso, talvez ela pudesse ajudá-lo a encontrar uma saída para a farsa em que ele nunca devia ter se enfiado, para começo de conversa.

— Tudo bem — concedeu ele. — Digamos, hipoteticamente, que eu tenha uma namorada *de mentira*.

Tess cruzou os braços.

— Aham...

— E se eu quisesse transformá-la em um namoro de verdade?

— Deixa eu adivinhar — disse ela. — Isso é hipotético também?

— Claro — respondeu ele. — Digamos que sim.

Tess o analisou por um instante.

— E a intenção é levar essa mulher para a cama ou é para saber como se aproximar? Porque eu não quero vê-la magoada, e você consegue ser bem charmoso quando quer alguma coisa.

— Estou perguntando de forma hipotética, lembra?

— Uma hipótese idiota? — rebateu a irmã.

Ele suspirou.

— Deixa pra lá. Esquece que perguntei.

A porta se abriu e quase acertou Tess nas costas. Shirl Cutler entrou, saltitando de alegria.

— Adivinhem quem eu conheci hoje no meu voluntariado no abrigo!

Levi se virou e bateu a cabeça nas prateleiras de aço.

— *Por quê?*

— Não se preocupe. Eu não contei a ela quem eu sou.

Mateo entrou logo atrás da mãe de Levi.

— O que eu perdi?

Levi suspirou.

— E você está aqui por quê?

A mãe dele arfou.

— Que maneira é essa de falar com seu melhor amigo?

Atrás dela, Mateo riu de Levi.

Levi muito discretamente mostrou-lhe o dedo do meio.

— Eu o chamei — informou a mãe. — Porque tem aquele monte de comida que sobrou do almoço de aniversário do Dusty. Mateo trabalhou vários dias seguidos e aposto que não come uma comidinha caseira há séculos. Estou separando umas marmitinhas para ele.

Mateo era um dos melhores cozinheiros que Levi conhecia. O cara era um esnobe quando se tratava de comida. Embora Levi acreditasse que o amigo tinha de fato trabalhado vários dias seguidos e provavelmente estivesse morto de exaustão, não havia como ele não ter comido nada.

— Vem me ajudar, Tess.

E, com isso, a mãe e a irmã de Levi sumiram.

Mateo sentou-se numa das duas cadeiras do canto e esfregou o rosto.

— Dias puxados? — perguntou Levi.

— Pode-se dizer que sim.

Levi se sentou na outra cadeira.

— Quer me contar o que está acontecendo?

— Não.

— Certo, foi ótimo conversar com você.

Mateo praguejou baixinho.

— O que sabe sobre a melhor amiga da sua namorada de mentira?
— Como você sabe da Jane?
— Eu tenho meus métodos. Me diz o que você sabe sobre a Charlotte.
Levi deu de ombros.
— Eu a conheci ontem à noite. Ela parece bacana.
— Bacana? Só isso?
— Sei que ela é médica — disse Levi. — No hospital em que você trabalha. O que significa que sabe muito mais sobre ela do que eu.
Mateo inclinou-se para a frente, apoiou os cotovelos nos joelhos e o rosto nas mãos.
Era um dos caras mais tranquilos e generosos que Levi conhecia. Era realmente um milagre, dada a profissão desafiadora e as obrigações que a família lhe impunha. Quando os Moreno perderam Amy, Mateo se tornara o filho único de pais idosos, pelos quais era responsável. Entre isso e o trabalho, não tinha vida pessoal além da família. Levi tinha sido um verdadeiro idiota por desaparecer e deixar o amigo sem nenhum suporte emocional. Não cometeria aquele erro outra vez.
— O que foi?
— Ela é inteligente pra caramba, esperta, mal-humorada e atrevida e… que inferno. — Mateo deslizou os dedos pelo cabelo. — Maravilhosa.
— Não ouvi nenhum problema ainda.
— Ela é muita areia pro meu caminhãozinho, cara. Mas é ela que eu quero.
Levi olhou para ele.
— Charlotte?
— Não, idiota, o Coelhinho da Páscoa. É, a Charlotte.
— E isso é um problema?
— Ela não gosta de mim.
Levi riu.
— Estou falando sério — disse Mateo.
— Ah, cara. Você nunca teve que se esforçar por mulher nenhuma.
— Até essa — disse Mateo. — Se chego em casa antes dela, eu limpo a neve da entrada da casa dela. Então, ela grita comigo e me manda pôr a neve de volta. Às vezes eu deixo lanchinhos para ela no trabalho, porque acho que ela esquece de comer, e ela cisma que são do babaca

do técnico de raio X, que sempre dá em cima dela. — Levi soltou uma gargalhada. — Não tem graça. Na semana passada, enchi os pneus do carro dela porque percebi que estavam baixos e, com as estradas cheias de gelo... — Ele parou e suspirou. — Estou tão ferrado.

— Por que não diz a ela como se sente?

— Sério? — perguntou Mateo, com sarcasmo. — É isso que vai fazer com a Jane? Dizer a ela como se sente?

— Olha, nós dois sabemos que *não sou* especialista nessa merda. Mas o que tem de tão errado em dizer a Charlotte o que você sente?

— Vou ferrar com tudo.

Mateo tinha ido do ensino médio direto para a faculdade, do curso de medicina para a residência, e assim por diante. Era brilhante, mas, quando se tratava de relacionamentos, tinha tão pouca experiência quanto, bem, Levi.

— Você pode ir com calma.

Mateo riu sem alegria.

— Nosso ritmo atual é o de uma tartaruga tentando andar na lama. Se formos mais devagar, vamos andar para trás.

— Qual é a pressa? Nenhum de vocês vai a lugar algum.

Mateo revirou os olhos.

— Me diz que você tem conselhos melhores que esses.

— Tenho uma namorada de mentira, lembra?

Mateo riu pelo nariz e balançou a cabeça.

— Nós dois somos tão idiotas.

— Sem dúvida.

Capítulo 14

Charlotte saiu do hospital. Era o fim de um turno, mas o começo de outro dia. Pouco depois do amanhecer, o céu estava pintado de tons de rosa, vermelho e roxo. Ela parou por um instante, piscando diante do brilho da luz do inverno refletindo na neve fresca que cobria o estacionamento, o rosto voltado para o sol nascente como um lagarto.

Concentrou-se apenas em inspirar e expirar.

Quando conseguiu fazer isso sem sentir aquela dor aguda de tristeza no peito, foi até o carro.

Na noite anterior, uma jovem tinha morrido na mesa de cirurgia. Embora essa realidade horrível fizesse parte do trabalho, sempre lhe tirava um pedacinho do coração e da alma.

Ela ligou o aquecedor e direcionou as saídas de ar, mas nem todo o calor do mundo poderia aquecê-la.

A paciente…

— Talia — disse Charlotte em voz alta no carro.

Talia, de 22 anos, foi vítima de violência doméstica. Sentindo as lágrimas arderem nos olhos, Charlotte piscou com força e fez a curva para a entrada da garagem. Que tinha sido limpa.

Mateo, claro.

Droga. Maldito. Charlotte estava tremendo com o esforço de conter o próprio turbilhão interno que causava estragos em suas emoções, deixando-as à flor da pele.

Liberar as emoções nunca resultava nada de bom.

Olhou para casa e viu que ele também tinha limpado o caminho até a porta. Como conseguiria lidar com um gesto gentil em um momento como aquele? Resposta: não conseguiria, ainda mais vindo de Mateo, por razões que ela não entendia muito bem.

Respirando fundo, Charlotte abaixou o quebra-sol para se olhar no espelho, precisando ter certeza de que não havia sinais de sua agitação. Não precisava de um príncipe encantado para salvar o dia.

Ela mesma salvaria o próprio dia.

Saiu do carro e parte da revolta se dissipou ao perceber que não precisaria atravessar trinta centímetros de neve até a casa dele. Ela bateu na porta.

Nada.

Tentou outra vez, batendo o punho com mais força na madeira.

Quando a porta finalmente se abriu, Mateo apareceu vestindo uma cueca boxer vermelha e… mais nada. Sem camisa. Com cara de quem estava dormindo. Olhos pesados. Descalço.

Ele piscou com força.

— O que foi?

— Ponha de volta.

— Pôr o que de volta?

— A neve — disse ela. — Ponha tudo de volta.

Mateo pegou a mão dela, levantou a manga da jaqueta e olhou a hora no relógio. Quando viu que eram cinco e meia da manhã, ele gemeu.

— Eu saí do pronto-socorro há uma hora. Dormi doze minutos nas últimas trinta e seis horas. Você perdeu a noção?

— Perdi. E você já sabe disso. Então também deve saber que sou completamente capaz de limpar minha própria neve, mesmo depois de um dia de trabalho nada bom, muito ruim, péssimo, horrível.

Os olhos dele se suavizaram.

— Eu sei. Eu a vi no pronto-socorro. Não tive escolha a não ser mandá-la para a cirurgia, mas odiei, porque sabia como você ficaria.

Para seu horror absoluto, Charlotte sentiu os olhos marejados e, embora se esforçasse muito para segurá-las, algumas lágrimas escaparam. Droga. Precisando de espaço, ela deu as costas para Mateo e odiou que ele a tivesse visto em seu pior momento: vulnerável.

— Vou encostar em você — avisou ele, com a voz baixa e calma.

Charlotte sentiu a mão dele no braço enquanto Mateo a girava aos poucos para encará-lo.

Sabia que ele era observador. Era o que fazia dele um ótimo médico de emergência, mas também o tornava perigoso para os sentimentos dela, porque, embora não tivesse dito uma palavra sequer sobre seu passado para ninguém, exceto Jane, Mateo claramente entendia a essência da história por trás de suas atitudes.

— Charlotte — disse ele baixinho. — Entra, vou preparar algo para você comer.

Ótimo, ele estava sentindo pena dela. Aquilo a tirou do sério. Desvencilhando-se dele, Charlotte virou-se furiosa para se afastar, mas se lembrou do gelo no chão. Ter que desacelerar a deixava louca.

— Charlotte.

Não, não ia mais falar com ele, mas, como Mateo não era de falar muito, não tinha certeza se ele entendia o significado do silêncio como punição. Então Charlotte parou e olhou para ele.

— Não quero que sinta pena de mim.

— Ótimo, porque eu não sinto. — A voz dele estava baixa. Séria. — Você teve uma noite de merda, e podemos dizer que sei como é isso.

— Não sou boa companhia.

— Então não vamos conversar. Vamos comer. E depois dormir. — Devagar, dando a ela todas as oportunidades para recuar, ele segurou sua mão. — Mas, primeiro, gostaria de te dar outro abraço. Tudo bem?

Um abraço seria melhor do que qualquer coisa que ela pudesse imaginar. E verdade fosse dita, não conseguia parar de pensar em como se sentira segura nos braços dele. Segura e... *não* solitária. Devido às longas jornadas de trabalho, estar sozinha era a regra, uma consequência da profissão. E tudo bem, sim, também porque ela escolhia ficar sozinha em vez de deixar alguém ver a bagunça que era por dentro. No entanto, estava cansada de se esconder.

— Charlotte.

Ela assentiu.

— Preciso que você use palavras.

— Tá, por favor — sussurrou ela.

Com um sorriso, Mateo deu um passo adiante na manhã fria e congelante, mesmo descalço, e a envolveu nos braços.

Charlotte prendeu a respiração quando sentiu a pele dele, quente e nua.

— Ai, meu Deus, você está quase pelado!

— Isso foi um "ai, meu Deus, você está quase pelado" no bom sentido, certo?

E foi assim que ela se viu rindo e chorando ao mesmo tempo. Na ponta dos pés, pressionou o rosto na curva do pescoço dele, deslizando os braços ao redor de Mateo, segurando-o firme.

— Você vai congelar — sussurrou ela.

Mateo deslizou a mão por suas costas, subindo até a nuca e passando no cabelo. Com o outro braço envolto na cintura, ele a segurou bem perto. Charlotte se perguntava como um simples abraço podia ser tão confortável e, ao mesmo tempo, acelerar tanto o coração.

— Acho que vai ter que me esquentar — murmurou ele, a bochecha encostada no cabelo dela.

Fechando os olhos, Charlotte sentiu o cheiro dele e o abraçou mais forte. E Mateo deixou, acolhendo-a como uma âncora em um mundo à deriva.

— Você está tremendo — sussurrou ela.

— É você. — Mateo se afastou, mas segurou a mão dela. — Venha para dentro, Charlotte. Tem comida. E eu sei cozinhar.

Ela olhou para ele.

— Só café da manhã, certo? Nada mais.

— Eu nunca pediria mais do que você está disposta a dar.

Charlotte não sabia ao certo por que uma afirmação tão simples parecia tão transformadora. Ninguém nunca dissera nada parecido para ela.

Mateo a olhou nos olhos.

— Você topa ou é demais?

Ele ter perguntado isso significava tudo para Charlotte. Mateo com certeza devia estar congelando e tão exausto quanto ela. No entanto, exibia apenas calma e paciência, um bálsamo para a alma de Charlotte.

Foi então que seu estômago decidiu roncar alto como uma locomotiva. Horrorizada, ela pressionou as mãos na barriga enquanto Mateo ria e a puxava para dentro de casa.

Estivera ali algumas vezes. Uma delas tinha sido durante uma festinha em um feriado, quando vira pela primeira vez um lado dele que não era o médico. Ficara fascinada ao observá-lo entre amigos e familiares, que claramente o adoravam. Alguns meses depois, tiveram um desentendimento no trabalho. Ela ficara irritada por achar que Mateo tinha denunciado injustamente um colega e causado sua demissão, mas depois ficara sabendo que o tal colega estava assediando uma funcionária. Charlotte então fora até a casa de Mateo para se desculpar. Em ambas as visitas, passara mais tempo focada no homem do que no espaço que ele chamava de lar.

Dessa vez, Charlotte estava com medo de se concentrar no homem. Ela se sentia muito... vulnerável e, quando se via nessas circunstâncias, nem sempre tomava as melhores decisões.

Olhou ao redor. A sala de estar espaçosa tinha a mesma janela ampla que a dela, ocupando toda a parede e enquadrando as belas montanhas que ela amava. Em sua casa, os móveis eram femininos e um pouco floridos porque, ela tinha que admitir, gostava de um toque floral. Na casa de Mateo predominavam as madeiras escuras e as cores neutras, com móveis grandes e robustos, convidativos de uma maneira bem diferente. Não havia nada floral.

Barulhos vinham da cozinha, o que a fez perceber que tinha parado na sala, e Mateo, não. Charlotte seguiu os sons e descobriu que ele estava usando uma calça de moletom e uma camiseta. Não sabia ao certo se estava aliviada ou decepcionada.

Ainda descalço, Mateo estava diante do fogão, quebrando ovos em uma frigideira. Com a outra mão, segurava uma espátula e apontou para um banco do outro lado da cozinha.

Ela se sentou e observou enquanto ele picava alguns legumes e jogava nos ovos. Mateo agarrou a alça da frigideira e, com um movimento rápido do punho, virou a omelete.

Minutos depois, ele dividiu a comida em dois pratos, acrescentou torradas e serviu com uma eficiência tranquila e muito atraente.

— Você já faz isso há muito tempo — disse ela.

Ele deu de ombros.

— Meus pais trabalhavam o dia inteiro. Minhas tias também, e, como eu era o mais velho, ficava de babá para um monte de crianças. Ou eu cozinhava, ou passávamos fome.

Charlotte sabia que ele tinha uma família grande e que cuidava da maioria dos parentes. Ele era bom em cuidar dos outros, muito bom.

— Quem cuida de você? — perguntou ela.

O olhar de Mateo encontrou o dela, caloroso, curioso, talvez porque normalmente Charlotte fizesse o possível para manter distância, a única maneira que conhecia de resistir a ele.

— Desculpa. Não pretendia fazer uma pergunta tão pessoal.

Mateo ficou calado por um tempo, serviu suco para os dois e, depois, sentou-se na banqueta ao lado dela. Sua coxa tocou a dela e, ao pegar um guardanapo, seu braço também encostou no dela.

— Eu cuido de mim. — Ele virou a cabeça para sustentar seu olhar. — Da mesma forma que você cuida de você. Somos assim, é assim que lidamos com as coisas.

Charlotte assentiu, mas então balançou a cabeça.

— Isso não te cansa? Estar sempre isolado?

Estendendo a mão, Mateo passou a ponta dos dedos pela mandíbula dela.

— Acho que não me permito pensar muito a respeito.

— Essa costuma ser minha estratégia também — admitiu ela. — Mas às vezes é cansativo.

Ele a observou devorar a comida que havia preparado, com um pequeno sorriso se formando na boca.

— A gente podia dar um jeito nisso.

Charlotte quase se engasgou com um pedaço da torrada.

— Como assim?

Ele apenas sorriu.

Algo dentro dela estremeceu. De um jeito bom. De um jeito que não se permitia sentir havia muito tempo.

— Hum...

— Está me dizendo que isso nunca passou pela sua cabeça? — indagou Mateo.

Ela encarou Mateo.

— Só para eu entender: com *isso* você está sugerindo que a gente deveria... dormir juntos.

— Estou sugerindo que estou aqui para atender qualquer necessidade que você tiver, a qualquer hora.

Se Charlotte considerasse a oferta por mais um segundo, correria para os braços dele e se entregaria por completo. Em vez disso, ela se levantou, pegou os pratos vazios e os levou até a pia. Lavou e arrumou tudo na lava-louças. Quando se virou, Mateo estava tão próximo que quase se tocaram. Ela respirou fundo.

— É só o que posso fazer por você neste momento — declarou ela, embora seu corpo discordasse.

Mateo sorriu, despreocupado. Talvez porque soubesse que ela estava mentindo.

— E você? — perguntou ele. — Tem alguma coisa que eu possa fazer por *você*?

Charlotte teve que morder a língua para não dizer "sim, por favor!". A malícia no rosto dele desapareceu.

— Quer conversar sobre ontem à noite?

— Não.

Definitivamente não.

Ele a observou em silêncio.

— Quando você quiser, então.

Ela secou a bancada com cuidado.

— Obrigada pelo café da manhã.

— Sempre que quiser. — Mateo a girou gentilmente para encará-lo. — Mas, só para você saber, tenho certeza de que poderíamos fazer algo muito melhor do que só o café da manhã.

O corpo dela, muito ciente disso, se aproximou do dele.

— Eu... preciso me preparar melhor.

Com um sorriso, Mateo segurou o rosto dela e lhe deu um beijo na testa.

— No seu tempo, Charlotte. Sempre.

* * *

Charlotte voltou para casa, segurando uma das canecas de Mateo cheia de café, que tinha um preparo todo diferente e que poderia muito bem ser algum tipo de droga, de tão bom e viciante.

O sol já havia nascido e estava reluzente, mas o frio persistia. A neve teimava em grudar nos pinheiros e o ar gelado queimava os pulmões. No entanto, nada disso a incomodava, porque ainda era cedo, e a dra. Charlotte Marie Dixon estava saindo toda sorridente da casa de um homem.

Ela se sentia incrível. Nada tinha acontecido além do café da manhã, mas fora o momento mais íntimo que tivera com um homem em anos.

Quando entrou na cozinha de casa, viu Jane sentada à mesa, encarando uma pequena caixa como se fosse uma cascavel. Jane olhou para Charlotte com alívio evidente.

— Oi. Onde você estava? Faz uma hora que acabou seu turno e seu carro está aqui, mas você desapareceu.

Charlotte riu.

— É terrível, não é? Não saber se alguém está bem?

Jane fez uma careta, reconhecendo que não dava notícias com a frequência que deveria.

— De nós duas, você é a responsável. Está me ensinando, lembra? Espere um pouco. — Ela estreitou os olhos. — Você acabou de vir da casa do Mateo? Da *cama* do Mateo? — Então, olhou para a caneca nas mãos de Charlotte, levantou-se de um salto e exclamou: — Ai, meu Deus, é verdade! — Jane deu um pulinho e se sentou no balcão. — Me conta tudo, não esconde nada.

— Ele limpou a neve, aí eu fui até lá para, hum, agradecer, e ele fez café da manhã para mim.

Jane a encarou.

— Você está ficando vermelha?

Charlotte levou as mãos ao rosto.

— Não!

— Tá, sim! — Jane apontou para Charlotte. — Ele fez mais do que o café da manhã.

— Se estou ficando vermelha, é só porque ele me preparou o café da manhã sem esperar nada em troca.

E porque ela havia se divertido mais do que em muito tempo.

— Bom, é claro que ele não esperava nada em troca. Estamos falando do Mateo — disse Jane, lembrando a Charlotte que a amiga confiava nele, sendo que não confiava em ninguém.

Charlotte abriu um sorriso tímido.

— Estou começando a entender isso.

— Me fala a verdade. Você não foi lá para agradecer por causa da neve.

— Não. — Charlotte riu de si mesma. — Fui até lá para gritar com ele. Tive uma noite péssima no trabalho. Perdi uma paciente. Uma moça. Violência doméstica.

Jane soltou um suspiro suave e desceu do balcão.

— Ah, não. Eu sinto muito, minha querida. — Ela puxou Charlotte para um daqueles raros, mas mágicos, abraços. — Você está bem?

Charlotte retribuiu com força.

— Estou melhor agora.

— Então... — A voz de Jane carregava um leve sorriso. — Você teve uma noite de merda, chegou em casa chateada, descobriu que tinham limpado a neve da sua garagem e foi lá gritar com o vizinho bonitão, aí ele te desarmou com um café da manhã maravilhoso.

Charlotte deixou a cabeça cair no ombro de Jane.

— Isso.

Jane se afastou, mantendo as mãos nos braços de Charlotte, e olhou para a amiga. Ela não costumava tocar nas pessoas, então, sempre que tocava em Charlotte, tinha um significado importante. Naquela manhã, o gesto aqueceu uma parte de seu coração que Charlotte não tinha notado que precisava de acalento.

— Gosto disso — declarou Jane. — Eu gosto dele com você.

Então, retornou para a mesa e voltou a se concentrar na caixa.

— O que é isso? — perguntou Charlotte.

— Me diz você.

— Não faço ideia.

Jane revirou os olhos.

— Você deixou para mim.

Charlotte balançou a cabeça.

— Eu, não. Está brincando? Você fica com urticária quando eu te dou algum presente. Tomou uma caixa inteira de antialérgico no Natal passado.

Jane franziu a testa.

— Você não está me zoando? Não foi você?

Jane abriu a caixa, afastou o papel de seda e pegou um enfeite de árvore de Natal da Fada Açucarada, que mostrou para Charlotte pendurado no dedo.

— Você é a única pessoa que sabe que eu me vesti de fadinha para ir ver *O Quebra-Nozes* com a minha avó.

— É lindo. — Charlotte suspirou, admirando o delicado ornamento de vidro. — Mas não. Não estou mentindo. Onde estava?

— No meu armário na clínica de Sierra North — contou Jane, olhando desconfiada para Charlotte, convencida de que a caixa era um presente dela. — Quem mais sabe da minha escala? Ninguém.

— Tá — disse Charlotte. — Pode parar aí. Quando foi que eu te dei algum presente sem um cartão ou bilhete?

— É verdade. — Os ombros de Jane caíram. — Mas se não foi você, então quem diabo me deixou isso?

— Não sei. — Charlotte se aproximou e colocou a mão no ombro da amiga. — Acho que a questão é, se tivesse sido eu, por que te incomodaria tanto?

Jane afundou em uma cadeira.

— Não sei. Talvez seja porque está parecendo que o passado cruzou com o presente. O passado dói e eu não gosto de pensar nele.

Charlotte tocou o enfeite.

— Essa lembrança é dolorosa?

Jane soltou um suspiro.

— Não. Essa não é. Na verdade, é uma das minhas lembranças favoritas.

— Então por que não tenta se agarrar a esse sentimento quando olhar para o enfeite? Pode acreditar, você não tem como fugir do passado para sempre — disse Charlotte.

Jane bufou.

— Um café da manhã com o dr. Gostosinho e de repente você virou conselheira.

— Ha-ha. — Charlotte devolveu o enfeite. — Será que foi alguém do seu passado? Tipo seu avô?

— Eu acho que pode ser… mas duvido. Ele não sabe que estou aqui — respondeu Jane, virando o enfeite delicado contra a luz. — É tão frágil. Não sei o que fazer com ele. Vou acabar quebrando se levar comigo quando eu for embora.

— Então deixe aqui, no seu quarto, para quando você voltar na próxima temporada.

— Não gosto de ocupar espaço com as minhas tranqueiras. Além disso, você pode precisar alugar o quarto para outra pessoa enquanto eu não estiver aqui.

O primeiro instinto de Charlotte foi soltar um suspiro aborrecido, mas em vez disso percebeu a angústia no rosto de Jane e se sentiu mal pela amiga.

— Sempre vai ter um quarto para você aqui. Para você *e* para as suas coisas, Jane.

Jane se levantou.

— Não diga isso, porque nunca dá para saber o que vai acontecer. Você já conversou com a Sandra? Ela quer ficar por mais tempo.

— Conversei, estou pensando em comprar beliches para o quarto de baixo. Zoe disse que não se importaria de dividir.

— Você não precisa gastar dinheiro em uma cama nova — respondeu Jane. — Sério. Eu posso ir embora antes do fim da temporada, é a solução mais fácil.

Charlotte estava farta daquela conversa. Dando meia-volta, abriu a gaveta de tranqueiras e pegou uma caneta permanente. Sem falar mais nada, seguiu pelo corredor.

— O que… — Ouviu Jane murmurar.

Sorriu para si mesma quando percebeu que a amiga a estava seguindo.

— O que está fazendo? — perguntou Jane.

Charlotte destampou a caneta e escreveu JANE em letras garrafais na porta do quarto.

— Ficou claro?

— Isso é tinta permanente — alertou Jane.

— Exato, tão permanente quanto o seu lugar aqui.

Jane olhou para ela.

— Você sabe que qualquer tinta cobre isso, né?

Charlotte apontou para ela com a caneta.

— Não estrague o clima. Estamos tendo um momento especial.

— Não sou muito boa em lidar com momentos especiais.

— Ah, jura? Agora fica quieta, ou vou te obrigar a me abraçar de novo. Talvez eu até chore. — Charlotte passou o braço em volta do pescoço de Jane e a puxou para perto. — Deixa pra lá. Vou te abraçar.— E fez isso mesmo, apertando-a enquanto Jane suspirava dramática.— Merdas e coisas ruins acontecem o tempo todo — disse Charlotte. — Para todo mundo. Nós vamos sempre dar um jeito.

— Você lida melhor do que eu — admitiu Jane.

— É porque quando as coisas ficam difíceis, eu sei que posso correr para a casa dos meus pais, onde minha mãe deixou meu nome na porta do meu quarto. Saber que tenho um lugar esperando por mim torna tudo muito mais fácil, sempre. E eu quero o mesmo para você.

— Mas e se você precisar do dinheiro?

Charlotte sentiu a garganta se apertar com a preocupação genuína que viu no rosto de Jane.

— Não vou precisar. Não alugo os quartos porque preciso de dinheiro. Você sabe disso. O que preciso é aproveitar o tempo com a minha melhor amiga, a minha irmã de coração, sempre que ela está por aqui.

Jane pareceu emocionada e chateada ao mesmo tempo.

— Se eu sou sua melhor amiga, você está enrascada.

Charlotte sorriu.

— Acho que estou em boas mãos.

Jane suspirou.

— Está. Você sabe o que sinto por você.

— Bem, eu me viro pra adivinhar, já que você é tão econômica com as palavras.

— Eu... a gente...

Charlotte ergueu a sobrancelha.

— Você é a minha pessoa favorita, tá? Feliz agora? — disse Jane, finalmente.

Charlotte sentiu os olhos arderem. Fungou, e Jane a encarou.

— Ai, meu Deus, o que está fazendo? — perguntou Jane.

Os olhos de Charlotte marejaram.

— Não. Nada de chorar no corredor! — Jane piscou, os próprios olhos parecendo embaçados. — Estou falando sério. Você sabe que eu choro quando vejo os outros chorando, e você também sabe que odeio chorar!

Charlotte riu em meio às lágrimas.

— Talvez só tenha entrado alguma coisa nos meus olhos.

— É, sei.— Então, de repente, Jane se endireitou como se uma lâmpada tivesse se acendido sobre a cabeça dela.— *Levi*.

Charlotte piscou, confusa.

— Hein?

— O presente! Acho que pode ser do Levi. Foi ele quem me devolveu meu medalhão. E ele sabe o que a Fada Açucarada significa para mim. — Jane balançou a cabeça. — Não acredito que não cogitei isso antes. *No que ele estava pensando?*

Charlotte observou Jane andar de um lado para o outro.

— Ele, eu não sei. Mas aposto que você está pensando que o Levi te conhece muito além da sua zona de conforto.

— É como se ele conseguisse me ler. Como isso é possível?

Era um homem se apaixonando para valer, mas Charlotte hesitou em dizer isso, para não assustar Jane ainda mais.

— E você não se sente confortável com isso, nem um pouco.

Jane a encarou, indicando que aquilo era óbvio, e Charlotte sentiu a boca se curvar num sorrisinho.

— Você sabe que tem que agradecer, certo? Um presente com esse nível de sensibilidade exige um agradecimento pessoal. É questão de etiqueta.

Jane encostou-se na porta do quarto e bateu a cabeça na madeira.

Charlotte sabia que não devia rir, mas, como seu maior desejo era ver Jane encontrar alguém especial o bastante para mantê-la em Tahoe, permitiu-se um pequeno sorriso.

Capítulo 15

Naquela noite, Jane tomou banho, vestiu seu pijama favorito — uma camiseta velha e uma calcinha — e se aconchegou em sua posição favorita: enrolada na cama, debaixo de um edredom grosso.

Nada poderia afetá-la ali. Nem pensamentos destrutivos, nem lembranças infelizes, nem o estresse do trabalho, nada.

Pretendia pensar bastante. Talvez refletir se estava fazendo o certo em não contatar o avô, em não avisar que estava por perto.

Mas não foi nessa direção que seu cérebro a levou. Em vez disso, ficou repassando flashes de como se sentira na noite do encontro, fazendo *s'mores* com Levi. Por que ele mandara um presente para ela se estavam só *fingindo* estar juntos?

Talvez a pergunta certa fosse: por que ela se importava tanto?

Quando Jane abriu os olhos de novo, já era de manhã. Dormira a noite inteira sem acordar por ansiedade.

O que acontecera?

Teve que rir ao sair da cama. Odiava se sentir ansiosa, mas, depois de uma noite inteira de sono tranquilo, ficou ansiosa com a ideia de perder a ansiedade.

O que significava apenas uma coisa.

Tinha perdido a cabeça.

Após se aprontar, ela e Charlotte foram à lanchonete para tomar café da manhã antes de o turno começar. O cozinheiro de repente apareceu, colocou uma nota de vinte dólares na palma da mão de Charlotte e voltou para a cozinha.

— Ele perdeu uma aposta — explicou Charlotte. — Na semana passada, cortou a mão enquanto eu estava aqui.

— Espera um pouco. Você vem aqui sem mim?

— Não, quando está ocupada, eu fico em casa, congelada no tempo até você voltar.

Jane revirou os olhos, e Charlotte riu.

— Está com ciúme. Que bonitinha. Enfim, ele fez um corte feio na mão. Eu queria suturar, mas ele insistiu em usar Superbonder, porque tem fobia de agulhas. Falei que era uma péssima ideia, mas você já conseguiu dissuadir um homem de uma ideia idiota? Não, certo? Então ele encontrou uma espécie de cola de construção e fita isolante e me disse para escolher a arma do crime. Eu disse que qualquer um dos dois o levaria ao pronto-socorro com uma infecção. Aí fizemos uma aposta, o que foi sugestão dele. — Ela ergueu as mãos como se fosse inocente. — Não foi ideia minha. Ele escolheu usar Superbonder.

— E como você não consegue se conter, apostou sabendo que venceria, ele teve uma infecção e foi parar no pronto-socorro — deduziu Jane.

— Bingo. Mas não se preocupe, vou colocar o dinheiro no pote de gorjetas dele quando sairmos.

Jane riu de novo. Charlotte não resistia a uma aposta quando sabia que tinha chances de vencer, mas também não tirava vantagem de ninguém, não era do seu feitio.

— Você trabalha na ala de cirurgia. Como foi que descobriu?

As bochechas de Charlotte ficaram vermelhas. Fascinante. Jane apontou para a amiga.

— Você e Mateo andaram conversando.

— Não! Bem, não dos pacientes. Eu, hum... por acaso estava com o Mateo na sala dos funcionários quando ele foi chamado e acabei indo com ele ao pronto-socorro, já que era uma noite tranquila.

— Com quem será... — cantou Jane. — Com quem será...

Charlotte baixou a cabeça na mesa, as orelhas em chamas.

— Você é uma criança.

— Eu sei. — Jane se levantou. — Tenho que ir, e você também.

Elas saíram juntas em direção ao estacionamento. O chão havia acumulado mais trinta centímetros de neve durante a noite.

— Se cuida — disse Charlotte.

— Sempre. E você também.

Era uma frase comum entre as duas. Jane pegou a estrada em direção ao atendimento de emergência de Starwood Peak e ficou presa atrás de um caminhão limpador de neve, o que a fez chegar ao trabalho em cima da hora. Começou o turno correndo e não teve descanso.

Das cinco clínicas em que trabalhava, Starwood era a de que Jane menos gostava, porque geralmente atraía pessoas imprudentes, inconsequentes e aventureiros de fim de semana do pior tipo — resultando em joelhos, ombros e pernas lesionados. Além disso, havia uma onda crescente do que ela chamava de "síndrome do esqui no mato", pessoas inexperientes que tentavam esquiar fora da trilha, entre as árvores. E acabavam dando de cara com as tais árvores.

Os ferimentos chegavam a ser gravíssimos, e muitas vezes precisavam chamar um helicóptero para levar os pacientes a Reno ou Davis, dependendo de quantos minutos tinham para salvá-los — a realidade triste que não aparecia nos anúncios turísticos gloriosos e emocionantes do lago Tahoe. A equipe tentava aliviar a tensão pregando peças uns nos outros. Na semana anterior, o dr. Daniel Briggs, conhecido por ser um babaca com todas as enfermeiras, sem exceção, decidira que precisava do próprio micro-ondas, porque elas usavam demais o aparelho aquecendo as marmitas e tomavam o tempo de seu breve intervalo de almoço. Desde então, nenhum dos subordinados (leia-se: enfermeiras) poderia usar o micro-ondas dele.

Durante alguns dias, Jane e os outros debateram como pregar uma peça no médico sem serem pegos. Bolaram muitos planos, mas todos foram descartados, porque o dr. Briggs era conhecido por demitir as pessoas só de olharem torto para ele.

Charlotte ajudara Jane a bolar um plano brilhante. Elas alteraram as configurações de autocorreção no Outlook dele, de modo que sempre que ele digitasse o próprio título, algo que fazia o dia inteiro ao inserir as informações dos pacientes no sistema, seu nome fosse automaticamente corrigido para *dr. Daniel Briggs, vossa eloquência, mestre pastoril de patos e estudioso da etiqueta de uso do micro-ondas.*

Ele não tinha conseguido achar o culpado, então Jane se safara para pregar mais peças no futuro. E melhor ainda, o dr. Briggs não estava na escala aquele dia. No entanto, a clínica estava mais fria do que de costume, e não apenas porque as pessoas ficavam entrando e saindo — lá fora a temperatura oscilava em torno de dois graus negativos. Havia algo errado com o sistema de aquecimento, então Jane estava trabalhando com o uniforme e um colete por cima.

No bolso do colete estava o enfeite da Fada Açucarada. Cada vez que sentia a caixinha contra suas costelas, um misto de emoções a atingia. Emoções que Jane não tinha certeza de que sabia nomear, mesmo se quisesse. Ela tentou se convencer de que era raiva, mas por algum motivo estava achando difícil manter essa ideia.

No intervalo, decidiu que era hora de agir como adulta. Então entrou escondida no armário de suprimentos (porque nada era mais adulto do que isso) e pegou o celular para enviar uma mensagem.

JANE: Preciso falar com você.
LEVI: Não que eu seja fácil, mas quando e onde?
JANE: Eu termino às seis.
LEVI: Se você quiser eu posso te pegar...
JANE: Você está dando em cima de mim?
LEVI: Depende se você gostou.
LEVI: ...
JANE: Ok, talvez um pouco. Mas me manda uma mensagem com o endereço que eu te encontro. Vou para casa mudar de roupa.
LEVI: Não mude nada por minha causa. Gosto de você de qualquer jeito.

Já que não tinha ideia de como responder (bem, seu corpo sabia exatamente como responder), Jane fez o que devia ter feito quando chegara ao trabalho: desligou o celular e voltou ao turno.

Às 18h15, ela foi até o estacionamento, mas parou de repente ao ver o homem encostado em seu carro, as botas cruzadas de um jeito casual, cabeça baixa, concentrado no celular. Muito antes de se aproximar o suficiente para que ele conseguisse ouvi-la chegando, Levi olhou para cima e pousou o olhar inconfundível nela.

Jane vacilou por um momento, então ergueu o queixo e caminhou em sua direção. *Lembre-se: você não está feliz por ele ter te dado um presente. Você não está nada encantada. Isso é tudo fingimento. Apenas finja. Presentes não têm lugar em um relacionamento de mentira. Ainda mais presentes que fazem você se sentir... como se tudo fosse de verdade.*

Era esse o problema. Jane passara a maior parte da vida focada nas certezas. O sol nasceria, e não importava em que lugar do mundo estivesse, ela acordaria cedo e iria trabalhar. Depois, iria para a cama e olharia para qualquer que fosse o teto que a estivesse protegendo, dizendo a si mesma que, embora nem tudo tivesse sido ideal, estava fazendo o possível para melhorar a vida de outras pessoas.

Até que certa nevasca a colocara em uma situação pessoal demais com o homem que a observava se aproximar. Um homem que não tinha lugar em sua rotina planejada e regrada. E, imatura como era, Jane sentiu uma pontada de frustração por ele estar ali, todo charmoso, como se fosse a melhor coisa que já acontecera com ela.

Então fez o que sempre fazia. Ficou na defensiva. Cara a cara com Levi, tirou a caixinha do bolso e a apertou contra o peito dele.

— A gente combinou que não é para ser real, então por que diabo você faria uma coisa dessas?

Ele abriu a caixa e estudou o enfeite, sem esboçar reação.

Jane olhou nos olhos dele. Bem, não exatamente nos olhos. Para os lábios. Não sabia por quê.

— Sua vez de falar — impeliu ela, cruzando os braços.

— Bem, graças à minha sobrinha, sei que essa é a Fada Açucarada de *O Quebra-Nozes*. Embora eu deva dizer que você é uma fada muito mais fofa.

— Por quê, Levi?

— Não sei. Por que você me disse que não queria me beijar naquela noite, sendo que só o que fez desde que saiu da clínica foi encarar minha boca?

Droga! Jane desviou o olhar dos lábios dele e esfregou as mãos no rosto.

— Juro, não tenho ideia do que é isso.

Levi olhou para ela por um longo instante, depois colocou a caixinha com o enfeite no capô do carro.

— E é por isso... — disse ele, puxando Jane para si.

Movendo-se aos poucos, dando tempo para Jane resistir, Levi estendeu a mão e retirou os óculos escuros do rosto dela. Então encurtou a distância que os separava e a beijou. Devagar. Com gentileza. Quase como se estivesse fazendo uma pergunta.

Com o coração batendo forte, Jane se afastou e o encarou, e seu único pensamento foi que aquele beijo não era o suficiente. Ela o segurou pela jaqueta e o puxou de volta para si. Levi se deixou levar, permitindo que encostassem um no outro, no peito, nas coxas e tudo que havia entre eles, de um jeito delicioso.

— Isso é *só* um beijo — informou Jane, com a voz suave e ofegante.

Encostado nela, ele riu baixinho enquanto mordiscava e sugava seu lábio inferior. Alguém arfou. Ela. Droga. Com outra risada sedutora, Levi a beijou. Beijou de verdade, nada gentil ou cavalheiresco dessa vez. Ela gemeu, enterrou a mão no cabelo dele e fez a única coisa que podia: agarrou-se ao melhor beijo de toda a sua vida.

Levi demorou a recuar e mais ainda a levantar a cabeça, revelando aqueles olhos deslumbrantes.

— Ok. — Jane assentiu e lambeu os lábios, porque parecia que precisava sentir o gosto dele uma última vez. — Bom, já que tiramos isso a limpo, podemos parar agora.

Levi olhou incisivamente para os braços dela, que ainda o envolviam com força.

Jane se afastou e passou a mão no cabelo, dando as costas enquanto tentava recuperar o fôlego e organizar os pensamentos.

— Você me deixa louca.

— Idem. — Ele fez uma pausa. — E eu não te dei esse enfeite.

Ela se virou, percebeu a honestidade nos olhos dele e sentiu o coração afundar. Acreditou em Levi.

Assim, sobrava apenas o avô. Um sinal de que ele sabia que ela estava na cidade.

Foi tomada pela culpa, porque uma coisa era evitá-lo quando ele não sabia que ela estava por perto; outra completamente diferente era o avô saber que ela estava em Tahoe e que o estava evitando. Não sabia o que era maior: a decepção por ele ter escolhido se comunicar através do enfeite ou a culpa por tê-lo evitado.

— Jane? Você está bem?

Ela encostou a cabeça no peito de Levi. No peitoral firme. Balançou a cabeça devagar.

— O que eu posso fazer? Me diz.

— Me alimentar.

— Seu pedido é uma ordem.

Ele a levou até o próprio carro e dirigiu até o centro da cidade, estacionando em uma extremidade do Lake Walk. Todas as lojas, vitrines e restaurantes estavam iluminados por uma infinidade de luzes, assim como os antigos postes de luz, fazendo o local parecer um cenário de filme.

Em menos de cinco minutos, estavam sentados em uma pizzaria, próximos a uma enorme lareira de tijolos que ocupava toda uma parede. O calor era maravilhoso, os aromas faziam a barriga de Jane roncar e, por mais que não quisesse admitir, o acompanhante do jantar era um espetáculo.

Fizeram o pedido e, quando cada um deles tinha uma cerveja à sua frente, o olhar de Levi encontrou o dela.

— Parece que você sabe quem mandou o enfeite.

Atordoada, ela assentiu.

— Acho que foi meu avô. Ele é a única pessoa que sabe o que esse presente significa para mim.

— Você não poderia perguntar pra ele?

— Não falo com ele há vinte anos.

Levi não parecia estar julgando, nem ter se impressionado. Apenas assentiu.

— Eu entendo por quê. — Gentilmente, ele esfregou o polegar no dorso da mão de Jane, que segurava a garrafa de cerveja com força. — O que você quer fazer?

Ela não tinha certeza. Será que queria mesmo falar com o avô? Seu primeiro instinto foi dizer não, uma decisão movida pelo sofrimento. Mas agora ela tinha suas dúvidas. A preocupação continuava reprimindo a curiosidade, mas talvez fosse hora de deixar o passado para trás e construir o presente.

— Não sei — respondeu com calma. — Se eu aparecer do nada, posso aborrecê-lo.

Levi continuou segurando a mão dela, e Jane se perguntou se ele sabia que aquele simples toque era a única coisa que a mantinha firme na Terra.

— Se foi ele quem comprou o enfeite para você, ele já sabe que você está aqui — ressaltou Levi. — Não será uma surpresa. Ele te deu o enfeite sabendo que você descobriria quem te mandou. Aposto que ele está te esperando.

Ela olhou nos olhos tranquilos de Levi.

— Mas e se não estiver? E se não gostar de me ver? Não posso... — Jane desviou o olhar. — Não quero ser rejeitada.

Levi segurou o rosto dela com cuidado, trazendo-a de volta para ele.

— De qualquer forma, se for vê-lo ou não, você está no comando agora. É impossível tomar a decisão errada.

Ela assentiu, fortalecida pelo lembrete.

— Eu estou apenas... apreensiva. Não sei como confiar nele. Não tenho ideia do que ele espera. Mas você tem razão. Não se trata dele, se trata de mim e do que eu quero. E o que eu quero é que o passado fique no passado, porque família é importante.

— Concordo, família é importante. Mas só funciona se houver reciprocidade.

— Ele já deu o primeiro passo — disse ela. — Bem, mais ou menos.

Levi assentiu, segurando a mão dela com um olhar solene. Ele estava levando aquilo a sério. Estava levando Jane a sério, assim como Charlotte fazia, e ela percebeu o quanto isso era valioso.

— Quando eu morava com meus avós... foi a melhor época de toda a minha infância — admitiu ela.

— Não há mal nenhum em tentar se aproximar e ver como ele está.

Como Levi sempre conseguia tornar tudo tão simples, tão fácil, tão certo? Jane não tinha ideia. Só sabia que, quando estava com ele, sentia que poderia fazer qualquer coisa.

A pizza que pediram chegou, e Jane praticamente se jogou sobre a comida, devorando a combinação de massa e recheio mais saborosa que já experimentara.

— Minha nossa — gemeu ela em meio a uma mordida.

— Não é? — Levi estava focado na própria fatia. — Ontem, eu teria dito que era o paraíso na terra.

— O que mudou desde ontem?

— Tenho um novo sabor favorito — disse ele, rindo quando Jane corou.

Ela colocou as mãos nas bochechas.

— Você é sempre tão charmoso?

— Não.

— Então por que é comigo?

Levi sorriu para ela.

— Porque quando estou com você, eu me sinto... à vontade.

Tudo dentro dela amoleceu. Porque a verdade era que ela se sentia do mesmo jeito, e por isso Levi era perigoso. Jane decidiu se concentrar em comer em vez de se perder em coisas confusas como sentimentos.

— Estou morrendo de fome — disse ela, pegando outro pedaço. — Não tive nenhuma pausa hoje.

— Você trabalha demais.

Ela deu de ombros.

— Não mais do que qualquer outra pessoa.

O olhar de Levi indicava que discordava, mas deixou passar. Contou a ela sobre seu dia, equilibrando o próprio trabalho com a ajuda que estava oferecendo aos pais na contabilidade da loja. Fez Jane rir com as travessuras de Jasper, o cachorro, que tinha cheirado o pobre carteiro bem onde não devia, e por isso não recebiam mais as correspondências. E mencionou os petiscos preferidos do cachorro: os pertences dos humanos da casa, como as meias da sobrinha.

— Talvez só estejam perdidas — declarou Jane, rindo.

— Ele vomitou as evidências no chão da cozinha enquanto estávamos tomando café da manhã, junto com uma calcinha nude de renda da minha mãe.

Levi estremeceu, parecendo tão aflito que Jane quase soltou uma risada e deixou cerveja escapar pelo nariz.

— Não! — Ela arfou, em choque.

— Pois é. Teve muitos gritos. Meus ouvidos ainda estão zumbindo — disse ele.

Jane riu, demonstrando empatia, e então olhou para o último pedaço de pizza. Levi o empurrou na direção dela.

— Ah, não — dispensou Jane, tentando ser sincera. — Pega você.

— Está só te esperando. Estou satisfeito.

Ela estava no meio do pedaço quando o pegou sorrindo. Não rindo dela, apenas com um sorriso franco. Ainda assim... percebeu que o sorriso dele não estava com a potência habitual.

— Foi muita gentileza sua ter vindo ao meu trabalho para me ver — comentou Jane. — Você não precisava ter feito isso.

Levi fez uma careta quando ela disse "gentileza".

— Achei que assim seria mais fácil para você me dizer o que queria me dizer.

— Sinto muito por ter acusado você de me dar o enfeite — disse ela, com uma careta. — Não foi meu melhor momento.

— Eu entendo.

O olhar de Jane encontrou o dele.

— Tem certeza? Porque eu sinto que algo está te incomodando.

— Acabei contando aquela história do Jasper como uma gracinha para mudar de assunto, em vez de ter coragem de falar sobre coisas sérias, como você fez. — Levi soltou um suspiro. — Eu vim para Tahoe porque minha mãe insinuou que precisava da minha ajuda com alguma coisa. Fui parar naquela gôndola com você porque uma hora depois de chegar eu já precisava de uma válvula de escape. Você sabe o que aconteceu depois. E meu pai levou uma semana para me contar por que eles precisavam de mim. O contador da loja era o marido da minha irmã. Quando ele a deixou, pegou todo o dinheiro e desapareceu.

Meu pai estava preocupado, com medo de que ele tivesse arruinado a contabilidade da loja também.

— Ai, meu Deus. E aí?

Ele empurrou o prato para longe.

— Por um mês inteiro não tinha ninguém cuidando de verdade dos registros. Estou revisando tudo. Mas, sim, ele deitou e rolou ali.

— Ah, não. — Jane sentiu o coração pesar por Levi. Pela família dele. — Você já comunicou à polícia?

— Ainda não. Ainda não terminei a auditoria interna, mas a situação é ruim. E minha família vai ficar arrasada quando descobrir que a loja está em risco. Contar pra eles vai ser uma merda.

— Sinto muito — disse ela, com delicadeza. — É um fardo pesado para se carregar sozinho.

— Não me sinto sozinho agora.

Jane não se questionou por que a atitude seguinte lhe pareceu tão natural quanto respirar, mas levantou de onde estava e se sentou ao lado de Levi, envolvendo seus ombros fortes em um abraço. Ele certamente a consolara e apoiara muitas vezes. E, quando enterrou o rosto no cabelo dela e a segurou firme, sentindo-se acolhido, Jane sentiu um aperto forte no peito da melhor maneira possível.

— Como eu conto pra minha família que alguém *da família* ferrou com eles? — perguntou Levi.

Jane soltou uma risadinha triste.

— Como uma especialista em ser ferrada pela própria família, eu diria que o melhor é só arrancar o Band-Aid, em vez de contornar a verdade.

— Não quero contar a eles até ter tudo de que preciso para pegar o babaca do ex da minha irmã.

— Você sempre foi o cara que resolve tudo na família?

Ele deu de ombros. A resposta era sim, e algo nisso a incomodou profundamente. De repente, Jane se sentiu de novo como a garotinha de 8 anos que não tinha onde morar, segurando a mochila com tudo que possuía, esperando que seus responsáveis percebessem o que todos percebiam em algum momento: que ela não tinha jeito.

A garçonete apareceu e ofereceu a sobremesa. Eles pediram um brownie com sorvete para compartilhar.

— Ainda está pensando em ficar em Tahoe? — perguntou ela, cavando a colher no brownie e arrastando pelo sorvete.

Levi olhou para o lago.

— Eu me convenci de que não sentia falta daqui. Mas, nos últimos tempos, quando eu pensava neste lugar, sentia uma coisinha estranha. Tentei ignorar, mas, desde que estou em casa, só ficou mais forte. Acho que era a vontade de voltar, de estar aqui.

Ela conhecia aquele sentimento, muito bem. Só não sabia onde era sua verdadeira casa.

— Jane.

Ela ergueu o olhar.

— Sua vez. Como foi seu dia?

— Cheio de acidentes de esqui. Ah, mas fiz um novo amigo. Tem um novo voluntário no hospital que passa nas clínicas deixando livros nas salas de espera. Ele vai começar uma pequena biblioteca para cada área. Ele quer escolher um tema diferente a cada mês, começou com natureza e desbravamento. Trouxe até uns livros pop-up fofos para as crianças. Tão doce, um homem muito gentil.

— Natureza e desbravamento — repetiu Levi, em um tom estranhamente engasgado. — E suponho que também tinha livros sobre a história da região.

— Isso! Como você sabia?

— Foi chute. — Ele tomou um longo gole de cerveja e balançou a cabeça. — Minha mãe tem me pressionado. Eles estão ficando impacientes, querem saber se você vem para o jantar de aniversário.

— Ah. — Jane mordeu o lábio. — Não consigo pensar em uma boa desculpa para não ir. — Ele riu. — Não é engraçado! Mas eu prometi, então vou ao jantar. Eu deveria levar alguma coisa.

— Levar alguma coisa?

— É! Sua namorada *de verdade* não apareceria de mãos abanando no primeiro jantar com seus pais. Ela levaria algo significativo para eles, para agradar.

— Não precisa — disse ele.

— Precisa, sim. Me ajuda. Posso levar algo para acompanhar a refeição? Vinho? Sobremesa?

— Bom... — Ele refletiu. — Minha mãe é uma ótima cozinheira, mas não é uma excelente confeiteira.

— Tudo bem — replicou Jane, tentando não evidenciar o desespero. Ela era uma péssima confeiteira. — Eu vou fazer... algum doce. Vou pegar uma receita com a Charlotte.

— É justo que eu te ajude — disse Levi com um sorriso.

— Você está tentando descolar um terceiro encontro de mentira?

— Estou. Basta dizer o dia e a hora, e eu estarei lá.

Jane nunca levara um homem para casa antes. Não que tivesse uma casa, mas agora tinha Charlotte e Gato, e a opinião delas importava. Ela assentiu, e ele sorriu. Levi se inclinou e a beijou, a mão deslizando por seu pescoço, os dedos afundando em seu cabelo, o polegar deslizando pela mandíbula. Levi tinha gosto de esperança, sonhos e brownie, e Jane estava sem fôlego quando ele se afastou.

— Esse também foi de mentira? — perguntou ele, com a voz baixa e rouca.

Ela precisou pigarrear para falar:

— *Totalmente* de mentira.

Ele contraiu a boca, escondendo o sorriso.

— Como preferir.

Capítulo 16

Charlotte estacionou na garagem às quatro da tarde. Era a primeira vez que via a luz do dia em sabe-se lá quanto tempo. Ao sair do carro, notou que a casa de Mateo tinha pelo menos dez carros na garagem e mais dois sobre a neve no gramado da frente. Alguns estavam ainda enfileirados na rua, embora não fosse permitido estacionar na rua de novembro a abril para não atrapalhar o caminhão que limpava a neve.

O que estava acontecendo?

Ela seguiu o som de risadas estridentes e gritos agudos ao passar pela entrada e contornar a lateral da casa de Mateo. A neve estava mais alta ali, e as botas rangiam conforme Charlotte pisava, afundando vários centímetros a cada passo. Ao dobrar a lateral até os fundos da casa, percebeu que o barulho tinha cessado. No estranho e repentino silêncio, ela chegou ao quintal. E então... uau!

Uma bola de neve a acertou em cheio no rosto, espatifando com o impacto e derrubando Charlotte sentada na neve.

— Ah, merda!

— Ai, meu Deus!

— Ela morreu?

Charlotte se sentou e limpou rapidamente a neve, que já estava derretendo, dos olhos e da boca, enquanto uma sombra alta se ajoelhava ao seu lado.

— Charlotte.

Ela não respondeu logo porque estava ocupada cuspindo neve. Por isso, Mateo a ajudou a se levantar, segurando suas mãos, e olhou para seu rosto com preocupação.

— Charlotte, fala alguma coisa.

Para além dele, ela avistou um monte de gente que parecia ser da família Moreno, pessoas de todas as idades espalhadas pelo quintal, claramente no meio de uma guerra feroz de bolas de neve.

— Quem jogou?

Todos apontaram para Mateo.

Charlotte o encarou. Ele fez uma careta.

— Olha, você chegou de fininho, na ponta dos pés. Pensei que fosse meu primo, Rafe. Ele fez isso da última vez e me acertou.

Ela arqueou uma sobrancelha. Ou pelo menos pensou ter arqueado uma sobrancelha, não sabia dizer ao certo, porque estavam congeladas.

— Sinto muito — disse Mateo, calmo, aproximando-se e segurando seu rosto. — Eu te machuquei?

— Hum — resmungou Charlotte, evasiva, e se abaixou sob o pretexto de esfregar o tornozelo. — Acho que torci alguma coisa. Você tem um kit de primeiros socorros?

— Vou pegar.

Ele se afastou em direção à casa.

— Mateo.

Ele se virou bem quando Charlotte se levantava, formando uma bola com a neve que acabara de juntar. E jogou nele.

Acertou em cheio. No rosto.

A família explodiu em aplausos efusivos.

Ela sorriu e fez uma reverência, o que lhe rendeu uma salva de palmas.

Mateo, que não caiu como ela, endireitou-se — cheio de neve no cabelo, pingando do nariz e grudada na barba por fazer — e a encarou.

— Mateo, podemos ficar com ela no nosso time? — gritou alguém.

— Não é justo — falou outra pessoa. — Ela tem uma mira e tanto. Precisamos dela do nosso lado!

— Charlotte — disse Mateo, apontando para o quintal —, esses descontrolados são meus primos. Primos, conheçam a dra. Charlotte Dixon. E ela é civilizada demais para brincar com a gente.

— Não sou tão civilizada assim — rebateu Charlotte. — E quero jogar contra você.

Aplausos irromperam de um lado do quintal, e protestos do outro. O olhar de Mateo, bem-humorado e desafiador, encontrou o dela.

— Tem certeza?

— Ah, tenho, sim — respondeu ela, tirando a bolsa e a mochila com o notebook.

Mateo as deixou na mesa do pátio e voltou-se para ela.

— Você precisa saber, não há regras. O primeiro a gritar "tío" ganha um cessar-fogo e a derrota.

Ele parecia um pouco preocupado com ela. Que bonitinho. Charlotte virou-se para sua equipe.

— Vamos nessa.

Foi um caos. Bolas de neve voavam com tanta força e rapidez que a batalha era constante e implacável, e Charlotte estava adorando cada segundo.

Uma bola de neve arrancou seu gorro. Quando ela olhou para cima, viu Mateo com um sorriso malicioso e sem qualquer arrependimento.

Ela imitou a expressão dele e logo formou outra bola de neve. Esquivando-se do ataque seguinte, Charlotte arremessou a bola e o acertou em cheio, bem no meio do rosto.

Mateo vacilou, mas não caiu. Ela se lançou sobre ele, e, juntos, os dois desabaram. Mateo foi de costas ao chão, protegendo Charlotte da queda.

— Diga — falou ela, rindo enquanto o imobilizava no chão, sabendo que, se ele quisesse, poderia facilmente empurrá-la para longe. — Diga — repetiu, o nariz quase tocando o dele.

Mateo apoiou as mãos na cintura dela, a boca curvada, mas sem dizer uma palavra sequer.

— Diga, diga, diga — começou a entoar a equipe de Charlotte.

Ela se mexeu um pouco, percebendo que estava ficando com frio à medida que a neve atravessava as roupas. Mateo segurou sua cintura com mais firmeza para mantê-la imóvel, e, de repente, o olhar dele passou de bem-humorado para intenso.

Charlotte o encarou, e o tempo pareceu parar enquanto ela engolia em seco.

— *Tío* — disse ele, com voz rouca.

Ela colocou a mão em volta da orelha, sorrindo ao dizer:

— O quê? Não entendi.

Os olhos de Mateo se estreitaram, entrando na brincadeira.

— Poxa, dra. Dixon, esqueci como você é uma competidora ferrenha.

— Nunca escondi isso. — Charlotte sorriu e ergueu outro punhado de neve, de forma ameaçadora. — Diga, Moreno.

Entre os aplausos, ele girou os dois e, com o corpo sobre o de Charlotte, deu um beijo na ponta de seu nariz gelado.

— A próxima é um contra um — disse ele baixinho, perto do ouvido dela, depois se levantou e a ajudou a pôr-se de pé também.

Charlotte sentiu os joelhos vacilarem com o comentário, e Mateo a segurou por mais um segundo.

— Pode ser? — perguntou ele.

Ela respirou fundo.

— Pode.

Levi estava na escrivaninha do pai, ao que tudo parecia, trabalhando, enquanto a mente revisitava o beijo de Jane. Ainda bem que conseguia realizar várias tarefas ao mesmo tempo. Preparava uma apresentação em PowerPoint para explicar as discrepâncias contábeis para a família de maneira organizada, procurando *também* mitigar o pânico ao expor o cenário. Além disso, propunha soluções possíveis para a loja, que enfrentava dificuldades, e listava as evidências necessárias para provar a culpa de Cal. O pensamento lhe trouxe uma pontada de dor por Peyton, que não merecia aquilo do pai, mas lidariam com aquela situação quando fosse a hora de contar a ela.

O crucial era controlar o pânico. Cal desviara uma quantidade enorme de dinheiro dos Cutler, o bastante para terem que fechar as portas se a loja não começasse a gerar lucro logo.

E a temporada mais forte de vendas, as festas de fim de ano, já havia passado. Levi planejava apresentar aquela informação de uma maneira que a família conseguisse suportar.

Pelo menos era o que esperava.

Para complicar as coisas ainda mais, Cal tinha desaparecido. Levi achava que, com tempo e os recursos adequados, conseguiriam encontrá-lo e trazê-lo de volta a Tahoe para responder por seus crimes. No entanto, era preciso lidar com um problema de cada vez.

Jasper entrou no cômodo e soltou um leve latido, indicando que estava com fome.

— Você está sempre com fome — observou Levi, sorrindo.

Jasper cutucou seu braço como se o apressasse.

— Você já jantou. Aliás, a sua comida e metade da minha, porque, quando me levantei para pegar uma bebida, você ficou em pé igual o Scooby-Doo e atacou meu prato.

Jasper deitou a cabeça na coxa de Levi, com um olhar de "estou morrendo de fome enquanto você está tagarelando".

— Você sabe que o veterinário disse à mamãe que você precisa perder peso.

Com isso, o cachorro soltou um longo suspiro e se jogou no chão, apoiando o focinho no sapato de Levi, para estar pronto caso o homem se movesse um único centímetro.

Tess apareceu na porta, com pijamas xadrez enormes e cabelo desgrenhado. Ela se acomodou na cama de Levi — também conhecida como o sofá — e suspirou de forma mais dramática que Jasper.

Levi conhecia aquela armadilha. Passara a infância toda lidando com aquela tática da irmã. Então continuou trabalhando no notebook.

Jasper o abandonou e pulou no sofá, seus quarenta quilos se aconchegando no colo de Tess. Ela soltou outro suspiro alto, coçando a cabeça do cachorro.

Levi desistiu e olhou para a irmã.

— Passei os últimos dez minutos ajudando Peyton a procurar o cupcake que ela ganhou na escola.

— E?

— E… eu comi há duas horas.

Levi riu.

— Já não passou da hora de dormir?

— Ela se levantou para ir ao banheiro. Depois quis ouvir outra história. Aí ficou com sede. E, quando estávamos na cozinha pegando um copo d'água, percebeu que o cupcake tinha sumido.

Claro que ela ia perceber. A sobrinha não se deixa enganar com facilidade.

— E você mentiu na cara dura para se livrar dessa.

— É. — A irmã suspirou outra vez e abraçou Jasper. — Eu sou uma pessoa horrível.

— Você não é uma pessoa horrível. Você é uma mãe solo que está no limite.

Tess começou a chorar.

— Ai, meu Deus, eu sou mãe solo! Não queria ser mãe solo! Como foi que isso aconteceu comigo?

Com uma careta, Levi se levantou da mesa e sentou-se ao lado da irmã.

Jasper, aproveitando a oportunidade, rastejou do colo de Tess para o de Levi.

— Não é culpa sua — disse Levi a Tess. — Seu marido é um grande saco de bosta.

Ela fungou.

— É. — Tess olhou para o teto. — Peyton ficou brava comigo hoje porque não deixei Jasper buscá-la na creche, depois porque o banho estava "muito molhado" e porque não comprei pra ela os sapatos iguais ao da amiguinha Skylar. E detalhe, não existe Skylar nenhuma.

Levi riu.

— É assim mesmo.

Tess suspirou.

— Não que eu mudaria algo na minha menininha, mas às vezes colocá-la na cama é a minha parte favorita do dia. Não, mentira. Minha parte favorita do dia é quando ela *pega no sono*.

— Odeio dizer isso, mas ela provavelmente nem foi dormir. Ela só finge e depois se esconde debaixo das cobertas com uma lanterna para ler.

Tess sorriu.

— Eu sei. Ela acha que ler depois da hora de dormir é um ato de rebeldia. Ainda não percebeu que as lanternas nunca ficam sem pilha.

Ele sorriu.

— Você é uma boa mãe, Tess.

A irmã piscou, surpresa e emocionada.

— Sou?

— É, sim.

— Obrigada — sussurrou ela, limpando a garganta. — E você é um bom tio. Eu sei que ela te acorda todas as manhãs. Sei que ela mexe nas suas coisas e te obriga a fazer festinhas de chá com ela, e você nunca reclama. Não sei nem explicar como é importante para mim que você seja uma figura masculina tão boa, já que o pai dela não está nem aí. Ele não pensou nem na Peyton.

— Ele é um idiota — disse Levi, dando de ombros. — E ela é uma criança fácil de amar.

Tess assentiu e depois riu.

— É assustador como é fácil, mesmo que metade do tempo eu tenha certeza de que ela precisa de um exorcismo.

— Talvez seja coisa de garotas.

Ela jogou um travesseiro no rosto dele, e o atingiu com a precisão que só uma irmã mais velha poderia conseguir.

Na manhã seguinte, Levi convocou todos para se reunirem à mesa da cozinha, às oito da manhã em ponto. Ele tinha cópias impressas da apresentação e estava com o notebook aberto, pronto para iniciar os slides. Jasper se sentou ao seu lado, provavelmente torcendo para que o evento incluísse café da manhã.

Os pais apareceram dois minutos após o horário combinado.

Tess chegou desfilando quinze minutos atrasada.

— Desculpe o atraso — pediu ela. — Nem queria ter vindo.

Levi não a culpava. Ele também não queria estar ali.

— Todos conseguem ver a tela? — perguntou Levi.

— Não se preocupe com isso — respondeu Tess. — Peguei a mãe e o pai com as orelhas coladas na parede, ouvindo você mais cedo. Então já devem saber tudo o que você vai falar.

A mãe fulminou Tess com um olhar feio, embora amoroso.

— Você acabou de perder o direito aos cookies de chocolate.

— Eu já comi — disse Tess.

Shirley se virou para Levi.

— Desculpe, pensei que você estivesse ao telefone com a Jane.

Levi respirou fundo. Todos em casa sabiam que o escritório ficava logo acima da sala de estar. Sabiam também que, se encostassem o ouvido na parede que dava para o escritório, ouviriam claramente cada palavra dita.

— Estava em ligações de trabalho. Para a Cutler Analytics.

— Eu sei, tudo muito chato — disse a mãe, desapontada. — Mas ouvi você xingar alguém.

— Estava xingando sua impressora velha, que imprime uma página por ano. Vou comprar uma nova.

— Não precisamos de uma impressora nova — disse o pai. — Essa funciona muito bem. A nova só vai dar problema. Não fabricam coisas boas como antes.

— Pai, a gente tem que sacudir o cartucho de tinta a cada página impressa.

— Ela é um pouco sensível, só isso — resmungou Hank. — Ainda tem muita tinta naquele cartucho. Não precisa trocar. Essas porcarias são caras. E também não entendo por que não podemos conversar no escritório.

— Ou na sala, no sofá confortável — propôs Shirley.

— Você não deixa a gente beber no sofá — lembrou Levi, enquanto distribuía copos de suco de laranja.

Em seguida, pegou a vodca do freezer e serviu uma boa dose nos copos com suco.

— São oito da manhã — comentou a mãe.

— São 8h17 — disse Levi. — O que significa que em algum lugar são 17h17 da tarde. E uma mimosa contém trinta e dois por cento da dose diária ideal de vitamina C, então aproveitem.

Ele abriu os trabalhos virando o próprio copo.

Shirley encarou o filho, visivelmente preocupada.

— Se meu filho mais certinho está bebendo a essa hora, o negócio deve ser sério.

— Opa! — exclamou Tess. — Filho mais certinho?

— Querida, quando você se formou e eu quis fazer uma mimosa para comemorar, minha garrafa de vodca era pura água.

— Tudo bem — concedeu Tess. — Mas Levi aprontou um monte também.

— Ele era um anjo — disse a mãe.

Levi estremeceu.

— Ai, meu Deus. — Tess jogou as mãos para o alto. — Ele não era um anjo. Só nunca foi pego.

Verdade.

— *Foco* — pediu Levi, distribuindo as pastas com as evidências da contabilidade criativa de Cal, junto com o plano para conduzir o navio atingido sem afundá-lo. — Também mandei o arquivo para vocês.

— O que é isso? — perguntou a mãe, folheando as páginas.

— É uma análise da situação financeira da loja. Verifiquei todos os relatórios mensais e anuais, então aí estão os balanços dos diferentes departamentos, com seus próprios resultados, índices de dívida em relação ao rendimento, contas a receber e a pagar, ativos e pedidos de estoque.

— Por que parece muito pior do que no ano passado? — perguntou o pai.

— Porque *está* pior do que no ano passado — respondeu Levi, e fez uma pausa. — Foram feitos pedidos para repor o estoque da loja, pedidos *grandes*. O dinheiro saiu da conta, mas nunca recebemos os produtos.

— Bom, isso não faz sentido — disse Tess. — Cal estava encarregado de tudo… — Ela soltou um suspiro baixo. — Meu Deus.

O pai esfregou o rosto.

— Puta merda.

— Hank! — repreendeu Shirley.

Ele apenas tomou um longo gole do suco batizado.

Jasper soltou um peido. Ou pelo menos Levi tinha quase certeza de que tinha sido Jasper.

Tess parecia prestes a vomitar. Em vez disso, ela também bebeu. Engoliu a mimosa e bateu no peito por causa do ardor. Depois, apontou para Levi.

— Você está me dizendo que aquele mentiroso desgraçado com quem ainda estou casada estava roubando dos meus pais pra bancar uma viagem com a namorada em alguma ilha paradisíaca perto de Bali, onde ele nunca arrumou tempo pra me levar?

Levi assentiu com pesar.

— Parece que ele estava fazendo pagamentos para contas fictícias para desviar dinheiro.

— Contas fictícias? — perguntou Shirley.

— É, tem um monte. Uma delas é em nome de Buffy Slater.

A mãe tomou até o último gole do próprio copo.

— *O quê?* — gritou a irmã, se levantando. — Buffy Slater é o nome da babá! Temos que processar. Temos que chamar a polícia! Temos que acabar com ele!

— Temos — concordou Levi, servindo outro copo e empurrando na direção de Tess. — Todas essas coisas, mas não necessariamente nessa ordem.

Peyton apareceu na cozinha, com o pijama da Mulher-Maravilha, cabelo bagunçado como se tivesse acabado de acordar e o rosto amassado de sono.

— Oi! Eu também quero uma bebida! — exclamou ela.

Tess respirou fundo para se acalmar.

— Agora não, meu amor.

— Tá. Então posso comer doce no café da manhã?

Levi foi até a despensa e voltou com um pacote de balinhas de goma em forma de ursinhos e uma caixinha de suco de maçã. Peyton agradeceu.

— Você vem pra minha festinha do chá? Já tá tudo pronto no meu quarto.

Ele se agachou diante da sobrinha, abriu as balinhas de goma e bagunçou seu cabelo.

— Me dá uns minutinhos.

— Minha mãe sempre fala isso, mas os minutinhos nunca acabam.

— Alguma vez eu disse que iria e não fui?

Ela pensou por um momento, depois balançou a cabeça.

— Então vejo você em uns minutinhos — disse Levi.

— Tá, mas não esquece de vestir igual a uma super-heroína! Só super-heroínas podem entrar no meu quarto.

Ele fez uma careta, já que a irmã apontava para a tela.

— Quanto tempo? — sussurrou ela. — Há quanto tempo isso está acontecendo?

Merda. Levi não queria contar. Deu um beijo na testa de Peyton e gentilmente a empurrou para fora da cozinha. Em seguida, endireitou a postura e encarou a irmã.

— Dois anos.

A mãe pegou a garrafa de vodca e encheu os quatro copos. Sem o suco.

O pai apontou para o notebook.

— Você não precisava dessa apresentação toda para dizer que nosso negócio está falindo. Podia ter me chamado no escritório, homem para homem.

Shirley virou-se para o marido com um movimento rápido e raivoso.

— Pra quê? Pra você esconder da gente que a empresa está falindo? E depois, Hank? Você assumiria a responsabilidade sozinho e esconderia o desvio de dinheiro da gente?

— É tudo culpa minha — lamentou Tess, batendo a testa na mesa algumas vezes. — Vocês precisam parar de discutir. Eu vou consertar essa bagunça.

— Não diga bobagem — contrapôs o pai.

Então socou a mesa, fazendo os copos darem um pequeno salto. Cada um segurou o seu para evitar que derramasse e então, depois de se entreolharem, voltaram a beber.

— Fui *eu* que dei emprego àquele filho da mãe — disse o pai. — Devia ter chutado ele para fora, isso sim.

Peyton apareceu na porta.

— Tio Levi? Você tá demorando muito!

Levi voltou para a despensa, pegou uma caixa de cereal e entregou a ela.

A sobrinha deu um gritinho de alegria e desapareceu de novo.

— Você está de brincadeira? — perguntou Tess.

— Ei, era o de granola, não aquele cheio de açúcar — respondeu ele.

Shirley apontou uma colher para o marido.

— Preciso saber o que quis dizer com seu comentário anterior. Está dizendo que a culpa é *minha*, já que fui eu que disse para darmos uma chance ao Cal?

— Só estou dizendo que devia ter seguido meus instintos. Se tivesse feito isso, não estaríamos nessa bagunça.

Tess respirou fundo.

— Sou eu quem nunca devia ter dado uma chance pra ele. Com licença, vou voltar pra cama e ficar lá até que minha vida entre nos eixos.

— Também quero voltar pra cama — disse a mãe de Levi.

Levi se levantou.

— Ninguém vai voltar pra cama. Precisamos conversar, vamos respirar fundo e…

— E o quê?! — rosnou o pai. — Olhar mais um pouco para a porcaria do PowerPoint?

— Hank! — repreendeu a mãe.

— Pois é, quero que você olhe o PowerPoint — respondeu Levi o mais calmamente possível. Clicou no slide seguinte. — Você vai ver que eu criei um plano de cinco etapas para tirar a loja das dívidas.

Hank se levantou.

— Sem ofensa, filho, mas não vou encontrar as respostas para salvar minha loja assistindo a uma apresentação de slides de um cara de TI.

— Pai, você *sabe* que ele é muito mais do que um cara de TI — disse Tess, censurando-o. — Ele presta consultoria pra várias empresas sobre gerenciamento de dados e…

O pai balançou a cabeça.

— Também não é uma questão de dados.

— Hank, pare de descontar no Levi — interveio a mãe. — Ele só está tentando ajudar.

O homem ficou quieto por um momento, passou a mão pelo rosto.

— Você tem razão. — Ele olhou o filho nos olhos com remorso sincero. — Nós agradecemos o que você fez. Só preciso de um minuto.

O pai bebeu mais uma dose e saiu.

Levi soltou um suspiro áspero. *Isso não tem a ver com você*, lembrou a si mesmo. O pai estava lutando contra o próprio ego. Cal roubara debaixo de seu nariz, não era algo fácil de aceitar.

A mãe deu um tapinha no braço de Levi.

— Sei que não parece, mas ele te ama muito. Estamos gratos pela ajuda, mas é melhor eu ir lá ver como ele está. É ruim pra pressão quando Hank fica agitado assim.

Quando ficaram sozinhos, Levi virou-se para a irmã.

— O pai tem problema de pressão?

— O pai tem muitos problemas — respondeu ela, se levantando e dando um tapinha no braço dele, como a mãe fizera.

Saiu em seguida e, momentos depois, Levi ouviu o chuveiro no banheiro dela.

Ele olhou para o PowerPoint. Ainda faltava mostrar dez páginas do plano que tinha elaborado para ajudar a resolver os problemas mais urgentes.

Mais uma vez, sentia-se como um peixe fora d'água.

Encarou a garrafa de vodca. Tentadora. Ainda assim, havia uma cura muito melhor do que o álcool, e seu nome era Jane. Levi ansiava por se perder nos belos olhos verdes e no sorriso que expulsava todas as suas preocupações. No entanto, outra mulher esperava por ele naquele momento, e ele não podia decepcioná-la.

Quando chegou à porta do quarto, Peyton o cumprimentou animada, e Levi sentiu o coração se aquecer.

— Não tenho fantasia de super-heroína. Posso entrar assim mesmo?

— Pode! Vem, eu vou te ajudar. — Ela pegou uma faixa e a enrolou em torno da cabeça dele como uma bandana. — Senta!

Ele se acomodou em uma cadeira pequena na mesinha dela, na qual mal cabia metade de seu corpo. Mesmo assim, deu um jeito, bebeu chá de mentira e comeu biscoitos de mentira, enquanto planejavam como a Supermulher salvaria o mundo se ela fosse real.

Logo após anoitecer, Levi estava em uma chamada de vídeo com clientes quando o celular vibrou com uma mensagem de Jane.

JANE: Estou presa e preciso de ajuda.

Ele saiu imediatamente da reunião e ligou para ela.
— Jane.
— Oi.
A voz dela não parecia normal.
— Onde você está?— perguntou ele.
Silêncio.
— Jane?
— Vou te mandar uma mensagem com o endereço.
De fato, a voz dela não parecia nada normal, talvez estivesse até chorando. Levi sentiu um embrulho no estômago.
— Você está segura?
Ela tinha desligado.
Ele reconheceu o nome da rua e saiu. A noite parecia brilhar com o luar refletido na neve. Nos arredores de Sunrise Cove, Levi fez uma curva e subiu a colina depois do lago. As ruas estavam estreitas devido à camada espessa de neve em ambas as margens. Algumas estavam com mão única porque mal tinham sido limpas. Ele ajustou o veículo para tração nas quatro rodas e seguiu em frente.
Algumas voltas e cinco minutos depois, viu o carro de Jane. No escuro. Apagado. Estacionou atrás dela, saiu e a encontrou sentada no banco do motorista. Levi abriu a porta e sentou no banco do passageiro.
— Por que a porta não estava trancada?
Jane soltou uma risada triste e inclinou a cabeça para trás, encarando o teto do carro.
— Não tem muita gente que me perguntaria isso.
— Então eu vou perguntar sempre. — Ele estendeu a mão e deixou a ponta dos dedos roçarem a nuca dela, tentando confortá-la, mas sem querer pressioná-la demais. — Você está bem?
Em vez de responder, ela fechou os olhos.
— Está me faltando coragem hoje. Tem um pouco aí sobrando?
— Você tem o que quiser de mim. — *Ou tudo de mim...* — Você disse que estava presa.
— Acho que minha bateria acabou.
— Isso é fácil de resolver. — Ele olhou ao redor. — Onde estamos?
— Naquela entrada íngreme fica a casa do meu avô.

Então Levi finalmente entendeu. Ela estava prestes a ver o avô pela primeira vez em vinte anos.

— Você consegue, Jane.

Aquilo lhe rendeu uma risada falha, mas bastante sincera.

— Como você sempre sabe a coisa certa a dizer?

Dessa vez, foi *ele* que riu, pensando que sua família provavelmente discordaria dela. Jane, no entanto, uma mulher que não tinha muitos motivos para confiar em ninguém, confiava nele. Um calor preencheu seu peito.

— Nunca sei a coisa certa a dizer.

Ela encontrou o olhar de Levi e abriu um sorrisinho.

— Então você dá sorte?

O sorriso dela virou seu coração de cabeça para baixo.

— Muito de vez em quando.

Capítulo 17

Jane respirou fundo ao ver a maneira como Levi a encarava. Como se ela fosse importante para ele, o suficiente para fazê-lo enfrentar uma tempestade. Mandara uma mensagem para ele por puro impulso, sem pensar duas vezes, o que por si só já demonstrava o quanto confiava nele. E ele aparecera, sem fazer perguntas.

— Obrigada — agradeceu ela baixinho.

— Fico feliz em ajudar.

Ela assentiu.

— Feliz — repetiu Jane, e balançou a cabeça. — Acho que sempre tive dificuldade para me permitir ser feliz.

— Querofobia.

— O quê?

— É o medo de ser feliz.

Jane riu e sentiu parte da tensão se dissipar.

— Obrigada por isso também, por sempre saber o que dizer para alegrar meu dia.

Levi sorriu.

— Mas está de noite.

— Você entendeu.

O sorriso dele desapareceu.

— Entendi. E você deveria saber... que faz o mesmo por mim.

Ele tirou a touca de esqui e abriu o zíper da jaqueta, embora o interior do carro estivesse frio. Ela desligara o aquecimento meia hora antes para economizar combustível.

Levi colocou a touca na cabeça dela, envolveu Jane com a jaqueta e fechou o zíper até o queixo, deixando os dedos tocarem sua pele.

— Melhor assim?

Ele fizera uma pergunta, apenas uma, e, com aquela pergunta simples, dita em voz baixa e calma, indicara que juntos podiam enfrentar qualquer coisa, ela soube que tudo ficaria bem, de alguma forma.

— Está. — E não era apenas por estar envolvida pelo calor do corpo dele, mas também pelo seu cheiro. Um tanto amadeirado e muito masculino. — Preciso conversar com meu avô sobre o presente.

Ele assentiu, sem querer influenciá-la, confiando que ela tomaria a decisão certa. Para isso, Jane precisava agir como adulta.

Ambos olharam para a entrada da garagem, em direção à cabana no topo, pequena e antiga. Uma luz tremeluzia na cozinha, a cozinha favorita de Jane no mundo todo. Algumas das melhores lembranças de sua vida aconteceram ali. O lugar sempre parecia aconchegante, com quantidades enormes de chocolate quente feito com amor, acompanhado de marshmallows.

— Já evitei isso por muito tempo — murmurou ela.

— Eu sei. Só um lembrete: você não fez nada de errado.

— Mas…

Com muita gentileza, Levi colocou um dedo sobre os lábios dela.

— Você não fez, Jane. Ninguém em sã consciência se incomodaria com uma criança de 8 anos por ter ficado à mercê dos parentes depois de ser abandonada pelos pais.

Jane fechou os olhos e sentiu a mão de Levi deslizar na sua. Mesmo sem a jaqueta e a touca, ele estava quente e firme. Era sua única âncora no momento.

— Ele está sozinho? — perguntou ele.

— Não sei. Pelo que ouvi, minha tia Viv vendeu a casa dela aqui em Sunrise Cove há alguns anos. Parece que o marido dela arrumou um emprego na Costa Leste e todos se mudaram para lá.

Levi ergueu a sobrancelha direita, a com a cicatriz.

— Pois é — disse ela, rindo. — Eu tenho excelentes habilidades de investigação.

— Já foram tarde. Venha aqui, Jane.

Ela se aproximou, mas aparentemente não o suficiente, porque ele a puxou por cima do câmbio e a colocou no colo sem nenhuma dificuldade.

— O que...

Ele a envolveu nos braços quentes e a aninhou.

— *Mmm* — ronronou ela, e pressionou o rosto no pescoço dele.

Levi baixou a cabeça para encará-la, mas Jane não sabia como interpretar a maneira como ele a olhava. Era como se ele se importasse. Como se quisesse machucar alguém pelo que ela havia passado. Como se quisesse tocá-la. Achara que ele fosse recuar diante de sua história, por ser tão ferrada da cabeça. Em vez disso, Levi tinha feito o oposto.

— O que quer fazer? — perguntou ele, o polegar calejado fazendo movimentos lentos sobre os nós dos dedos dela.

Ainda com o rosto apoiado na curva entre o pescoço e o ombro dele, Jane respirou fundo por um instante.

— Eu *quero* fugir — admitiu ela. — Como sempre faço. Mas *preciso* falar com ele.

— Vou com você, se quiser.

A oferta a surpreendeu, aquecendo Jane por completo, e ela o abraçou forte antes de erguer a cabeça.

— Só de saber que você faria isso já ajuda muito. Mas acho que preciso ir até lá sozinha. Me desculpe por ter te chamado aqui antes de decidir.

— Não se desculpe. Vou te esperar. O tempo que for necessário.

Ela suspirou, sem enxergar a promessa de forma leviana. Não tinha certeza de como ou quando haviam se tornado amigos verdadeiros, ou quando Levi tinha se tornado tão importante para ela, mas estava grata.

— Obrigada — sussurrou ela. Embora não fosse suficiente, era tudo que conseguia dizer naquele momento.

Jane estendeu a mão para a maçaneta e hesitou, com o coração batendo forte.

— Rápido como arrancar um Band-Aid — disse ele, calmamente.

Jane bufou.

— Você e sua família já pararam de se falar?

Levi riu, atraindo a atenção, demonstrando que achava graça do comentário.

— Várias vezes. Eles têm boas intenções, mas somos muito diferentes, e às vezes é difícil aceitar as diferenças.

Ela pressionou a testa contra a dele.

— Eu gosto do diferente.

— Fico feliz por isso. Você consegue, Jane.

Ela olhou para a pequena cabana onde o avô morava.

— Tem certeza?

— Ei, você sobreviveu à uma quase queda fatal de uma gôndola. Com frequência vai a zonas de guerra para salvar vidas. E até concordou em jantar com a minha família maluca. Confie em mim, vai tirar de letra. De qualquer forma, vou estar aqui esperando.

Com um sorriso vacilante, ela assentiu, respirou fundo, saiu do carro, caminhou até a porta da casa e bateu.

Não tinha certeza do que planejava dizer, e a porta se abriu mais rápido do que esperava. De repente, ali estava o avô, olhando para ela através dos óculos bifocais empoleirados na ponta do nariz. Ele se engasgou, colocou a mão no peito e sussurrou:

— Fadinha.

Ela não sabia o que sentia ao encará-lo, ainda estava lutando contra o enjoo causado pelo frio na barriga.

— Oi, vô.

O sorriso dele tremia, e o homem tinha um brilho suspeito nos olhos quando a segurou pela mão.

— Você está aqui de verdade.

— Tudo bem eu ter vindo?

Diante da pergunta dela, uma sombra passou pelo rosto do avô, mas sua voz, antes trêmula, estava firme ao responder:

— Claro. Mais do que nunca. Me desculpe se você chegou a duvidar, por um segundo sequer, de que podia vir.

— Foram mais do que alguns segundos — disse ela, determinada a não se deixar comover pela emoção dele.

— Eu mereço ouvir isso — constatou o homem, baixinho. — Posso... posso te abraçar, Jane?

A criança de 8 anos dentro dela respondeu antes da adulta, sussurrando que sim.

O avô a puxou para seus braços.

— Obrigado — disse, segurando firme. — Você é muito mais corajosa do que eu jamais fui.

Deixando aquela afirmação de lado por enquanto, Jane recuou.

— Seu cheiro não mudou nada.

— É naftalina.

Ela reprimiu uma risada, e o olhar do avô buscou o seu.

— Você recebeu?

Jane tirou o enfeite do bolso.

— Você está com ele. — Ele parecia profundamente tocado por aquilo. — Entre, entre, antes que você morra de frio!

Ela o seguiu pela sala da qual se lembrava tão vividamente. Pulava naquele sofá, se encolhia perto do fogão a lenha para se aquecer depois de brincar na neve.

— Está exatamente igual — sussurrou Jane.

Ele deu de ombros.

— Eu gosto da mesmice. — O avô a conduziu até a cozinha. — Vou preparar alguma coisa quente para bebermos. Sente-se.

Jane se sentou à mesma mesa de madeira onde tinha memorizado a tabuada e aprendido a escrever em letra cursiva. Viu a pequena marca de queimado que causara ao derrubar uma das velas da avó, e a mancha de caneta permanente que deixara sem querer ao fazer um trabalho escolar.

O avô trouxe chocolate quente com marshmallows e chantili por cima.

— Meu favorito.

— Eu sei. — Ele hesitou. — Comprei no dia em que te vi na lanchonete. Fiquei surpreso ao te ver e... — Seus olhos ficaram enevoados. — No começo, pensei que fosse minha imaginação me pregando uma peça. Mas vi que você estava usando o colar da sua avó. — Ele deu um pequeno sorriso. — E aí tive certeza. Soube que era você, mesmo depois de todos esses anos.

— Eu também te vi.

— Ah. Eu não tinha certeza. Você foi embora muito rápido, e eu sabia que, depois do que fiz, precisava te dar um tempo para decidir se queria falar comigo.

Jane sentiu um nó se formar na garganta. Dois anos se passaram desde a primeira vez que o vira em Sunrise Cove e hesitara em fazer contato. Tinha as próprias razões, claro, e sabia que eram válidas. No entanto, o avô a tinha visto fazia uma semana e não hesitara. Era algo a se pensar.

— O que você fez? — perguntou ela.

Ele desviou o olhar como se estivesse envergonhado.

— Deixei você ir embora, Jane. — Havia uma vergonha evidente nos olhos azuis dele. — Nunca me perdoei por isso. — O avô a observou por um instante. — Tenho muito o que compensar, mas quero que saiba que sonho em ter uma segunda chance com você. Comecei com o enfeite. Foi um suborno descarado, mas também uma maneira de abordar você sem te forçar a fazer algo para o qual não estava preparada.

Jane procurou as palavras certas, mas será que existia alguma?

— Estou feliz por você ter feito contato — disse ela com cuidado. — Sempre imaginei que, se você quisesse me ver depois de tudo o que aconteceu, teria entrado em contato.

— Depois de tudo o que aconteceu?

— Você sabe, quando você e Viv brigaram por minha causa e isso destruiu o relacionamento de vocês.

O avô parecia chocado.

— Como sabe disso?

— Ela me contou naquela época, disse que ficar comigo teria sido muito difícil para você.

Ele suspirou e passou a mão no rosto.

— Ela não devia ter te contado. A verdade é que Viv e eu *sempre* brigamos. Não foi culpa sua, Jane.

— Parecia que era.

Ele respirou fundo.

— Desculpe. Sinto muito. Por favor, acredite em mim, nada disso foi culpa sua. — O avô fez uma pausa. — Você se lembra do que eu costumava te dizer?

— Que o Papai Noel era real? O que, aliás…

Aquilo arrancou um leve sorriso dele.

— Quando disse que família é sangue. Eu estava errado. Família, família verdadeira, não tem nada a ver com sangue. Família é quem a gente escolhe. Eu não fiz o que devia ter feito por você. Sua tia Viv e, por falar nisso, sua mãe também… elas são do jeito delas. Sinto raiva por ter permitido que sabotassem nosso relacionamento, pela Viv ter feito você se sentir não só um fardo, mas também como se não fosse desejada. Mas, acima de tudo, sinto raiva de mim mesmo por não ter te procurado antes. Eu nem tenho outra desculpa além da vergonha. Você não tem motivo para acreditar em mim, mas quero que saiba que você é minha família, Jane. A família que eu escolho. Talvez seja tarde demais, mas você precisa saber que tenho vergonha de ter esperado tanto tempo para te procurar. Sinto vergonha e muito, muito arrependimento. Mas eu escolho você. Se você me aceitar.

Jane perdeu a batalha contra as lágrimas, assim como o avô. Eles se aproximaram e deram um abraço demorado, e Jane lutava com as emoções.

— Você está bem? — perguntou ele, baixinho. — A resposta não precisa ser sim.

— Que bom, porque não tenho certeza de como estou. — Ela fungou e balançou lentamente a cabeça. — Desculpa.

— Não precisa pedir desculpas. Eu entendo. E é melhor do que um "não" de cara. — O avô olhou pela janela. — Você quer me contar sobre aquele jovem bonito esperando ali no frio?

Não. Com certeza, não. Jane balançou a cabeça.

— Fadinha. — Ele tirou os óculos embaçados para limpá-los no suéter. — Está menos cinco graus lá fora.

E ela estava vestindo a jaqueta e a touca de Levi…

— Não posso ficar por muito tempo.

O avô assentiu.

— Quem sabe da próxima vez você não o chama para entrar — sugeriu ele.

Haveria uma próxima vez? Jane não tinha certeza, mas sentia que visitar o avô de novo pudesse ser bom.

— Talvez.

Ele sorriu, ainda parecendo emocionado. E cansado. E, caramba, mais velho do que ela gostaria.

— Quando? — perguntou ele. — Quero deixar anotado, porque se minha memória continuar piorando, é capaz que eu organize minha própria festa surpresa.

— Talvez pudéssemos jantar alguma noite depois do trabalho.

— Basta me dizer quando e onde, e eu estarei lá — disse ele.

Jane assentiu e colocou suas informações de contato no celular do avô, e o gesto o fez sorrir tanto que ela sentiu uma pontada forte.

— Eu vou antes que comece a passar *Family Feud*, você sempre assistia depois do alongamento. Ainda tem esse costume, certo?

— Tenho. É uma exigência médica agora, desde... — Ele parou.

— Desde o ataque cardíaco?

O avô estremeceu de culpa.

— Você sabe?

— Sei. Seus amigos estão todos no Facebook. Eles postaram fotos visitando você no hospital.

O avô pareceu magoado.

— Eu disse pra eles que a internet é um lugar terrível e que não quero me envolver com isso. Preciso ligar pro Facebook e pedir que excluam as fotos e queimem os negativos.

— Sei, mas não é assim que funciona...

— *Todos* os negativos!

Ao ver os olhos dele brilhando, Jane sorriu. Embora ainda não estivesse pronta para perdoá-lo.

— Imagino que você esteja comendo bem? Sai para caminhar quando não está congelando?

— Estou bem — respondeu ele, dispensando a preocupação. — Só a droga da minha TV que não. O neto do meu amigo Doug está trabalhando com TVs e me convenceu a atualizar o pacote. Mas os botões do controle remoto são muito pequenos e não consigo descobrir como mexer. Estou preso em um canal de filme meloso. Tinha que ser, né? Eu não podia ficar preso, sei lá, na ESPN?

Jane entrou na sala e examinou a TV.

— É ativado por voz. A gente pode configurar para você falar com o controle remoto.

— Falar com o controle remoto?

O avô balançou a cabeça como se ela tivesse acabado de dizer que podia visitar Marte.

— Quase tão maluca quanto a história do Papai Noel — disse Jane.

Ele teve a boa vontade de rir.

— Eu só queria que você acreditasse em algo de bom.

Jane sentiu um aperto tão forte no peito que chegou a doer, mas se concentrou em configurar a TV e... fracassou.

— É, vou ter que ligar para o suporte técnico — admitiu ela.

— Está um pouco tarde...

— Ah, não se preocupe, esse suporte técnico fica aberto sempre.

Ela pegou o celular e ligou para Levi.

Ele atendeu de imediato.

— Você está bem?

Jane sentiu o coração dobrar de tamanho.

— Estou. Na verdade, estou ligando para solicitar suporte técnico. Você está disponível?

— Sempre.

Ela desligou.

— Ele já vem.

A campainha tocou e as sobrancelhas do avô se ergueram, mas ele foi até a porta.

— Você é o namorado dela? — perguntou o homem a Levi.

Levi olhou para Jane, e ela sentiu que ele a analisava. O olhar se demorou em seu rosto, e ela soube que ele conseguia enxergar o rastro das lágrimas.

— No momento, sou o suporte técnico — disse Levi ao avô.

— E depois?

— O que ela precisar que eu seja.

Jane sentiu o coração se aquecer de uma maneira totalmente nova quando o avô deixou Levi entrar.

Capítulo 18

Levi manteve o olhar em Jane, esperando um sinal de que estava tudo bem. Ela abriu um leve sorriso, parecendo emocionada e mais relaxada do que estava no carro.

— Vô — começou ela —, este é Levi Cutler. Levi, este é meu avô, Lloyd Parks.

O homem tinha a mesma altura de Jane e era roliço e sólido como um tronco de árvore. Usava óculos redondos, mas olhava por cima deles para Levi. Tinha um cabelo branco espetado que parecia desafiar a gravidade, exceto pela careca no topo, e uma barba que lhe garantiria se passar pelo Papai Noel se quisesse.

— Prazer em conhecê-lo, sr. Parks — disse Levi, apertando a mão do homem.

— Me chame de Lloyd. Na verdade, se consertar minha TV, pode me chamar do que quiser.

— Farei o meu melhor.

Levi colocou a mão no ombro de Jane, descendo o toque levemente pelo braço até apertar sua mão.

Ela sorriu e apertou a dele de volta. Estava bem, pelo menos por enquanto, o que era bom o bastante para Levi.

Jane o levou até a TV e lhe entregou o controle remoto.

— Espero que esteja dentro da sua área de especialização. — Então ela se virou para o avô. — Você já jantou?

— Sim, e o chocolate quente estava excelente.

— Vô, quando uma pessoa tem um ataque cardíaco, ela tem que mudar toda a rotina, inclusive os hábitos alimentares.

O avô sorriu.

— Você é mandona como a sua avó.

Ela apontou para ele.

— Não tente me distrair com sentimentalismo, porque, pode acreditar, meu coração é duro como pedra. Você ainda não comeu mesmo?

— Eu comi alguns biscoitos.

— *Vô.*

— Eu preciso dos meus biscoitos.

— Você *não* precisa.

— *Kuchi zamishi* — disse Levi.

Lloyd riu de alegria e apontou para ele.

— Exatamente! Viu, ele entende!

Jane olhou para Levi, esperando pela tradução.

— *Kuchi zamishi* é um ditado japonês. É o ato de comer porque a boca está solitária — respondeu Levi.

— Daí os biscoitos — explicou Lloyd à neta.

Ela estreitou os olhos.

— Você está dizendo que come mal porque se sente sozinho?

— Talvez?

— Eu gostaria de lembrá-lo de quem é a culpa — disse ela —, mas acho que não precisa do lembrete. Você vai começar a se cuidar mais.

— Eu…

— Você vai — afirmou ela. — Aí, quando eu voltar, você pode me contar como tem sido.

A voz de Lloyd ficou mais suave quando disse:

— Tá bom.

Ele se jogou na poltrona reclinável, que claramente estava ali havia muitos anos, e olhou para Levi com um sorriso irônico.

— Minha neta, doce, gentil e educada. Tão tranquila.

— Ela é muitas coisas — concordou Levi. — Todas maravilhosas, mas… — Levi sorriu para Jane. — Não tenho certeza de que é tão tranquila.

Ela revirou os olhos.

— Eu sei — disse Lloyd com orgulho. — Ela é incrível, não é?

Jane foi para a cozinha. Logo depois, eles a ouviram reclamar:

— Ai, meu Deus. Você tem comido manteiga de verdade, cream cheese e chantili? *Sério?*

Lloyd gargalhou, estava se divertindo. Quanto a Levi, estava gostando de ver Jane lidar com o avô. Sem se entregar por completo, e sem procurar briga, mas muito mais aberta do que havia imaginado que ela seria. Apesar da cautela, ela estava sendo carinhosa. Cuidadosa. Verdadeira. Era evidente que o avô estava adorando. E que amava Jane, pelo menos à sua maneira.

E, por mais insano que fosse, Levi tinha certeza de que estava caminhando naquela mesma direção. Balançando a cabeça, voltou-se para sua tarefa. A TV.

— Então... — disse Lloyd, observando Levi trabalhar. — Você e Jane parecem próximos.

— Hum — respondeu Levi, se esquivando de uma resposta direta e estendendo o controle remoto para o homem. — Certo, acho que consegui. Vou te mostrar como usar. Também vou deixar a senha anotada para você.

— Acha que tenho idade para esquecer as coisas?

Levi o encarou.

— Não acho que a idade tenha algo a ver com... *esquecer* as coisas. Ou as pessoas...

Lloyd sustentou o olhar dele e assentiu, solene.

— É. Mas pretendo me esforçar mais.

— Que bom.

O avô de Jane suspirou.

— Estou feliz que você não queira me espezinhar. Eu mesmo bem que tenho vontade, por ter deixado passar tanto tempo.

— Não cabe a mim te espezinhar — disse Levi, mas não ofereceu nenhum consolo que indicasse que estava tudo bem.

Porque não estava. Não na opinião dele.

Lloyd assentiu.

— Nada de passar a mão na minha cabeça. Entendi. Eu mereço. Jogaram a Jane de um lugar para o outro, pior do que a cesta de dízimo na igreja, e eu também me culpo por isso. Deixei minha dor me dominar e depois deixei a vergonha pela forma como lidei com a situação me impedir de ir atrás dela. Eu não a mereço, mas pretendo fazer o possível para compensar o tempo perdido, se Jane permitir.

Por mais frustrante que fosse sua família, Levi sabia que nunca fingiriam que ele não existia nem o tratariam como se não fosse bem-vindo.

— Espero que seja verdade.

— É verdade. Ela merecia mais de nós, e espero que não seja tarde demais para me redimir.

— Se vocês dois já terminaram de fofocar, o jantar está na mesa.

Eles se viraram e encontraram Jane parada ali, de braços cruzados. Lloyd parecia uma criança pega em flagrante com a mão no pote de doces.

— Nós estávamos apenas... — começou ele.

— Eu sei — interrompeu Jane, encontrando o olhar do avô. — Achei uns potes com frango congelado no freezer. Ficaram um pouco queimados, mas tem uns legumes também, então vamos comer.

Lloyd pareceu quase querer chorar por um momento.

— Você fez o jantar.

— Bom, "fazer" é uma palavra pouco forte. Eu só apertei uns botões. O último a chegar à mesa vai lavar a louça.

O avô correu para segui-la até a cozinha. Sem nunca ter se importado com a tarefa simples de lavar a louça — era ótima para ajudar o cérebro a se acalmar —, Levi seguiu mais devagar, observando Jane. Algo nela estava diferente. Ainda era a mesma mulher incrível e inteligente, que ele começava a conhecer com uma profundidade inesperada. Havia algo novo, porém. Ela parecia... um pouquinho mais aberta.

E, naquele instante, Levi prometeu a si mesmo que veria aquela expressão no rosto dela o máximo possível. Queria estar com Jane o máximo possível. De onde surgira aquela vontade ou como aquela ideia o atingira do nada, ele não sabia. Não queria ser apenas mais um nome em uma longa lista de pessoas que a magoaram, mas a verdade era inescapável.

Jane iria embora no final da temporada. E ele... bem, aquele também era seu plano original, mas seus objetivos estavam mudando, evoluindo. Mesmo quando — sim, *quando*, não *se* — se mudasse de volta para Tahoe, sabia que Jane não faria o mesmo. Já tinha contrato fechado para o trabalho seguinte.

Ele e Jane tinham um prazo de validade.

Fingir que aquilo não era verdade não mudaria nada nem impediria que se machucassem. Nada mudaria, a menos que ele a convencesse de que deveriam ficar juntos.

Capítulo 19

Uma hora depois, Jane observou Levi de canto de olho enquanto ele a levava para casa. Levi tentara dar uma carga na bateria de seu carro, mas não conseguira. Dissera que voltaria a tentar pela manhã. Ela o tranquilizara, dizendo para não se preocupar, porque tinha a assistência do seguro e resolveria o problema antes do trabalho.

E era o que faria. Não incomodaria Levi, ele não teria que desperdiçar mais do raro tempo livre com ela. Além disso, se ele continuasse sendo tão gentil, Jane esqueceria os limites. Até ali, era tudo fingimento, e fingir era ótimo porque não era real. Fingir era muito melhor do que a realidade.

Levi estava concentrado na direção, observando a estrada com a mão apoiada no câmbio, trocando as marchas conforme necessário. Não havia iluminação pública, porque os fundadores da cidade queriam que o céu noturno de Tahoe brilhasse intensamente.

E assim estava o céu naquela noite.

Não estava mais nevando, o que sempre fazia a temperatura cair ainda mais. O gelo tinha se formado no asfalto, e Jane ficou aliviada por não estar dirigindo. O céu era um cobertor de veludo preto no qual incontáveis milhões de estrelas brilhavam como diamantes. Tendo viajado o mundo, podia dizer com sinceridade que nunca tinha visto um céu tão lindo quanto o do lago Tahoe.

Aquela noite... aquela noite fora intensa, embora tivesse sido melhor do que ela poderia imaginar. Não tinha certeza de que conseguiria bater na porta do avô e encará-lo. Então Levi aparecera e acalmara a inquietação profunda, a vulnerabilidade e o medo que Jane mantinha escondidos do resto do mundo. Com um sorriso fácil, ele a fizera sentir que era capaz de qualquer coisa.

Jane havia enfrentado o passado.

— Obrigada por hoje — sussurrou ela.

Sem tirar os olhos da estrada, Levi pegou a mão dela e levou à boca para dar um beijo.

— Depois de tudo pelo que passamos naquela cabine, eu provavelmente faria qualquer coisa por você, Jane.

No que dizia respeito a confissões, aquela parecia loucura, pelo menos a julgar pela forma como o coração dela acelerou. E Levi não parecia se arrepender de ter dito aquilo. Jane o observou sob a luz do painel. Estava com a barba por fazer que ela adorava. Combinava com o cabelo ondulado que nunca se comportava direito e que ela também adorava. Ele era autêntico, além de forte, firme e... gato demais.

— Viu algo de que gostou? — provocou ele, dando uma mordidinha na mão que ainda segurava.

As entranhas de Jane estremeceram. Algumas outras partes do corpo estremeceram também.

— Vi.

Surpreso com a resposta, Levi a encarou por um segundo e voltou-se para a estrada.

— Que bom, porque mal consigo tirar os olhos de você.

As palavras eram mais uma promessa do que uma admissão, e algo dentro dela mudou e se encaixou. Durante anos, havia se deixado levar pelo vento como uma erva daninha selvagem. E, de repente, Jane se sentia ancorada pela primeira vez... na vida.

— Levi? — chamou ela baixinho. Ele o olhou. — Não estou pronta para ir pra casa.

Aquilo lhe rendeu um olhar um pouco mais demorado.

— Para onde a gente vai? — perguntou ele.

A gente. Jane fechou os olhos por um instante. Era aquilo que recebia de Levi. Apoio incondicional. Aceitação total.

— Qualquer lugar tranquilo.

— Confia em mim? — perguntou ele.

Tinha feito a mesma pergunta não muito tempo antes, e ela dissera que não. No entanto, em algum momento daquelas semanas, a resposta havia mudado.

— Confio.

Ele entrou na estrada seguinte, e logo estavam subindo uma colina. Indo para o alto.

E mais alto ainda.

Quinze minutos depois, deixaram todos os sinais de Sunrise Cove para trás e estavam em uma estrada de terra coberta de neve. A tração nas quatro rodas do carro de Levi tornava o caminho tranquilo e, embora Jane não conseguisse enxergar além da escuridão da meia-noite e dos contornos escuros das árvores, ele sabia muito bem aonde estavam indo.

Por fim, ele fez uma curva fechada e parou o carro. Jane se deparou com a vista de tirar o fôlego.

Uma meia-lua pairava no céu, listrada por nuvens finas como dedos, cercada por mais estrelas cintilantes do que ela já tinha visto em toda a sua vida. Sem luzes para obscurecer a visão, tinham uma vista perfeita do horizonte. Lá embaixo, estava o contorno escuro do lago Tahoe, visto a centenas de metros de altura e de um ângulo que Jane nunca tinha experimentado.

— É como se a gente estivesse no topo do mundo — sussurrou ela.

— E estamos. Estamos na trilha de Tahoe Rim. A dois mil e novecentos metros de altura.

— Uau. — Ela admirou a noite, encantada e maravilhada. — Eu nem tenho palavras.

— Eu também não.

Jane se virou e olhou para ele, que estava com um antebraço apoiado no volante e a outra mão no encosto de cabeça do banco dela, observando-a. Como se ocultasse seus pensamentos. Jane percebia nele um autocontrole cuidadoso, uma rara hesitação.

Perto dele, nunca tinha sido capaz de controlar as emoções. Não era diferente naquele instante. Levi, porém, sempre parecia ter total controle, sempre firme e calmo.

O que o faria perder o controle? E por que queria tanto ver aquilo acontecer... ali mesmo?

Como se pudesse ler sua mente, Levi soltou uma risada áspera, o som reverberando nas melhores partes dela. Ele a tinha ajudado naquela noite, fizera o que ela tinha pedido, sem perguntas. Sem pressão. Sem nenhuma impaciência.

Jane pedira um lugar tranquilo. Ao deixar a casa do avô, só queria um lugar para ficar e pensar. Não estava pronta para ir para casa e encerrar a noite, mas seus desejos mudaram. Queria pular o console, sentar no colo de Levi e se divertir.

— Você está pensando demais — murmurou ele.

Ela soltou uma risada baixa, porque *com certeza* estava pensando demais.

— É que o que eu quero parece… um pouco ousado.

Os olhos dele escureceram.

— Você tem toda a minha atenção.

Com uma risada nervosa, Jane pegou o celular.

— Então… eu achei outro questionário.

Ele gemeu.

— Não achei que fosse dizer isso. — A mão dele, que estava no encosto de cabeça do assento, deslizou para a nuca de Jane, e ficou difícil raciocinar. — Pensei que já tivéssemos abandonado esses truques da fase de se conhecer.

— Esse se chama "Dez perguntas para fazer ao seu parceiro antes de transar".

Levi a olhou por um instante, depois soltou um sorriso que derreteu até seus ossos.

— Manda.

Assentindo, nervosa de repente, Jane olhou para a primeira pergunta. *Você sente atração pelo seu possível parceiro sexual?* Como aquilo já estava subentendido, passou para a seguinte.

— Hum… onde você gosta de ser beijado?

Aquela pergunta lhe rendeu um sorriso lento e travesso.

— Na cama ou fora da cama?

Ela riu e, simples assim, o nervosismo desapareceu. Não tinha ideia de como ele sempre conseguia deixar seu mundo mais leve, mas Levi era muito bom naquilo.

— Tanto faz — sussurrou Jane.

Ele apontou para os lábios, e ela balançou a cabeça com outra risada.

— Sei. Aposto que esse é o *segundo* lugar em que você mais gosta de ser beijado, mas, tá bom, vamos começar por aí.

Com o coração batendo forte, Jane desafivelou o cinto de segurança, ajoelhou no banco e se inclinou sobre Levi. Apoiou uma mão nas costas do assento dele, a outra no peito, e começou com um leve beijo de boca fechada, no canto da boca. O plano era se mover devagar e deixá-lo louco, queria vê-lo perder o controle.

— Jane…

— Hum? — Ela desviou da boca dele no segundo beijo, porque foi atraída pelo queixo e, em seguida, pelo pescoço.

Levi estremeceu e a segurou firme.

— Se você quer a mesma coisa que eu, estamos no lugar errado.

— Eu gosto daqui.

— Eu também. Muito. Mas estamos do lado de fora. Em público.

— Estamos no carro e não tem ninguém aqui, provavelmente por quilômetros. Além disso, estou só te beijando.

— É, mas…

Ele parou de falar com uma inspiração brusca quando ela cravou os dentes em seu lábio inferior e puxou de leve.

O cheiro de Levi era delicioso, e Jane se ouviu gemer em protesto quando ele segurou suas mãos errantes, que abriram a jaqueta dele e tentavam abrir caminho por baixo da camiseta.

— Jane… não trouxe você aqui pra isso.

— Eu sei. Mas preciso avisar, menti sobre estar só te beijando.

— Jane…

Ela levantou a cabeça.

— Você não vai rejeitar sua namorada de mentira, vai?

— Como se eu pudesse te rejeitar de qualquer jeito.

Aquilo a fez sorrir.

— Então tem só mais um detalhe para elucidar…

— Tem uma camisinha no porta-luvas. Pelo menos tinha. Já faz um tempo…

O coração de Jane se aqueceu por ele querer contar aquelas coisas para ela.

— Eu ia te lembrar de não se apaixonar por mim — disse Jane.

A risada áspera a fez sorrir, e então Levi a envolveu em um beijo suave e doce, mas que a fez pensar em coisas quentes, nuas e suadas...

— Minha vez de perguntar — disse ele com a voz rouca, levantando a cabeça. — Onde *você* gosta de ser beijada?

— Hum... em todos os lugares?

Os olhos de Levi se transformaram em lava derretida enquanto a puxava por cima do console e a ajeitava no colo, montada nele. Com os joelhos dela apertados ao lado de seu corpo, ele deslizou as mãos pelas costas e pelo cabelo de Jane, puxando-a para um beijo que logo se incendiou.

Por mais perto que estivesse de Levi, ainda não parecia o suficiente e, vendo o prazer em seu rosto, ouvindo em sua voz, Jane teve certeza de que ele sentia o mesmo. As mãos experientes dele descobriam cada ponto delicioso, tirando as roupas do caminho conforme necessário. De alguma forma, conseguiram libertar o essencial e, nossa, o essencial dele... Levi pegou a camisinha prometida, e Jane quase desmaiou de gratidão por um deles ainda conseguir pensar racionalmente. Ela pegou a embalagem da mão dele e se atrapalhou um pouco. Levi tentou assumir o controle, mas ela mesma queria fazer as honras, e sorriu enquanto ele tremia, praguejava e implorava que continuasse. No segundo em que os protegeu, ele a levantou e depois a abaixou até que Jane o envolvesse por inteiro.

O tempo parou, completamente, enquanto ambos sentiam o prazer chocante de se tornarem um só. Jane tomara a iniciativa porque queria vê-lo perder o controle, mas era *ela* quem o perdia. Os dois se moveram em sincronia, juntos, até que Jane se deixou levar, seus movimentos mais intensos, os dedos procurando apoio enquanto as ondas de êxtase a atingiam como um maremoto.

Não tinha ideia de quanto tempo demorou para voltar a si, mas, quando abriu os olhos, o rosto de Levi ainda estava enterrado em seu pescoço. Ele respirou longa e profundamente antes de levantar a cabeça. Com as mesmas mãos que a levaram até o céu e a trouxeram de volta, ele ajustou a posição para que Jane pudesse se apoiar nele e encostar a cabeça em seu ombro.

Mais algum tempo se passou enquanto Levi deslizava as mãos ao longo das costas dela, sem pressa. A certa altura, ele tentou dizer alguma coisa, mas parou.

— O que foi? — sussurrou ela.

— Na verdade, não tenho palavras.

— Isso é bom ou ruim?

Levi mexeu o ombro para que ela levantasse a cabeça. E, segurando o rosto de Jane com as mãos grandes, ele a beijou e deixou no beijo todas as coisas em que estava pensando, de modo que, quando se afastou, ela só conseguia sorrir, atordoada.

— Bom, pelo jeito.

— Está mais para incrível.

Levi olhou ao redor. As janelas estavam completamente embaçadas. O frio tinha aumentado também, já que não estavam mais gerando calor suficiente para não congelarem. Ele se esticou e pegou uma mochila no assento de trás.

— Kit de emergência — disse ele, puxando um cobertor e os envolvendo.

— Sabe o que seria bom? — comentou Jane. — Se você também tivesse um cupcake aí.

Ele riu baixinho e a abraçou, aconchegando a cabeça em seu pescoço.

— Desculpa, não tenho. Mas tenho algumas barrinhas de cereal e água.

Ela se aproximou mais, amando a sensação do corpo dele sob o seu. E ele era todo firme. Todo.

— Que tal outra camisinha? — sussurrou Jane.

Levi abriu um sorriso sexy e sedutor que ela entendeu como *com certeza*. Foi tudo mais lento, mais profundo e, como da primeira vez, bom demais. E assim estabeleceram o acordo tácito de que *isso*, fosse lá o que fosse, continuaria acontecendo enquanto desse certo.

Ou enquanto ambos estivessem em Tahoe.

Porque, como Jane lembrava a todos sempre que podia, ela iria embora em breve. Não haveria futuro. Fizera Levi prometer. Sentia um alívio enorme e, ao mesmo tempo, era seu maior arrependimento.

Na manhã seguinte, Jane acordou em um sobressalto com o som mal--educado do alarme. Tinha configurado para despertar cedinho, assim pegaria uma carona com Mateo até onde estava seu carro. Procurando pelo celular, no entanto, logo apertou o botão de soneca, porque ainda não estava pronta para se levantar e encarar o dia.

Ela e Levi ficaram acordados na trilha de Tahoe Rim até duas e meia da manhã. Apenas três horas antes.

Feliz com a memória maravilhosa da noite anterior, Jane cambaleou até o chuveiro. Dez minutos depois, já de volta ao quarto, procurava as roupas para vestir quando Levi ligou.

— Só queria ter certeza de que está bem — disse ele, e a voz baixa e áspera de sono dele a fez sorrir como uma boba.

— Acho que você sabe que estou bem.

Ele deu uma risada suave.

Silêncio.

Recordações.

Anseio.

— Então... — começou ela. — Vamos ficar desconfortáveis um com o outro agora?

— Você está desconfortável?

Jane soltou o ar que nem notara que estava prendendo, o alívio a inundando. Adorou a franqueza de Levi e sentiu-se grata.

— Estou feliz que nada tenha mudado — replicou ela suavemente.

— Também não ia mudar se a gente transformasse em um namoro de verdade.

O coração dela parou com aquela ideia e, surpresa, Jane se forçou a transformar a dor estranha que as palavras lhe causaram em piada.

— Ah, claro — brincou ela. — Você diz isso agora, mas antes que eu me desse conta, ia me pedir pra ter uma alimentação saudável e fazer sexo anal.

Ela ouviu um som sufocado.

Depois, um farfalhar e uma série de palavrões.

— Levi?

— Acabei de cuspir o café pelo nariz.

Ela riu.

Levi ficou em silêncio por um momento, e ela presumiu que estivesse se recompondo. Então, ele perguntou, baixinho:

— Algum arrependimento?
— Não — respondeu ela, com sinceridade.
— Que bom. Seu carro está aí na frente. Carreguei a bateria. Está tudo em ordem pra você ir pro trabalho.
— Espera... você trouxe meu carro? Mas... você deve estar acordado há horas.
— Fiz tudo depois que te levei para casa. Mateo me deu uma carona até lá.

Jane estava perplexa em saber que Levi e Mateo tinham perdido a noite de sono para consertar o carro dela. No entanto, talvez não devesse se surpreender. Levi já havia mostrado que faria qualquer coisa por ela.

— Obrigada.
— Sempre que precisar. Até mais, Jane.
— Até — sussurrou ela, tentando entender por que parecia uma promessa.

Desceu até a cozinha e foi direto para a cafeteira, observando o eletrodoméstico preparar 350 ml de um café abençoado. Bebia o líquido depressa, tentando não queimar o céu da boca, quando Charlotte entrou na cozinha.

— Uau! — exclamou ela ao ver Jane.
— O que foi?
— Você está sorrindo. De manhã. O que aconteceu?

Jane tinha notado o sorriso enquanto escovava os dentes, mas não conseguia se livrar dele, então deu de ombros e seguiu com sua vida.

Charlotte a estudou mais de perto e se engasgou.
— Ai, meu Deus.

Jane fez o possível para ignorá-la, servindo uma tigela de cereal. Fez uma encenação elaborada ao adicionar leite e procurar uma colher para comer. Quando voltou a olhar para Charlotte, ela estava mexendo as sobrancelhas com um ar de malícia.

Jane a encarou de um jeito afetado.
— Não sei o que você está tentando dizer.
— Ah, sabe, sim.
— Tá bom. — Jane ergueu as mãos. — É, mãe, a gente se pegou, tá? Tipo, pra valer, várias vezes. Está feliz?

A risada de Charlotte foi contagiante, e Jane suspirou, desistindo de lutar contra o sorriso bobo.

Aproximando-se, a amiga segurou seu rosto e olhou em seus olhos.

— Fico feliz por você.

— Foi só uma noite.

— Poderia se transformar em mais se você deixar.

Por um momento, Jane se permitiu o luxo de desejar mais.

— Você sabe que não funciona assim.

— Jane — chamou Charlotte.

Jane tratou de pegar as chaves e depois se virou para a proprietária da casa, sua melhor amiga e uma de suas pessoas favoritas no mundo todo.

— Não funciona.

— As pessoas mudam — respondeu Charlotte.

Jane apontou para ela.

— Posso fazer isso se você puder.

— Ei — protestou Charlotte. Então suspirou. — Justo.

Jane parou para encher seu copo térmico, mas ficou imóvel ao ver um troféu no balcão. Não tinha ideia do que dizia a placa original, porque estava riscada com o que parecia ser caneta permanente, e lia-se:

Chefe Responsável e Líder do Campeonato
Moreno Anual de Bola de Neve

Jane olhou para Charlotte, perplexa. A amiga de repente parecia muito preocupada em providenciar o próprio café.

— Charlotte.

— Jane.

— Você participou de um... — Jane leu o troféu novamente. — Campeonato de bola de neve?

— Participei. E venci — respondeu Charlotte, sorrindo e aparentando ser muito mais jovem do que seus 39 anos. — Eu arrasei. Inclusive com o Mateo.

Jane sorriu.

— Essa é minha garota — disse, dirigindo-se para a porta.

— E se você estiver fugindo de algo que pode acabar sendo bom de verdade? — perguntou Charlotte, de repente.

A pergunta ecoou na mente de Jane. Ela não tinha sobrevivido todos aqueles anos com base em hipóteses.

— E se estar com o Levi fosse uma das melhores coisas da sua vida? Você vai fugir assim, sem mais nem menos? — continuou Charlotte.

— Nem vem. É o sujo falando do mal lavado.

— *Eu* não estou fugindo — disse Charlotte. — Estou aqui, *quietinha*.

— Fisicamente, claro que está. Mas nós duas sabemos que você está se segurando emocionalmente com o Mateo porque tem medo do passado te impedir de ter uma vida feliz e plena. O problema é que isso faz de você um exemplo ambulante do que acabou de me dizer.

Charlotte respirou fundo.

— Então você está dizendo que sou uma hipócrita.

Jane indicou a hipocrisia da amiga com um pequeno espaço entre o indicador e o polegar.

Charlotte se recostou na cadeira, surpresa e pensativa.

— Bom, que merda.

— O quê?

— Você está certa.

Jane riu.

— Dã.

— Mas estamos erradas. Estamos afastando nosso coração de dois homens que merecem o melhor de nós. E não estou dizendo que nossa vida não pode ser plena e feliz sem um homem. Quero dizer que *talvez* fique ainda melhor com um amor. Mas... — Charlotte mordeu o lábio.

— Exato. Mas... — Jane respirou fundo. — Precisamos encontrar uma maneira de superar o passado.

— Posso fazer isso se você puder — disse Charlotte, ecoando a fala de Jane.

Jane teve que admitir que era tentador. Com uma risada rouca, saiu para o trabalho.

O sorriso, porém, permaneceu em seu rosto o dia todo.

Capítulo 20

Levi acordou com alguém cutucando sua bochecha. Não abriu os olhos de imediato, então dedinhos abriram para ele. O rosto de Peyton estava a cinco centímetros do seu, com o fiel servo, Jasper, logo atrás.

— *Oi!* — disse a sobrinha em uma voz estridente. — Você tá acordado! *Oi!*

Sim, aquela era a rotina de todas as manhãs. E sim, todas as noites, quando lhe dava um beijo de boa-noite, Levi implorava para que Peyton não o acordasse na manhã seguinte. Ela sempre sorria de um jeito doce e dizia "Eu prometo". Ainda assim, ali estavam eles.

— O jantar da vovó e do vovô é hoje! — Peyton sorriu. — Finalmente vamos conhecer a Jane!

— É — murmurou ele, sonolento.

Não tinha dormido muito nas últimas semanas. Desde a noite em que fora à trilha de Tahoe Rim com Jane, na verdade, mas ficaria feliz em renunciar ao sono todas as noites só para estar com ela.

E tinha mesmo passado todas as noites desde então com Jane. O pensamento fez Levi sorrir. Na noite anterior, encontrara com Jane na casa do avô, onde jantaram e depois assaram pão usando uma das receitas antigas da avó de dela.

— A receita da Betty nunca falha — dissera Lloyd com orgulho enquanto se empanturravam com um dos pães incríveis que fizeram.

— Bom o suficiente para levar amanhã à noite para o jantar de aniversário dos seus pais? — perguntou Jane, visivelmente nervosa.

Levi se inclinou sobre a mesa cheia de migalhas e a beijou bem na frente do avô.

Jane sorriu em resposta.

— Vou entender isso como um sim.

— Todo mundo vai adorar, e vão adorar você — prometeu Levi, sendo sincero.

— Como não amar um grande jantar em família? — questionou Lloyd. — Não me lembro de muita coisa, mas sei o quanto sinto falta disso.

Jane hesitou, olhou para Levi, que assentiu, então ela respirou fundo.

— Você pode ir comigo, se quiser — sugeriu ela para Lloyd.

O avô sorriu.

— Sério? — perguntou ele, esperançoso e um pouco incrédulo.

— Sério — sussurrou Jane.

De volta ao presente, Levi olhou Peyton nos olhos.

— Você trouxe cereal? — indagou ele, curioso.

Ela balançou a cabeça devagar, chacoalhando as marias-chiquinhas.

— Mamãe disse que não pode mais trazer, por conta do Jasper.

Ao lado dela, o cachorro abriu um sorriso feliz e esperançoso, sem arrependimento nenhum.

— Vou ser astronauta — declarou Peyton, mudando de assunto de repente. — A primeira ser humana a pisar em Júpiter.

— Acho ótimo — disse Levi. — Mas não dá para pousar em Júpiter. É feito de gás e não tem superfície sólida. O mesmo acontece com Saturno e Netuno.

Ela assentiu sabiamente.

— Vovó diz que eu vou ser inteligente igual a você. Então vou descobrir um jeito de pisar em Júpiter.

— Se tem alguém capaz de descobrir, é você — concordou ele.

A sobrinha sorriu com os dois dentes da frente faltando.

— Você tá feliz hoje — disse ela.

Levi estava mesmo.

— E ontem também.

Verdade.

— E antes de ontem. Por que você tá feliz esses dias?

— Você tem 6 anos ou 30?

— Tenho 6, bobo — respondeu Peyton, rindo, e começou a subir no sofá para chegar até ele.

— *Peyton!* — gritou Tess do corredor. — Você está importunando o tio Levi de novo?

— Não!

Ouviram uma risada breve vindo da escrivaninha. O pai.

— Eu adoro que meu quarto é um espaço comunitário, de verdade — resmungou Levi.

E em seguida lhe ocorreu que, depois do jantar daquela noite, estaria praticamente livre para ir embora. Havia se recuperado da concussão. Descobrira a origem do problema financeiro da loja e já tinham um advogado cuidando do caso. Era apenas uma questão de tempo até que Cal fosse obrigado a responder por seus atos.

No entanto, sabia que não voltaria para São Francisco. Pelo menos não em definitivo. Vira um terreno à venda não muito longe de onde levara Jane, perto da trilha de Tahoe Rim.

Seria um ótimo investimento, mas não era por isso que queria comprá-lo. Levi queria construir uma casa onde um dia pudesse criar seus filhos. E talvez anos depois um deles voltasse, já adulto, e reclamasse de dormir no sofá-cama...

Não que estivesse pronto para contar para a família. Ele próprio mal havia se acostumado com a ideia de permanecer em Tahoe.

— Sabe o que sua mãe está fazendo? — perguntou o pai.

— Não é minha vez de ficar de olho nela.

— Espertinho. Ela está reorganizando os móveis para o jantar de hoje à noite. Está tão animada que já está até vestida e arrumada, e você acha que é porque estamos comemorando quarenta anos de casados? Não. É porque finalmente vamos conhecer a Jane.

Aquilo bastou, o sorriso desapareceu. Levi se levantou e encarou o pai.

— Você quer dizer, vão conhecer a Jane *oficialmente,* né? — perguntou, notando o olhar culpado do pai. — É, eu sei que você foi até o hospital. E que a mãe fez a Jane ir até o abrigo com um e-mail falso.

Bem na hora, Shirley entrou no escritório.

— Não foi um e-mail falso. Ela ganhou um desconto para cuidar daquele gatinho adorável.

— Como você sabia que ela tem um bichinho?

— Não sabia. Só dei sorte.

Levi balançou a cabeça.

— Vocês conheceram a Jane sob falsos pretextos. — Olhou com severidade para Tess, que apareceu na porta. — Nenhum de vocês disse pra ela quem são de verdade. — Balançando a cabeça mais um vez, Levi passou por Tess e, antes de deixar o escritório, parou para encará-la. — O que acham que vai acontecer quando ela chegar e encontrar todos os novos amiguinhos dela? O que vai pensar quando descobrir que a enganaram? Como ela vai se sentir em relação a vocês e a essa enganação toda? E com relação a *mim*, que não contei nada?

A mãe baixou os olhos, visivelmente culpada, mas não recuou.

— Talvez ela entenda que você é muito amado e que só queríamos ter certeza de que ela era boa pra você. É verdade, querido. Esperei tanto tempo pra você encontrar alguém depois da Amy. Precisava ter certeza de que a Jane seria boa pra você.

O pai assentiu, e Tess e a mãe acompanharam, todos em sincronia, como se fossem bonecos dos Três Patetas.

Levi apenas balançou a cabeça.

— Vou tomar um banho. Talvez seja bom vocês decidirem o que vão dizer quando ela chegar. Tenho meus próprios dilemas para enfrentar.

Ele também cometera erros com Jane, erros pelos quais sabia que pagaria em algum momento. E certamente seria caro.

Poderia perdê-la.

Uma hora depois, Levi estava na mesa dos fundos da lanchonete Stovetop. Considerava o lugar seu "escritório" temporário, a contragosto da mãe, que tinha esperança de que ele montasse um escritório na loja da família. De vez em quando até trabalhava lá, mas a lanchonete servia melhor aos seus propósitos.

Gostava do caos organizado do lugar, principalmente porque não o envolvia diretamente. Simpatizava com o dono, primo de Mateo. Apreciava o fato de que o deixavam em paz. Bem, quase sempre, porque naquele momento Mateo deslizou para o assento à sua frente.

Pelo menos estava trazendo presentes: dois pratos cheios de bacon, ovos e panquecas. Empurrou um para Levi e esperou que ele desse a primeira mordida antes de dizer:

— Ouvi que você fez uma oferta por aquela propriedade em Hidden Falls.

Levi se engasgou com a comida.

Mateo sorriu.

— Finalmente está fazendo o que eu queria que fizesse há anos. Está voltando pra casa.

Levi conseguiu respirar fundo e encarou seu amigo mais antigo, de aparência bastante presunçosa.

— Quer me contar como você sabe da oferta que eu fiz há menos de uma hora por aqueles seis hectares?

Mateo deu de ombros com um sorriso.

— Ah, cara, você sabe como é. Todo mundo conhece todo mundo. Pô, a gente está em Sunrise Cove. Você até pode deixar o carro destrancado na rua, mas privacidade não existe aqui.

Levi apenas o encarou.

— Deixe o carro destrancado rua e ganhe um urso de brinde.

Mateo riu com nostalgia.

— Meu Deus, aquilo foi divertido. Quantos anos a gente tinha? Dezessete? Você esqueceu um saco de batatinhas no carro novo do seu pai, menos de uma semana depois de ele ter comprado, o urso entrou, comeu as batatinhas *e* o volante.

E o console.

— Meu pai quase me matou. — Levi passou a mão pelo rosto. — Bons tempos. Mas como você sabe da oferta? E não me diga que foi um urso que te contou.

— Tá, vou contar. A corretora de imóveis é mãe da cunhada do meu primo. E, sim, eu sei, tenho muitos primos.

Meu Deus. Por que mesmo Levi queria voltar para lá? *Porque, mesmo que eles te deixem louco, você sente falta da sua família.*

— Só me fala que meus pais ainda não sabem disso.

Mateo balançou a cabeça.

— Eles não sabem. *Ainda.*

Levi gemeu.

— Você está surpreso? — perguntou Mateo. — Caramba, você conhece seus pais melhor do que ninguém. O nome da sua mãe devia ser Sherlock Holmes. Aceita, eles vão acabar descobrindo.

— Se minha mãe descobrir antes de eu contar, ela vai espalhar pra todo mundo que eu vou construir uma casa com cerca branca pra minha futura esposa Jane e que vamos ter dois ou três filhos.

Mateo riu, mas, ao ver a expressão séria de Levi, o sorriso desapareceu.

— Ah, cara, ninguém vai acreditar.

Certo. Além de Amy, Levi nunca se comprometera com ninguém. Desviou o olhar para a janela. Estava nevando outra vez. O dia seguinte seria ótimo para esquiar. Não esquiava desde o acidente da cabine. Talvez fosse hora de voltar a praticar. Talvez devesse perguntar se Jane queria ir também…

— Conheço você há muito tempo. Sei quando tem algo errado.

Levi suspirou e tentou fugir do assunto.

— Não tem nada errado.

Mateo balançou a cabeça.

— Acho que está me enrolando, cara. É a Jane? Ela está apaixonada por você?

— Você sabe que ela só está me fazendo um favor.

E, para constar, Levi odiava aquilo. Nunca devia ter começado aquela farsa ridícula. Devia ter encontrado uma maneira de ficar com Jane de verdade.

Mateo o estudou por um instante.

— É você. *Você* está se apaixonando por *ela*.

Levi fechou os olhos.

— Está gostando da Jane pra valer, né?

— Estou — admitiu Levi. — Estou gostando dela pra valer. O que significa que estou ferrado.

Mateo deu de ombros.

— Você pode contar a verdade pra ela.

— Ela vai embora em breve. Já tinha outro contrato fechado para trabalhar no Haiti, antes mesmo de pisar em Sunrise Cove. Vai ficar lá por pelo menos três meses.

— E daí? Seus sentimentos têm prazo de validade ou algo do tipo? — questionou Mateo.

Levi suspirou.

— Não é tão simples.

— Você tentou?

— Não quero assustá-la.

— Sabe o que eu acho?

— Não, nem quero saber.

— Acho que você está complicando a situação de propósito, só pra evitar que vire realidade. Acho que está com medo.

Levi suspirou e empurrou o prato para longe.

— Você não quer decepcionar outra mulher. Ou pior, magoá-la.

— Para com isso.

— Não vai magoar a Jane, Levi.

Ele encontrou o olhar do amigo.

— Como você sabe?

Mateo demorou um pouco para responder, mastigando um pedaço de bacon roubado do prato de Levi.

— Quando éramos crianças — respondeu ele por fim —, você se esforçava demais pra fazer as pessoas ao seu redor felizes. Sua família. A Amy. Você queria que todos ficassem felizes, muitas vezes sacrificando a própria felicidade. Mas nesses últimos anos, sozinho em São Francisco, parece que aprendeu algumas coisas. Você se conhece melhor. Está bem consigo mesmo e sabe o que quer, sabe o que te faz feliz. Não tem nada de errado com isso, cara.

Levi percebeu a verdade nas palavras de Mateo. Ele de fato sabia o que queria.

— Ainda não estou convencido de que seja assim tão fácil.

— Por que não? — Mateo deu de ombros. — Só o que resta a fazer é agir.

— Quem é o teimoso *agora*? Por que você não segue o próprio conselho? Vai atrás da Charlotte.

— Porque nós dois somos iguais. Eu estou apaixonado e tenho tanto medo de admitir quanto você.

Capítulo 21

Levi passou o resto do dia pensando nas palavras de Mateo. Trabalhou, saiu para uma corrida, tomou banho e, minutos antes de Jane chegar, desceu as escadas, sentindo-se um tanto… ansioso.

Sem entender o que estava acontecendo, entrou na sala e foi até a janela panorâmica dar uma olhada lá fora.

O carro de Jane não estava ali.

Virou-se para a sala e encontrou toda a família o encarando.

A mãe juntou as mãos.

— Levi.

— Mãe.

— Preparei tudo para o jantar e a casa está limpa. Ficou bom?

— A casa está sempre limpa, mãe. Ficou ótimo. E pensei que fosse pedir comida para não ter que cozinhar no próprio aniversário de casamento.

— Queria oferecer comida caseira para a Jane. O cheirinho estava bom quando você desceu?

— Estava, mas o cheiro da sua comida é sempre bom. — Levi percebeu pela expressão no rosto da mãe que dera a resposta errada. — Mas hoje o cheiro está *especialmente* bom. Você não precisava…

Shirley parou de respirar.

— Ah, meu Deus! — exclamou ela. — Ela terminou com você, não foi? Jane não vem mais.

— O quê? — Ele balançou a cabeça. — Não, é só que a Jane não ia querer que tivesse trabalho por causa dela.

— Ora, é claro que vou me esforçar. Quero que ela goste da gente.

— Ela vai gostar, mãe.

Shirley estreitou os olhos.

— Tem certeza de que ela não terminou com você?

A campainha tocou, e todos se sobressaltaram. Jasper, sempre muito animado, ficou descontrolado, começou a latir de um jeito estridente, alertando meio mundo de que havia um possível intruso.

Levi saiu na frente de todos e os encarou com as mãos para cima.

— Sentados — ordenou ele. — Todos vocês.

Todos, exceto Jasper, se sentaram.

— Tá, agora tentem parecer normais.

— Credo, Levi — disse a mãe. — A gente sabe se comportar.

— Sabem mesmo?

— É a *namorada* dele — disse Tess, enfatizando a palavra "namorada" de uma maneira estranha e arrancando uma careta de Levi. — Ele tem todo o direito de querer que tudo seja perfeito. Não é mesmo, Levi?

Ele apontou para a irmã e, em seguida, para os demais.

— Todos vocês, quietos — ordenou mais uma vez. Com gentileza, tocou o nariz de Peyton com o dedo. — Menos você. Nunca você.

Ela abriu o sorriso desdentado.

Para os outros, ele prosseguiu:

— Nenhum de vocês vai dizer uma palavra sequer. Não até eu explicar pra ela o que vocês fizeram. Porque não vou deixar a Jane entrar aqui sem antes contar sobre o papelão que aprontaram.

Tess o encarou.

— Você quer mesmo falar de papelão?

Levi a encarou, mas Tess era a irmã mais velha e não se intimidava com pouco. Na verdade, ela sorriu.

Balançando a cabeça, Levi abriu a porta para Jane e o avô dela. Jasper se espremeu entre Levi e a porta e imediatamente enfiou o nariz na virilha de Lloyd.

— Opa — disse Lloyd. — Faz muito tempo que a salsicha não leva uma cheirada dessas.

— Desculpa. — Levi puxou o cachorro para longe. — Jasper, senta.

O cachorro sentou, ofegante e feliz, sorrindo de orelha a orelha.

— Jasper, hein? — Lloyd deu um tapinha na cabeça dele. — Que grandão você é. Belo nome também.

— Ele também atende por "caramba", "nem pense nisso", "não!" e "para!" — disse Levi.

Então olhou para Jane, tentando descobrir como lidar com a situação. Como arrancar o Band-Aid, diria ela.

O sorriso de Jane estava um pouco mais fraco do que de costume. Aquele era seu sorriso educado, o sorriso que usava com pessoas que não deixava entrar em sua vida. Levi não se deparava com aquele sorriso havia algum tempo. Ele saiu da casa e fechou a porta atrás de si.

— Você está bem?

— Nervosa.

Ela se sentou no degrau da varanda, as pernas tremendo como se estivessem bambas.

— Eu também — disse Lloyd, em um tom que indicava ter se esquecido de ligar os aparelhos auditivos. — Mas não pela mesma razão que a Jane. Estou nervoso porque comi mortadela com queijo no almoço, e mortadela não me cai bem.

— Não se preocupe, Jasper ganha fácil de você no quesito flatulência — disse Levi, depois se agachou diante de Jane. — Não fique nervosa. Não precisa ficar nervosa. Acredite em mim, eles vão ser mais legais com você do que são comigo.

Ela levantou a cabeça, assentiu e o estudou por um momento.

— Você também parece estranho. O que foi?

Como ela fazia aquilo? Como sempre sabia o que estava se passando com ele? Ninguém jamais fora capaz de decifrá-lo tão bem, da mesma forma que ele sempre conseguia captar as emoções de Jane. Se pensasse melhor a respeito do significado daquela habilidade, se sentiria vulnerável como nunca.

— Seja o que for, me diz logo, antes que eu tenha um ataque cardíaco — pediu Jane.

— Ataque cardíaco? — Lloyd levou a mão ao coração e balançou a cabeça. — Não, eu estou bem. Estou ótimo.

— Vô, você colocou os aparelhos auditivos?

— Hum... — Ele piscou, encabulado, enquanto ligava os dispositivos. — Me desculpem.

Os olhos de Jane ainda estavam em Levi, a apreensão flutuando em seu lindo olhar.

Jane estava achando que ela era o problema. Como se tal coisa fosse possível.

— O que eu perdi? — perguntou Lloyd. — Espero que o jantar não seja cancelado. Estava ansioso pela sobremesa.

— Não foi cancelado — respondeu Levi. — Mas podemos ir para o Cake Walk se você quiser. Ouvi dizer que eles estão com uns sabores novos...

— Levi. — Jane respirou fundo e assentiu. — Você mudou de ideia. Eu entendo, acredite em mim. Nós vamos só...

— Não. — Levi segurou a mão dela antes que pudesse fugir. — Não mudei de ideia, com relação a *nada* — explicou ele, encarando Jane. — Mas...

Ela fechou os olhos.

— Tem um "mas" aí.

Levi odiava ter que fazer aquilo.

— Tem umas coisas que precisa saber antes de entrarmos.

— Talvez eu deva entrar para dar um momento a vocês — comentou Lloyd, mudando o peso de um pé para o outro. — Além disso, bebi muita água hoje, então vou só...

Ele apontou para a porta, abriu e desapareceu lá dentro.

— Ai, nossa — disse Jane. — Devo ir atrás dele?

— Não.

Se tinha alguém capaz de lidar com a família de Levi por um minuto, esse alguém era Lloyd. Levi se sentou ao lado de Jane e a virou para encará-lo. Seus joelhos se encontraram, e ele se reconfortou com o toque, por mais acidental que fosse. Sabia que em um instante ela ficaria brava, muito brava, possivelmente brava o suficiente para ir embora. E não poderia culpá-la.

— Não sei por onde começar.

— Então eu vou começar — disse ela. — Você se arrependeu de ter me pedido para fazer isso. Você se arrependeu daquela noite na trilha de Tahoe Rim. E de todas as noites desde então...

— Não. *Não* — repetiu Levi, segurando a mão dela. Bem, sim, ele se arrependia de ter pedido a ela para fazer parte daquela farsa, mas só porque queria que tudo fosse real. — Não me arrependo de nada, muito menos dos momentos que passei com você, incluindo o que aconteceu na trilha de Tahoe Rim no meu carro. Eu me pego sorrindo toda vez que penso naquela noite, igual ao cachorro de Pavlov. — *Sem contar que fico de pau duro na hora...* — Aquela noite vai ser pra sempre uma das minhas favoritas da vida. A noite de ontem também.

Jane riu, porque muito depois de terem feito a receita de pão da avó junto com o avô, depois que Levi a levou para casa e que ele mesmo já tinha se deitado, começaram a trocar mensagens de texto, a brincar de Verdade ou Consequência ao telefone. Ele descobrira que a pequena cicatriz no queixo dela fora causada ao pular do telhado dos avós para ver se conseguia voar. E que ela pulara o último ano do ensino médio e se formara mais cedo. Também descobrira que ela nunca tinha levado um homem para casa antes.

Em seguida, Jane o desafiara a ir até a casa dela, onde continuaram o jogo de Verdade ou Consequência pessoalmente. Na cama...

— Zero arrependimento — repetiu Levi, sustentando o olhar de Jane, desejando que acreditasse nele.

Jane respirou fundo.

— Então, o que é? Tem alguma coisa, tenho certeza.

— Lembra aquele dia na cabine?

— Aquele dia que ainda me dá pesadelos? — Ela deu um sorriso irônico. — Não, de jeito nenhum.

Certo, ela estava tentando ser engraçada, mas Levi tinha a sensação de que os pesadelos eram reais, e odiava que fossem. Voltariam a falar disso assim que possível.

— Quando liguei pra minha mãe e disse que tinha alguém na minha vida...

— Porque você achou que a gente ia morrer e estava tentando se despedir, percebeu o quanto ela te amava e que tudo o que ela sempre quis era que você fosse amado e feliz... Tá, entendi, Levi. Quer dizer, não tenho exatamente experiência com uma família como a sua, mas já vi umas comédias românticas. E sinceramente? É fofo saber tudo o que você faria pela sua família.

— É. — Ele esfregou o rosto. — Deixa eu te contar o resto da história e você provavelmente vai mudar de ideia. Sabe, depois daquele dia, eles começaram a me importunar para te conhecer.

— É por isso que estou aqui — disse ela. — Usando calça jeans de verdade e não uma calça de ioga que nunca viu uma aula de ioga.

Ele sorriu.

— Eu adorei a calça. A calça jeans me faz querer brincar de Verdade ou Consequência de novo.

— Ei, como eu ia saber que desafiar *você* a tirar uma peça de roupa ia se virar contra mim e fazer você tirar uma peça de roupa *minha*?

— Você estava sem calcinha — disse ele com reverência. — Nunca vou parar de reviver isso.

— *Foco* — disse Jane, rindo. — Sua família estava te importunando para me conhecer e...

— E eu continuei enrolando, aí...

— Ai, meu Deus — reclamou ela. — Você é o contador de histórias mais lerdo do planeta!

— *E* quatro semanas foi tempo demais para eles. Eles não podiam esperar.

Ela cobriu a boca com a mão.

— Alguém está doente? Você devia ter me contado. Eu teria vindo antes!

— Não estão doentes — afirmou ele. — Pelo menos não fisicamente.

Jane balançou a cabeça.

— Não estou entendendo.

— Porque você é normal. — Levi suspirou. — Eles ficaram impacientes. Minha mãe é Shirley, aquela mulher enxerida que você conheceu no abrigo de animais. Minha irmã é Tess, a que forçou você a ser amiga dela no almoço. E meu pai é Hank, o cara que está montando bibliotecas para hospitais e clínicas.

Jane ficou boquiaberta e só conseguiu encará-lo.

O coração de Levi continuava batendo forte.

— Se quiser se levantar e ir embora agora mesmo, eu entendo — disse ele com dificuldade.

Ela piscou. Fechou a boca. Abriu de novo.

Nada saiu.

— Jane? — Levi deslizou para mais perto, apoiou a mão na perna dela. — Fala alguma coisa.

Ela permaneceu imóvel por mais um longo instante. Então, balançou a cabeça devagar.

— Eles fizeram tudo isso por minha causa?

— Se eles quiseram fuxicar sua vida? Foi isso mesmo. Eles se enfiaram na sua vida sob falsos pretextos, e eu sinto muito.

Não sabia qual seria a reação dela, mas ficou surpreso ao vê-la sorrir de repente e sussurrar:

— Uau.

— Jane — chamou ele, completamente desanimado. — Você devia estar correndo para as montanhas, não estar com essa cara de quem acabou de ganhar na loteria.

— Você está brincando? — Ela riu. — Fiquei morrendo de medo de conhecer sua família, de estragar tudo para você, porque a única coisa que sei sobre famílias iguais à sua é o que vi na TV ou no cinema. Mas não fui eu que fiz besteira!

Ele se acalmou e segurou o rosto dela.

— Você não está chateada?

— Bom, não tenho nada com que comparar, porque até hoje ninguém nunca tinha me procurado nem enfrentado tantos desafios para me conhecer. Mas foi o que sua mãe, seu pai e sua irmã fizeram.

E, assim, a curiosidade no rosto de Levi desapareceu, e ele se sentiu um completo idiota. Estava envergonhado pela família intrometida enquanto conversava com uma mulher cuja própria família a abandonara, descartando-a como fariam com o lixo do dia anterior. Passando os braços ao redor de Jane, ele deu um beijo em sua têmpora.

— Você é incrível, sabia disso?

— É, você me disse ontem à noite, quando eu estava...

Levi a beijou. Enquanto ria. Outra novidade para ele. Quando se afastaram, ele perguntou:

— Está mesmo pronta?

— Estou. Porque só Deus sabe o que meu avô está contando para eles. — Jane sorriu e apertou sua mão. — Vamos lá.

Quando entraram, todos estavam enfileirados com cara de envergonhados, mas, para a surpresa de Levi, Jane sorriu ainda mais e foi até sua mãe, entregando a cesta com o pão que fizera.

— Shirl, é bom ver você de novo.

— Ah, querida. — A mãe de Levi puxou Jane para um abraço. — Me desculpe por não ter contado quem eu era. Eu só precisava saber que meu filho havia encontrado uma boa pessoa e, quando comecei a falar com você, percebi que, apesar de tudo, ele tinha conseguido encontrar alguém *melhor* do que eu jamais poderia ter imaginado.

— Valeu pelo voto de confiança, mãe — disse Levi, seco.

A mãe o ignorou e continuou abraçando Jane, que encontrou o olhar de Levi por cima do ombro de Shirley.

E sorriu.

Tess seguiu em direção a Jane, com sincero pesar na voz.

— Me desculpa — pediu ela, baixinho. — Eu devia ter contado quem eu era desde o início. Mas você foi tão gentil e engraçada que eu quis ser sua amiga de verdade. Me empolguei. Estou arrependida desde então, só não sabia como te contar.

— Eu entendo. Você estava cuidando do seu irmão. — Jane abraçou Tess. — Obrigada.

A irmã se afastou, parecendo aliviada.

— Pelo quê?

— Por ser minha primeira amizade nova em muito tempo.

— Ei — reclamou Levi. — Estou bem aqui.

Jane sorriu para ele, linda e *feliz*.

— Tá, minha *segunda* amizade nova — corrigiu ela.

Levi sorriu de volta quando o pai se aproximou, envergonhado.

— Eu devia ter te contado também. Mas não contei porque foi a Shirley que me obrigou a levar os livros.

A mãe de Levi fez uma careta ao ser dedurada, mas não negou.

— Estamos muito felizes por você finalmente estar aqui — acrescentou ela. — E por ter trazido seu adorável avô.

Lloyd estava sentado em uma das poltronas reclináveis com Peyton. Estavam lendo um livro juntos, com a cabeça inclinada sobre as páginas. Ele levantou o rosto e acenou para Jane.

— Ninguém nunca tinha me perguntado qual é o meu terceiro réptil favorito.

— É o tiranossauro rex! — exclamou Peyton, alegre, as marias-chiquinhas quase vibrando de animação.

Jane se aproximou da menina, e, depois que Levi as apresentou, Peyton imediatamente apontou para seu colar.

— Bonito!

Jane abriu o medalhão e, assim que Peyton a avistou, aos 8 anos, vestida de Fada Açucarada, o vínculo entre as duas foi forjado em laços indissolúveis. O coração de Levi se aqueceu.

— Eu fui a Fada Açucarada no Halloween do ano passado! — gritou Peyton. — E no do ano anterior! Mas esse ano vou ser uma coisa que existe de verdade. Eu vou ser um *unicórnio*!

— Meu amor — interpelou Tess —, unicórnios não são de verdade.

— São, sim! Eles têm que ser! Tio Levi me contou que o unicórnio é o animal nacional da Escócia!

Tess olhou feio para Levi.

— Ei, é verdade — disse ele.

Um cronômetro disparou na cozinha, e Shirley bateu palmas.

— Para a sala de jantar, pessoal! A comida está pronta.

E assim foram todos para lá, como um batalhão. A família Cutler não brincava quando o assunto era comida. Atenderam ao chamado rapidinho. Podiam ser péssimos na comunicação, mas se sentarem à mesa juntos? Era a especialidade deles.

Hank ia brindar a Shirley pelo aniversário deles, mas a esposa o silenciou.

— Chega de falar de nós, Hank. Quero falar com a Jane.

Jane encarou tudo com bom humor, mesmo quando a encheram de perguntas. Na verdade, deu o máximo de si e fez perguntas também. Perguntou à mãe de Levi sobre o gato com o qual estavam preocupados no abrigo. Perguntou ao pai dele sobre a biblioteca e quando voltaria com mais livros. Perguntou a Peyton sobre o esmalte rosa brilhante em suas unhas, depois se uniu a Tess para discutir a última temporada de uma série que ambas estavam maratonando e da qual Levi nunca tinha ouvido falar. Ele ficou impressionado, mas também grato e aliviado, para não dizer um pouco surpreso. Os Cutler não brincavam na hora de comer, mas estavam interagindo. E ainda mais surpreendente: estavam comportados.

— Minha professora falou que o sol vai matar todo mundo — falou Peyton do nada.

Todos a encararam.

— Ele vai explodir — explicou ela. — Então eu tava pensando que a gente devia pedir pro Papai Noel vir mais cedo esse ano. Eu quero uma bicicleta nova, mas quero ter tempo pra brincar com ela antes de a gente morrer.

Todos se voltaram em sincronia para Levi, esperando que explicasse o que a menina acabara de dizer.

— Acho que a professora da Peyton deve ter dito à turma que o Sol está ficando cada vez mais forte, mais brilhante e mais quente, o que acabará por evaporar os nossos oceanos, tornando a Terra um grande deserto, semelhante a Marte. E todos morrerão.

— É. — Peyton assentiu. — Foi isso que ela falou.

— Mas você tem muito tempo ainda — disse à sobrinha. — Um pouco mais de dois bilhões de anos, na verdade. Então provavelmente o Papai Noel não precisa vir mais cedo este ano.

Peyton pareceu bastante desapontada, e todos riram. Jane deu à garotinha um abraço solidário enquanto a mãe de Levi sorria. Certo, pensou Levi, não estava sendo tão ruim. O pai nem tinha tentando brigar. Ainda não, pelo menos. E a mãe não perguntara quando ele lhe daria um neto, como a irmã.

— Me passa o vinho? — pediu a mãe dele e, em seguida, virou-se para Jane. — Você é tão boa com crianças. Pensa em ter filhos?

Pronto.

— Mãe.

— O quê? Foi só uma pergunta — rebateu ela de um jeito inocente.

Jane riu da expressão dele. Provavelmente pânico.

— Por que você está rindo? — perguntou Levi. — E, falando sério, por que não está fugindo daqui?

— Não liga para ele — disse a mãe. — Ele é dramático. Sempre foi, para ser sincera. Nós organizamos uma corrida de esqui para caridade todo ano e por muitos anos competimos em família na corrida, incentivando outras famílias a competir também. No ano em que o Levi completou dez anos, ele anunciou que se recusava a fazer parte do nosso time.

— Porque vocês iam competir de pijama — esclareceu ele.

— E daí?

— O pai dorme pelado.

— Ele ia correr de segunda pele na cor nude.

— É — disse Hank —, eu não sou burro. Se eu caísse na neve peladão, acabaria congelando o meu...

— Pai. — Tess estendeu as mãos para cobrir os ouvidos de Peyton.

— Mamãe! — Peyton estava pulando na cadeira, apontando para a travessa de picanha no centro da mesa. — Olha, sua favorita. Piranha. Vamos comer piranha?

— *Picanha*, meu amor.

— A gente adora piranha.

Tess parecia estar sofrendo.

— *Picanha*. E é verdade.

— O Jasper também.

Ao ouvir seu nome, Jasper saltou de onde estava cochilando, aos pés de Levi, e bateu a cabeça na mesa. Implacável, piscou esperançoso para todos, os olhos brilhantes, a língua pendurada, o rabo abanando.

— Jasper come qualquer coisa que não comer ele primeiro. — Tess olhou para Jane. — O segredo da picanha da minha mãe é a manteiga. É viciante, então fico dividida entre ficar bem de maiô ou comer metade da travessa sozinha.

— Você não precisa escolher — disse Jane. — Sempre coma a piranha.

Ela sorriu para Levi, os olhos brilhando. Irradiava alegria.

Estava se divertindo e ficava ainda mais linda daquele jeito.

A mãe de Levi passou a cesta de pães de Jane pela segunda vez e, num piscar de olhos, eles acabaram.

— Está maravilhoso. Não é rápido de assar com a temperatura que está fazendo — explicou a mãe e sorriu para Peyton, que estava se deliciando. — Aposto que um dia seus filhos com Levi vão adorar cozinhar com você.

— Dá pra morrer por causa de espasmos nos olhos? — perguntou Levi para as pessoas ao redor, pressionando um dedo no olho. — Dá, né?

A mãe revirou os olhos, mas se voltou para Jane.

— Não quis colocar você em uma situação constrangedora com essa conversa sobre crianças.

— Então o que você *quis*? — perguntou Levi.

Jane colocou a mão na coxa dele, como se estivesse tentando confortá-lo, o que aqueceu seu coração. Alguém já tentara protegê-lo antes? Levi não se lembrava de nenhuma ocasião em que isso tivesse acontecido.

— Eu me vejo com crianças — revelou Jane. — Um dia.

Levi olhou para ela, surpreso.

Ela parecia igualmente surpresa consigo mesma.

— Quer dizer... acho que sim. Eu adoro os filhos dos outros.

— Você seria uma mãe incrível — disse Levi, baixinho. — Qualquer criança teria sorte de ter você como mãe.

Jane parecia insegura.

— Não tenho muita experiência com família. Experiência boa, pelo menos.

O avô de Jane olhou triste para ela do outro lado da mesa.

— E ainda assim você é uma das duas mulheres mais incríveis, receptivas e atenciosas que já conheci — elogiou o homem. — Sua avó é a outra, é claro.

A mãe de Levi sorriu.

— Quem conseguir conquistá-la como mãe de seus filhos deve erguer as mãos pro céu — comentou ela, lançando um olhar firme para Levi.

Ele balançou a cabeça. Até pediria novamente para a mãe se comportar, mas ela não saberia como.

— Não tenho certeza de que tipo de mãe eu seria — comentou Jane. — Mas eu adoraria um dia ter a chance de fazer parte de uma família unida como esta. Seu filho é o melhor homem que já conheci. Todos vocês devem sentir muito orgulho dele.

— Sentimos *muito* orgulho — disse Shirley. — Ele é tão inteligente. Sempre sabe até como se livrar dos esquilos na grama.

Levi teve que rir. O que mais poderia fazer naquela situação?

— Senti falta disso — confessou Lloyd. — Minha esposa e eu tivemos tudo isso, por muito tempo. Sou abençoado por ter saúde, mas sinto falta das refeições em família.

— Por quanto tempo vocês foram casados? — perguntou a mãe de Levi.

— Desde a era glacial. — Ele sorriu. — Mantivemos a paixão acesa trocando bilhetinhos românticos. Eu guardei todos eles. Meu favorito é um que ela deixou pra mim depois de uma briga. Dizia: *Ontem à noite pensei em sufocar você com um travesseiro, mas me segurei.*

Todos riram, mas ninguém mais do que o pai de Levi.

Shirley lançou um olhar longo e firme para o marido.

Ele piscou para ela.

Ela sorriu.

— Peyton, vai devagar com esse pão, ou você vai se engasgar — advertiu Tess. — Lembra da semana passada, que você tentou enfiar um pedaço inteiro na boca?

— O que aconteceu? — perguntou Jane.

— Eu vomitei — anunciou Peyton. — Em tudo. Meu vômito estragou até o travesseiro novo da vovó.

— Ácido estomacal é forte o suficiente para dissolver aço inoxidável — disse Levi.

— É sério? — perguntou Tess. — Que nojo.

— Levi, não falamos de ácido estomacal à mesa — pediu a mãe dele.

Ele pegou a taça de vinho e a esvaziou. Se soubesse teria falado sobre isso antes.

Jane sorriu para ele.

É, ela estava se divertindo muito.

— Mamãe falou que tem que dar uma volta no quarteirão pra cada pedaço de pão que ela come — informou Peyton. — Ela falou que já podia ter chegado no Havaí.

— Não vou caminhar para me livrar do meu pão — disse Hank. — Eu sou velho. Os idosos não precisam andar se não quiserem.

— Amém — disse Lloyd.

— Eu ando dez mil passos por dia — informou a mãe de Levi, orgulhosa.

— Quando estou trabalhando, chego a bem mais de vinte mil — comentou Jane. — Ontem consegui vinte e quatro mil.

— Uau. — Tess balançou a cabeça. — A única coisa que consigo no trabalho são nudes feias de vez em quando.

A mãe se engasgou.

— *O quê?*

— Pois é — disse Tess. — E é nojento. Sabe, um homem de verdade te leva para jantar e te decepciona depois.

— Você sabe que é só desativar o compartilhamento da nuvem, certo? — perguntou Levi.

Tess deu de ombros.

— Claro, mas ainda vai demorar um pouco pra eu ver um pessoalmente, então…

— O que são grudes feios? — quis saber Peyton.

— Mudando de assunto agora! — bradou a mãe de Levi, horrorizada. Ela se virou para Jane. — Seu trabalho é tão árduo. Não consigo nem imaginar pelo que você passa todos os dias. Sempre quis ser enfermeira, mas me acovardei. Esperava que um dos meus filhos seguisse a carreira, mas Tess adora trabalhar na loja e Levi… — A mãe olhou para ele como se fosse um quebra-cabeças no qual faltavam algumas peças. — Ele só queria jogar no computador. Quantos passos você deu ontem?

Levi balançou a cabeça.

— Não sei, mãe.

— Você devia olhar. Não acho que seja saudável ficar sentado no computador o dia todo.

— Eu corri oito quilômetros hoje cedo.

— Estou só dizendo.

— Só dizendo o quê?— perguntou ele.

O pai apontou para ele com o garfo.

— Não seja arrogante com sua mãe. Ela só quis dizer que você passa muito tempo fazendo apresentações enormes e sofisticadas, quando podia estar fazendo outra coisa.

— Você está falando do PowerPoint que eu montei pra mostrar o que o Cal fez? Porque...

Ele estava prestes a falar um monte de coisas "arrogantes", mas sentiu a mão de Jane em sua perna outra vez.

— Achei muito gentil da sua parte fazer a apresentação — disse ela, sorrindo para Levi antes de se virar para os outros. — Ele estava realmente preocupado em como contar pra vocês. Achei impressionante que ele também conseguiu apresentar as provas caso tenham que partir para um processo e ainda arrumou a solução para o problema.

Todos olharam para Levi como se o vissem pela primeira vez.

— Estamos mesmo muito felizes por ele ter trazido a mulher que ama para nos conhecer — declarou Shirley.

Levi se engasgou com o último pedaço de pão e quase morreu, mas a irmã sabe-tudo bateu em suas costas e o reanimou.

Jane beijou sua bochecha, provavelmente em agradecimento por não tê-la deixado sozinha com sua família maluca.

— Ah, e Shirl — disse ela —, você com certeza ainda pode ser enfermeira se quiser. Nunca é tarde demais.

A mãe de Levi cutucou o marido.

— Você ouviu isso, Hank? Eu acho que eu deveria mesmo. Vou voltar a estudar pra ser enfermeira!

O pai de Levi olhou para a esposa.

— E você decidiu isso quando?

— Agora. Coloquei minha vida em pausa pra criar meus filhos, e agora eles estão criados. Um deles até está em um relacionamento saudável.

— Obrigada, mãe — disse Tess, seca.

O pai de Levi ainda estava olhando para a esposa.

— Se você voltar a estudar, eu vou comprar aquele Camaro que sempre quis.

— Comprar um carro não é a mesma coisa que voltar a estudar.

— Aposto que meu carro é mais barato que seus estudos.

— O carro e a escola de enfermagem são gratuitos? — perguntou Levi. — Porque, como sabem, vocês estão falidos.

— Mas você está consertando tudo — disse a mãe. — Viu? Li todo o seu PowerPoint *e* prestei atenção na reunião com o advogado.

Levi olhou para a faca de jantar e se perguntou se conseguiria atingir a própria artéria carótida em uma única tentativa.

— E, de qualquer forma — continuou Shirley —, estamos no fundo do poço, certo? As coisas não podem ficar piores do que já estão, então por que não sonhar grande?

— Encontrei o Camaro que eu quero — comunicou o pai, curvado sobre o celular.

— Espere um minuto — disse Levi. — Você acha um carro para comprar em menos de dois minutos, mas é incapaz de usar o próprio e-mail?

— Preciso fazer cocô! — anunciou Peyton.

— Estou grávida — revelou Tess. — Me passa as ervilhas?

E então ela começou a chorar.

— Tess? — perguntou a mãe dela, parecendo horrorizada.

— Fiz o teste hoje cedo e ficou com... com... duas linhas. — Tess chorou, desolada. — E caminhada nenhuma vai conseguir esconder isso. Então você pode parar de pegar no pé do Levi agora, eu estou com seu neto número dois na barriga. — Tess assoou o nariz ruidosamente no guardanapo e olhou para Levi. — De nada.

Depois disso, a situação se deteriorou rapidamente. Levi quase precisou impedir o pai de sair de casa e ir atrás de Cal para "arrebentá-lo com as próprias mãos", até serem lembrados pela mãe de que ninguém sabia ao certo onde Cal estava. Conseguiu acalmar o pai depois de prometer que tinham evidências suficientes para fazê-lo pagar por seus crimes.

Para sua surpresa, sua mãe permaneceu serena diante de tudo. A gravidez inesperada de Tess acabou vindo a seu favor, afinal teria dois netos que seriam criados em sua própria casa. Além disso, contava com o apoio de Jane, que expressara o desejo de ser mãe algum dia...

Após a sobremesa, Levi acompanhou Jane e o avô até o carro. Lloyd apertou sua mão e agradeceu pela melhor refeição caseira que tinha degustado desde que a esposa falecera, vinte anos antes. Em seguida, entrou no banco do passageiro do carro de Jane e fechou a porta, deixando os dois um pouco mais à vontade.

— Foi divertido — disse Jane.

— Você tem um senso de humor muito peculiar.

Ela riu.

— Eles são ótimos, Levi. E te amam muito.

— Então... você não está traumatizada para o resto da vida?

Ela riu de novo.

— Você está brincando? Foi incrível.

Seus olhos brilhavam de alegria. Os lábios macios e irresistíveis estavam curvados, e Jane o encarava como se ele fosse o Sol e a Lua, e também seu coração e sua alma. Incapaz de resistir, Levi a puxou para si e segurou seu rosto.

— Eu quero te beijar.

— Me beija, então.

Foi o que ele fez, de um jeito doce o bastante para não insultar o avô dela, mas profundo o suficiente para que fosse delicioso, e, relutando, Levi se afastou.

— Jane, sobre esta noite...

Ela sorriu.

— Acho que conseguimos enganar todo mundo, né?

Levi congelou, porque não era sobre a farsa que queria falar. Queria perguntar se tinha sido real para ela, mas conseguiu abrir um sorriso mesmo assim.

— É — concordou ele, a voz suave. — Nós conseguimos.

Capítulo 22

Charlotte não sabia ficar ociosa. Gostava de se manter ocupada para que a mente não a dominasse. Uma das muitas razões pelas quais adorava ser médica. Tempo livre para si — ou seja, tempo demais para pensar — era raro.

No entanto, tirara o dia de folga e, pela primeira vez, não tinha nenhuma tarefa urgente. A roupa suja podia esperar, e estava em dia com as séries de TV. Ficou com Jane até a amiga sair para o jantar na casa de Levi e, então, entediada consigo mesma, preparou um verdadeiro jantar de Ação de Graças fora de época. Não tinha ido para casa, em Atlanta, no Dia de Ação de Graças e, às vezes, precisava de uma refeição reconfortante e cheia de carboidratos.

Não havia ninguém em casa com quem compartilhar o banquete. Zoe e Mariella estavam no trabalho. E Jane ainda estava fora, provavelmente já na casa de Levi. Não havia mais ninguém com quem gostaria de passar um tempo.

Bem, não era verdade. Mateo tinha ligado no dia anterior. Ela estava no banho e não retornou a ligação. Não sabia por quê.

Outra mentira, claro.

A mensagem dele declarava, em um tom baixo e sensual, que estava indo jantar na casa da mãe e que a vencedora do campeonato também tinha sido convidada.

Charlotte era uma grande covarde.

Olhou para a refeição linda à sua frente e... guardou tudo. Porque o que realmente precisava era de um brownie. Macio, quentinho e delicioso. O problema era que doces não eram seu forte. Então ela apontou para o forno.

— Nós vamos fazer um brownie e vai ficar bom.

Duas horas depois, estava coberta de farinha e na quarta fornada de brownie. O primeiro lote ficara murcho. Os segundo e terceiro queimaram no fundo.

— É tudo ou nada — disse à massa. — Estou sem farinha agora. Você é minha última chance.

Colocou a massa no forno e sentou-se no chão, observando através da pequena janela do fogão. Quando o brownie começou a crescer, ergueu o punho.

— *Isso!*

O telefone tocou. O médico cirurgião da escala estava doente e ia voltar para casa, ela estava de sobreaviso. Charlotte encarou o brownie no forno.

— Tão perto... — Com um suspiro, desligou o forno e foi para o hospital.

Horas depois, estava em um canto do refeitório, no intervalo entre pacientes, aproveitando uma rara pausa. O movimento tinha sido além de intenso. Quatro carros colidiram no pico, porque as estradas se transformaram em mantos de gelo e as pessoas eram apressadas demais. Duas mortes. E outro tipo de colisão ocorrera quando uma dupla de esquiadores achara que seria esperto subir escondido até High Alpine e esquiar na trilha bloqueada e malcuidada, sob a luz da lua. O único problema era que não havia lua naquela noite. Eles colidiram um contra o outro a mais de trinta quilômetros por hora.

Nenhum dos dois tinha sobrevivido.

Foram mortes desnecessárias e, tendo tocado em cada um dos corpos, Charlotte sentia o peso de cada tragédia como se fosse culpa sua. Não entendia por que alguns dias o caos e o trauma que testemunhava a atingiam mais do que em outros, mas aquela noite era um desses momentos. Olhando ao redor do refeitório, onde grupos de pessoas conversavam e se consolavam, ela pegou o celular. Desejando o conforto que só a mãe poderia oferecer, ligou para casa.

— Oi, querida — atendeu a mãe suavemente, sonolenta. — Você está bem?

Horrorizada, Charlotte olhou para o relógio. Eram dez da noite para ela, o que significava que era uma da manhã para os pais.

— Ai, meu Deus, esqueci que está tarde aí. Volta a dormir.

— Não, estou tão feliz que seja você. — A voz da mãe pareceu mais alerta, com um leve ruído de fundo, como se estivesse sentada na cama. — Eu estava esperando você ligar esta semana. Você está bem? Aconteceu alguma coisa? Quando você vem pra casa?

— Mãe. — Charlotte não conseguiria conter a emoção na voz mesmo que tentasse. — Sinto muito por ter te acordado.

— Chega disso. Me diz o que está acontecendo.

— Nada, pra falar a verdade. — Ela pigarreou para a voz não ficar embargada, mas a emoção persistiu. — Só queria ouvir sua voz.

— Ah, querida. Noite difícil?

— É.

Charlotte fechou os olhos e deixou a voz da mãe confortá-la. Sentia falta dela. Sentia falta da cozinha grande e velha, onde a mãe nunca tinha problemas para assar nenhum doce. A casa sempre tinha um cheirinho delicioso.

— O que aconteceu, Lottie? — perguntou a mãe.

— Ah, você sabe como é no trabalho — conseguiu responder, por fim.

— Eu sei. — E sabia mesmo, ela era enfermeira antes de se aposentar, alguns anos antes. Enfermeira em uma cidade pequena, mas já tinha visto sua cota de horrores. — Lembra do que eu te disse para fazer quando fosse difícil demais para suportar?

Charlotte soltou uma risada.

— Beber?

— Encontrar um companheiro. E se jogar nele.

— *Mãe.*

— Olha, não vou dizer que entendo por que você não quer ter alguém na sua vida. Quer dizer, depois do que você passou, eu até entendo, sim, mas já se passaram anos e muita terapia e...

— Estou bem, eu juro.

— Mas...

— Agora não, tá bom? — Charlotte esfregou o ponto entre as sobrancelhas, em que uma dor começava, aquela que poderia ser aliviada por um brownie caseiro e reconfortante. — Agora não.

— Está certo, meu bem, estou te ouvindo. Quanto tempo você tem de folga?

— Uns vinte minutos.

— Você vai se alimentar, né? Você *precisa* comer. De preferência alguma proteína, não só um queijo-quente rápido.

— Eu cozinhei — contou Charlotte. — Preparei tudo e fiz até peru recheado. — Abriu o recipiente de vidro com a comida e, precisava admitir, tinha feito um ótimo trabalho. — Trouxe uma marmita para o trabalho.

— Você usou minhas receitas?

— Claro. — Não mencionou as tentativas fracassadas de assar o brownie. — Estou com saudade de você, mãe.

— Ah, querida. A gente também sente sua falta. Queria muito que você tivesse conseguido vir pra casa no fim do ano.

— Eu também. — Charlotte olhou para o mar de funcionários exaustos ao seu redor. — Mas tem tantos funcionários com filhos pequenos que queriam estar em casa com a família.

— Então você se ofereceu. — A voz da mãe estava cheia de emoção. — Agora só te vemos quando conseguimos te visitar. O que não é um problema, eu entendo, eu só... — Ela fungou. — A gente sente tanta saudade de você.

Charlotte estava olhando para o chão, tentando não perder o controle, quando um par de tênis apareceu, junto de longas pernas cobertas por um uniforme verde. Conhecia bem aqueles tênis surrados. Conhecia aquelas pernas compridas.

— Mãe — chamou ela baixinho, fechando os olhos e ignorando o homem à sua frente. — Por favor, não chore.

— Eu não estou chorando. Acabou de entrar um negócio no meu olho.

É. No dela também.

— Tenho que desligar, tá? Eu te amo. Diga ao pai que eu também o amo.

Charlotte desligou e fingiu não sentir o peso do olhar de Mateo enquanto ele a analisava. Quando pensou que tinha se recomposto, ergueu o rosto.

Não havia dúvida de que Mateo tinha percebido a devastação que aquela noite lhe causara, porque seus olhos se suavizaram.

— Minha mãe também não entende por que nem sempre consigo tirar férias — comentou ele.

Charlotte olhou para ele por um longo momento, certa de que seu motivo para não ir para casa era muito diferente do dele.

Mateo a encarou de volta, sem sorrir, a exaustão estampada em cada linha do corpo coberto pelo uniforme. Sabia que a noite dele tinha sido tão difícil quanto a sua. Com um suspiro, apontou para a cadeira vazia do outro lado da mesa.

Ele se sentou, mas na cadeira ao lado dela, e então olhou para a comida na mesa.

— Troco metade do meu jantar por metade do seu.

Charlotte olhou para o enorme pedaço de torta de cereja que ele colocou à sua frente.

— Está mais pra sobremesa do que jantar.

— É uma noite que pede sobremesa.

Era mesmo.

— É caseira ou comprada? — perguntou ela.

— É caseira, direto do forno da minha mãe, depois de um grande jantar de família ontem à noite. Para o qual você foi convidada, aliás, mas não me ligou de volta.

— Desculpa.

Ele riu, ou porque não acreditou, ou porque gostou da mentira.

— Tudo bem, minha família assusta um pouco.

— Eu gostei deles — comentou ela.

Mateo a encarou.

— Mas?

— Mas... — Charlotte se contorceu. — Eu preciso aprender a lidar melhor com essas coisas.

Ele assentiu. Compreensão. Era isso que Mateo lhe oferecia, sempre.

Ele dividiu o pedaço de torta ao meio, colocou metade na tampa do recipiente e deslizou o restante para Charlotte. Mateo lhe deu a parte maior e, naquele momento, Charlotte soube. Era ele o cara ideal.

Se estivesse pronta, claro, ele seria o cara ideal para ela.

Aceitando a negociação, empurrou sua comida para ele. Com um garfo, Mateo pegou um pedaço de peru, passou pelo molho e depois colocou um pouco de molho de cranberry por cima.

Charlotte olhou para ele com horror.

— O que foi? — perguntou Mateo.

— Você misturou tudo!

— E… não pode?

— De jeito nenhum! — exclamou ela. — Os alimentos nunca devem se tocar.

Ele piscou.

— Você sabe o que acontece quando a gente come, certo?

Ótimo, então ele não é o cara ideal. Um alívio enorme.

Mateo voltou a comer e fechou os olhos em êxtase enquanto mastigava. Quando Charlotte começou a falar, ele ergueu um dedo, indicando que precisava de silêncio, então ela fechou a boca, observando enquanto todo o corpo dele relaxava e a tensão diminuía a cada segundo que passava.

— Ah. Meu. Deus — disse ele por fim, abrindo os olhos. — Primeiro você arrasa na sala de cirurgia, depois vence o infame campeonato de bola de neve dos Moreno, e agora isso? Preciso que você se case comigo.

Ela riu.

— Você é um idiota.

— Sou, sem dúvida. Mas, caramba, mulher. Você é um anjo na cozinha. A comida está incrível. Você é incrível.

Charlotte tentou, mas não conseguiu impedir que as palavras a aquecessem de dentro para fora.

— Vocês fazem muitos jantares em família?

— Muitos. Um monte de aniversários. Consigo me livrar da maioria graças ao trabalho, e minha família finge entender. Mas na verdade não entende.

Ah, ela sabia bem como era, e se sentiu relaxar um pouco também. Com a ajuda da torta de cereja, que estava realmente fantástica.

Mateo se preparou para outra mordida, com muito cuidado para não misturar nenhum dos alimentos.

— Então, você nunca visita seus pais?

E lá se foi o relaxamento. Charlotte balançou a cabeça.

— Você não é próxima da sua família?

Ela deu outra mordida na torta e deu de ombros, sem muita vontade, mas Mateo apenas esperou até que respondesse, com aquela paciência infinita dele.

— Somos próximos — admitiu ela enfim, encontrando os olhos calorosos e curiosos. — Mas ir pra Atlanta não é tão fácil assim.

— Não? Não existem aviões que vão pra lá várias vezes ao dia? — provocou ele.

Charlotte bufou.

— Você sabe o que eu quis dizer.

Mateo assentiu sem dizer mais nada, e, caramba, ela teve que preencher o silêncio.

— Não gosto de ir pra lá — disse ela.

— Por quê? — perguntou ele, sem julgamentos.

— Más lembranças — revelou ela. — E acho que às vezes é difícil lembrar das boas. As más são muito barulhentas, sabe?

Estudando Charlotte com aqueles olhos escuros e penetrantes, Mateo assentiu lentamente. Ele entendia.

Emocionada por razões que não conseguia entender, Charlotte ficou muito ocupada separando um pedaço de cranberry que ficara preso no molho, como se sua vida dependesse dessa tarefa.

— Charlotte.

Ah, poxa, havia mais um pouco de molho tocando o recheio do peru, então ela demorou mais um minutinho...

Mateo colocou a mão sobre a sua, e ela se acalmou, erguendo o olhar.

— Você não precisa falar do que não quer — disse ele, suavemente.

Ela engoliu em seco e assentiu.

— Mas, pela minha experiência — continuou ele, calmo —, quando as lembranças ficam barulhentas, é porque *precisam* ser ouvidas.

Seu coração bateu mais forte. Charlotte brincou com o garfo, a palma das mãos de repente úmida, enquanto o estômago se revirava. Os mesmos sintomas que a assombravam toda vez que pensava naquela noite.

— Aconteceu uma coisa comigo. Há muito tempo. E às vezes… às vezes eu ainda deixo isso me afetar.

— O tempo é uma merda, não é? — Mateo se levantou, foi até o balcão, comprou duas garrafas de água e as levou para a mesa, voltando para o lado de Charlotte. — Às vezes, lembranças de muito tempo atrás parecem que aconteceram ontem. — Ele abriu uma das garrafas de água e entregou para ela. — Ou hoje mesmo.

Charlotte tomou um longo gole, enrolando, sem saber se queria sair correndo do refeitório ou continuar ali. No entanto, ao se forçar a olhar nos olhos de Mateo, viu compaixão e compreensão.

— Eu sei que devia falar dessas coisas — disse ela lentamente. — Que devia pôr pra fora e confiar que as pessoas vão entender. Mas elas não entendem. Não de verdade…

— Tenta.

Ela tomou outro gole, largou a água e começou a brincar com a condensação na garrafa.

— É uma história longa e bem clichê sobre uma garota de uma cidade pequena que foi pra faculdade na cidade grande e, como caloura que saiu para comemorar o aniversário, se deixou levar. — Charlotte balançou a cabeça. — Era jovem, ingênua e burra. Tão burra.

— Não tem nada de errado em ser jovem e ingênua, e tenho dificuldade em acreditar que você tenha sido burra.

A risada que ela soltou não carregava humor nenhum.

— Eu me deixei encantar por um sotaque sulista semelhante ao meu. Ele me enganou direitinho, comprou uma bebida para mim, disse que eu era muita areia pro caminhãozinho dele e me chamou para dançar.

Ela raspou o rótulo da garrafa de água com a unha, rasgando o papel. Horrorizada com a história que estava contando, juntou as mãos, tentando entender por que sua boca não parava de falar.

— Eu fiquei bêbada.

— Isso não é crime.

— Não, mas me deixou burra, e isso deveria ser crime — afirmou ela. — Porque em vez de ligar pros meus pais quando comecei a me sentir estranha, eu fiquei lá.

— Estranha?

Ela desviou o olhar.

— É. Não estranha por estar bêbada. Estranha porque estava drogada.

— Alguém colocou alguma coisa na sua bebida — disse Mateo, em um tom soturno.

— É.

Guardara aquilo por muito tempo e, por isso, tinha dado àquela noite mais poder. Sabia que chegara o momento, que já passara da hora de deixar tudo para trás, porque, se não o fizesse, o passado continuaria a impedi-la de viver a vida com que sonhava em segredo.

O que significava que Mateo estava certo. Ela *precisava* dizer tudo em voz alta e tirar o poder que aquela noite tinha de machucá-la.

— Acordei na manhã seguinte sozinha em uma cama estranha, em um lugar estranho, sem roupa, sem saber onde estava ou o que tinha acontecido.

Não lembrar era provavelmente uma bênção, mas às vezes, na escuridão da noite, seu cérebro gostava de preencher a lacuna da memória, e tinha que admitir que talvez sua imaginação fosse muito pior que a verdade.

Mateo permaneceu ao lado dela, calmo e firme, mas havia uma tempestade em seus olhos.

— Você se machucou muito? Foi grave?

Charlotte balançou a cabeça.

— Não foi grave.

— Existem níveis de gravidade — disse ele com cuidado.

Ela sabia disso muito bem. Não fizera a denúncia, porque não tinha conseguido identificar ninguém.

— Estou bem. Sem nenhuma sequela.

Cometeu o erro de olhar para Mateo, vendo preocupação e fúria contida pelo que ela passara. E também... compreensão.

— Bem, de qualquer maneira, não tive nenhuma sequela física — admitiu ela com uma tentativa de sorriso.

Mateo parou de comer e largou o garfo.

— E *sem ser* física?

Charlotte deu de ombros.

— Fiz terapia. Não odeio os homens. Eu só… — Balançou a cabeça. — Não gosto de falar disso. As pessoas ficam estranhas.

— Estranhas como?

Ela mordeu o lábio.

— Tá, as pessoas não ficam estranhas. Porque eu nunca falo disso, com ninguém.

— Nem com a Jane?

— Ela sabe, mas só porque viu minha reação quando um rebelde… — Charlotte estremeceu. — Aconteceu uma situação na Colômbia, em uma clínica médica. Um homem me encurralou e eu reagi mal. — Respirou fundo. — Mas, além da Jane e um monte de terapeutas, ninguém mais sabe.

— E quanto a seus relacionamentos anteriores?

Charlotte congelou.

— Me sinto claustrofóbica em relacionamentos — disse enfim. — Então não me relaciono com ninguém.

— Você tem certeza?

Ela pestanejou.

— O que quer dizer?

— Olha, existem vários tipos de relacionamento, né? Como nós — comentou Mateo, baixinho. — Em teoria, o que nós temos pode ser chamado de relacionamento. Somos vizinhos que brigam pra ver quem limpa a neve. — Ele sorriu. — Talvez seja também o melhor relacionamento que eu já tive.

Charlotte ficou… Bem, ela não sabia dizer. Atordoada?

— Mas nós nunca…

— Existem vários tipos de relacionamentos — repetiu ele, tranquilo.

Ela o encarou. Mateo abriu outro sorriso leve e voltou a comer.

Ao redor dos dois, os sons do refeitório movimentado a despertaram, e Charlotte percebeu que vinha prendendo a respiração, então soltou o ar. Mateo ouvira seu segredo mais profundo e sombrio e não se assustara. Mais do que isso, não fizera perguntas invasivas nem recuara horrorizado. Não a estava tratando como um vidro frágil que poderia quebrar a qualquer momento.

Normal.

Ele estava agindo de maneira normal.

— Normal é bom, certo? — questionou ela em voz alta, sem querer.

Mateo deu de ombros.

— Na minha opinião, acho que é superestimado — comentou ele, e muito rápido, de um modo que podia ter sido um erro, sua coxa e bíceps tocaram os dela. A sensação foi de um abraço maravilhoso. Em seguida, ele sussurrou: — Obrigado por confiar em mim.

Charlotte encontrou seu olhar.

Mateo lhe deu um pedaço do recheio de peru delicioso que ela mesma fizera.

— Charlotte.

— Oi.

— O que precisa de mim agora?

— Hum… — Ela olhou para a metade de torta que ele ainda não tinha comido.

— Pense grande — disse ele.

A verdade era que Charlotte sabia do que precisava. O que não sabia era como pedir. Olhou para a boca dele, imaginou-a na sua, em todo o seu corpo, afastando todos os pesadelos…

— Qualquer coisa, Charlotte. É só dizer.

— Às vezes… — Teve que umedecer os lábios secos. — Acho que talvez eu precise de uma distração momentânea da minha vida.

— Tipo…

Ela mordeu o lábio. Como deveria dizer ao homem por quem passara meses e meses sofrendo em segredo, enquanto o rejeitava, que queria fazer exatamente o que a mãe havia sugerido: se jogar nele?

— Talvez um abraço — falou ela enfim.

Mateo logo se levantou e, embora estivessem bem no meio do refeitório lotado, ele a puxou para cima e a envolveu nos braços. Não com cuidado, não com gentileza e *definitivamente* não como se Charlotte fosse de vidro, ela suspirou para aliviar a tensão e se derreteu. O passado não havia desaparecido — ela era a única com o poder de fazer isso acontecer —, mas as lembranças se tornaram... silenciosas. Por enquanto, pelo menos.

Mateo baixou um pouco a cabeça para encará-la, com uma pergunta no olhar.

Tudo bem?

— Está. — Mais do que bem. — Eu quero...

Charlotte queria que estivessem de folga. Na casa grande e aconchegante dele. *Na cama dele...*

— Qualquer coisa — reiterou Mateo.

Charlotte olhou para a boca dele.

Um gemido baixo retumbou no peito que a abraçava.

— Especialmente isso.

Ela assentiu e fechou os olhos.

— Desculpa, não estou tentando te provocar, mas... eu também gosto muito das coisas como estão agora.

— Com você gritando comigo toda vez que eu faço algo de bom por você?

Charlotte abriu os olhos e se deparou com ele sorrindo.

Mateo ajeitou uma mecha de cabelo que havia se soltado do rabo de cavalo.

— Nunca peça desculpas por me dizer o que você quer. E, quanto às coisas que você venha a querer, podemos realizá-las uma de cada vez. No seu tempo.

— Mas o que a gente tem agora funciona pra nós dois.

Ele assentiu.

— De acordo. Só que algo mais também funcionaria.

Charlotte respirou fundo.

— Ou estragaria tudo.

— Ah, mas que mulher de pouca fé.

— Não em você — assegurou ela. — Em mim. Vamos falar a verdade, eu arruinei todos os relacionamentos que já tentei ter.

— Parece que você não tentou ter muitos. Mas, de todo modo, é preciso apenas um. O certo.

Ela abriu a boca sem nenhuma ideia do que planejava dizer, mas de repente os dois receberam uma mensagem. Olharam para o celular.

— Preciso ir — disseram em sincronia, e riram.

Charlotte juntou seus pertences, e Mateo fez o mesmo. Ela sorriu e se virou para ir embora, mas ele segurou sua mão, esperando que olhasse para ele.

— Obrigado pelo melhor jantar dos últimos tempos — agradeceu ele.

— Você mal conseguiu comer.

— Não foi a comida. Que, aliás, estava maravilhosa — disse ele, brincando com outra mecha de seu cabelo, então voltou ao trabalho.

Ela também. Dessa vez, no entanto, estava sorrindo.

Duas horas depois, Charlotte foi substituída por outro médico de plantão e voltou para casa no piloto automático. Passava um pouco da meia-noite e sua calçada estava limpa, sem neve. Não era nenhum mistério, porque o carro de Mateo estava na garagem.

Ele tinha feito de novo. Tentara tornar a vida dela mais fácil. Melhor. O que Mateo não sabia era que apenas sua presença já fazia isso.

É preciso apenas um. O certo...

Não era tão simples, mas o fato era que Charlotte se sentia inquieta, solitária, nervosa e carente...

Ah.

Tinha certeza de que o que precisava estava na casa ao lado. No momento seguinte, saiu do carro e bateu na porta de Mateo antes que pudesse se conter.

Ele atendeu vestido apenas com uma calça de moletom, baixa na cintura. Sem camisa. Descalço. Cabelo de quem acabara de sair da cama. Olhos sonolentos.

— Você está bem? — perguntou ele.

Charlotte se sentiu tonta só de olhar para ele, mas conseguiu assentir.

Mateo passou os dedos pelo cabelo como se estivesse tentando acordar.

— Deixa eu adivinhar. Você tem um problema com a entrada da garagem.

Ela balançou a cabeça e encontrou a própria voz.

— Obrigada.

Ele esfregou o queixo, e o som fez Charlotte sentir um friozinho na barriga.

— Você não vai me mandar colocar a neve de volta?

Charlotte fez uma careta.

— Não.

Mateo abriu um sorriso lento.

— Você está... com fome?

— Estou. — Ela respirou fundo. — Mas não de comida.

Ele congelou.

Ela, não. Charlotte atravessou a soleira, fechou a porta com um baque, virou-se e o empurrou contra a madeira.

— Mateo — sussurrou ela, colocando as mãos sobre seu peito nu, percebendo só depois que deviam estar congelando.

Ele respirou fundo, mas não deu um pio.

— Oi.

— Quando disse que eu podia pedir qualquer coisa, a qualquer hora, você estava falando sério?

— Estava.

Ele tocou seu queixo e deu um beijo em sua têmpora. Ela fechou os olhos enquanto ele movia a boca até sua orelha.

— É só pedir, Charlotte.

— Você sabe o que eu quero — sussurrou ela.

Ele levantou a cabeça. A expressão em seus olhos ao encontrar os dela causou em Charlotte uma onda de calor e desejo.

— Agora?

A voz de Mateo soou baixa, arrepiando todo o corpo dela. O melhor tipo de arrepio.

— Agora — disse ela. — Aqui.

As palavras mal tinham saído de sua boca, e ele a virou, pressionando Charlotte contra a porta enquanto grudava os lábios aos dela. Tudo ficou nebuloso, da melhor maneira possível. As roupas se tornaram opcionais, as peças voavam tão rápido quanto eram descartadas.

— Charlotte.

Ela estava apoiada na porta, as pernas em volta de Mateo enquanto ele pressionava seu corpo ao dela, sustentando os dois, preparado para lhe proporcionar a maior distração que teria em muito tempo. Charlotte mexeu o quadril, impaciente.

— Não me pergunte se tenho certeza. — Estava sem ar. — Eu tenho. Tenho mais certeza disso do que de qualquer coisa. Então não quero ser grossa nem nada, mas vai logo, Mateo. Eu quero. Aqui. Agora.

Com uma risada áspera, ele deu o que ela queria, e então nenhum dos dois riu mais. Também não houve mais conversa. Bem, a menos que a conversa safada e deliciosa contasse.

Capítulo 23

Jane abriu um sorriso quando parou diante da casa do avô. Ele estava com a mão na maçaneta da porta do carro, o rosto iluminado apenas pelo painel interno. E sorriu de volta, em resposta.

— Foi divertido — comentou Jane.

— Fazia muito tempo que eu não ficava fora de casa até depois da meia-noite. A família do Levi é bacana.

— Muito — concordou ela, percebendo que ainda estava sorrindo. Bacana. Engraçada. Irreverente. E… muito mais.

— Jane — chamou Lloyd, e esperou até que a neta olhasse para ele —, você mudou tudo para mim. Espero que saiba disso.

— Como assim?

— Quando me procurou, você me mostrou o que é ter coragem. Me lembrou que o amor precisa ser conquistado. Me incluiu nesta noite como se eu fosse parte da sua família, como se eu fosse importante para você. — Ele ergueu as mãos. — Obrigado por tudo, de verdade. — Ele pousou a mão sobre a dela. — Estou muito feliz de ter você de volta na minha vida, Jane. Nunca mais descuidarei de você. Prometo. Espero que aceite continuar me vendo.

— Vou embora em breve, mas podemos manter contato.

O avô deu um sorriso triste ao lembrar que ela iria embora, e de repente pareceu que algo estava errado. Jane virou a mão e apertou a dele.

— Vô? Você está se sentindo bem?

— Nunca estive melhor.

Ela assentiu, olhando para as mãos entrelaçadas e então para o avô.

— Você está fazendo acompanhamento com os médicos?
— Estou.
— E está tudo bem? — insistiu ela.
— Está tudo bem.
— Jura?
Lloyd sorriu.
— Juro. Boa noite, Jane. Amo você. Até a Lua... e de volta.

Seus olhos marejaram. Era o ditado favorito da avó. Sussurrava aquilo para Jane todas as noites.

— Até a Lua... e de volta — repetiu Jane.

O avô saiu do carro. Ela o observou caminhar com cuidado até a porta de casa e desaparecer lá dentro. Ficou parada até as luzes se acenderem, então ligou o carro e voltou para a casa de Charlotte.

Parou de repente ao perceber que tinha entrado sem se preocupar em bater, como se realmente morasse ali.

Como se estivesse em casa.

Parecia o certo a se fazer. Na verdade, tudo parecia tão certo que a assustou. Como podia ser tão confiante na rotina do dia a dia, mas sempre duvidava de si quando se tratava de assuntos pessoais, do coração e da alma das coisas.

Balançando a cabeça, foi até a cozinha e pegou uma lata de ração que mantinha na despensa. Preparou um prato para Gato e abriu a porta dos fundos.

A gata cinza e enorme entrou como se fosse dona do lugar, sentou e deu um olhar altivo para Jane.

— Miau.

Era um "você chegou muito tarde" em linguagem de gato.

— E você não devia nem estar dentro de casa — comentou Jane, mas colocou a comida no chão da cozinha mesmo assim.

A gata cheirou o prato e começou a comer sem pressa, movendo a cauda. Levou um bom tempo para terminar e, sem nenhum agradecimento, saiu na noite.

— De nada! — gritou Jane para ela.

A casa estava silenciosa. Bocejando, Jane andou na ponta dos pés pelo corredor, mas parou, chocada.

Charlotte estava pintando a porta do quarto de visitas.

— Pretendia terminar antes de você chegar — disse Charlotte com uma careta.

Jane balançou a cabeça.

— O que está fazendo?

— Pintando.

— São duas da manhã.

— E daí? — perguntou Charlotte.

Jane observou as letras grandes e curvas, em azul e verde, que formavam seu nome. Bem, formavam J-A-N, porque o E ainda não tinha sido preenchido. Havia montanhas e árvores esboçadas ao redor do nome, que ainda não estavam pintadas também.

— A tinta é à base de óleo — disse Charlotte. — Mais permanente do que a canetinha. Só para deixar claro que este quarto é seu e apenas seu. Além disso, tive que assistir a vídeos no YouTube ensinando a desenhar montanhas e árvores, então se isso não é amor... Ah, e imprimi um contrato de aluguel de um bilhão de anos pra você e deixei na sua cômoda. Assine.

Um contrato de aluguel de um bilhão de anos. Claramente, Charlotte tinha perdido o juízo.

— Mas...

— Não. Sem desculpinhas. Vamos fazer isso, sim — informou ela, mas logo se deteve. — Você não vai surtar, vai?

— Eu queria — afirmou Jane, lentamente — Mas acho que estou cansada demais para surtar.

Jane pegou um pincel e começou a preencher uma árvore. Charlotte a observou.

— O quê?

— Você *nunca* está cansada demais para surtar quando acha que está criando raízes sem querer.

Jane continuou pintando, focando na árvore e preenchendo o desenho com cuidado.

Charlotte riu baixinho.

— Você transou com o Levi de novo. Deve gostar dele *de verdade*. Tipo muito, muito mesmo. Quem sabe até amá-lo.

— Não sei — disse Jane, mordendo o lábio. — Tá bom, talvez. Mas não vamos falar disso. Porque, se a gente falasse disso, eu estaria jogando para o universo e o carma bagunçaria tudo de alguma forma. É assim que minha vida funciona, você sabe. As coisas boas nem sempre são reais. Então, por favor... não vamos falar disso. Nunca.

— Jane — disse Charlotte. — Você merece ser amada como qualquer outra mulher.

Jane não se segurou e abraçou Charlotte.

— É, e você também, amiga — afirmou Jane, dando um passo para trás e enfim olhando com mais atenção para Charlotte. Ela riu. — Você quer me explicar por que sua camiseta está do avesso?

— Hum... Eu me vesti no escuro?

— Aham. — Jane ficou fascinada com o súbito rubor de Charlotte. — E esse chupão aí no seu pescoço?

— Droga — disse Charlotte, colocando depressa a mão no local para cobri-lo. Com a mão livre, apontou o pincel na direção de Jane. — Sabe de uma coisa? Vou dar uma de Jane. Não vamos falar disso. Nunca. Porque, se a gente falasse disso, eu estaria jogando para o universo e o carma bagunçaria tudo de alguma forma.

Jane olhou para a amiga por um longo momento.

— Justo. Então... vamos só pintar?

— Isso.

— Tá bom — concordou Jane, mergulhando o pincel na tinta novamente. — Só me diz se foi o Mateo.

Charlotte sorriu, boba.

— Foi o Mateo.

Jane riu, mas parou ao ouvir um miado inconfundível logo atrás dela. Virou-se e encontrou a gata sentada no corredor, observando as duas com aqueles olhos cinzentos penetrantes.

— Como você voltou pra dentro?

— A janela do porão está aberta — respondeu Charlotte.

Gato se aproximou mais, até a porta do quarto, dando um leve arranhão com a pata dianteira.

— Acho que ela está batendo — brincou Charlotte.

Jane abriu a porta do quarto.

A gata olhou para ela por um longo instante e depois entrou, com a cabeça e o rabo erguidos, quase como se fosse a dona do lugar. Pulou na cama de Jane e se acomodou no travesseiro, como se estivesse em casa.

Jane sentiu a última peça se encaixar no coração e olhou para Charlotte.

— Então… será que a gente pode adicionar uma cláusula que permite animais nesse contrato de aluguel de um bilhão de anos?

Capítulo 24

Poucos minutos depois, Charlotte deitou-se na cama, satisfeita com a reação de Jane à porta recém-pintada, mas também ainda sorrindo, um pouco sonhadora, com o que havia acontecido no início da noite.

Na cama de Mateo.

No chuveiro de Mateo...

Na cama outra vez.

Saíra de fininho, sim, e voltara para casa, mas era importante ir devagar, certo? Além disso, Mateo nem devia ter percebido que ela tinha ido embora. Charlotte ajeitou o travesseiro e disse a si mesma para dormir. Quando finalmente adormeceu, foi acordada por uma batida na porta da casa.

— *Não* — murmurou ela.

Quando a batida ecoou outra vez, Charlotte soltou um suspiro e saiu da cama. Como nada de bom acontecia às três da manhã, pegou o atiçador da lareira no caminho até a porta. Olhou pelo olho mágico e congelou.

Mateo.

Ele não parecia feliz. Hum. Bom, talvez tivesse notado que ela escapulira. Mas, sinceramente, ele deveria estar grato. Charlotte tinha o sono agitado e gostava de dormir na diagonal da cama e...

— Sei que você está aí, Charlotte. — A voz dele estava áspera de sono. O que, para constar, era quase tão boa de ouvir quanto a voz rouca de sexo. — Estou ouvindo sua respiração.

Não podia ser verdade, porque no minuto em que ele falara, ela tinha parado de respirar.

— Charlotte.

Com uma careta, ela abriu a porta.

Mateo a olhou. Charlotte estava usando uma das camisetas dele que havia roubado. Nada mais, exceto o atiçador da lareira. Não era difícil perceber a atitude defensiva.

— O que está fazendo aqui no meio da noite? — perguntou ela.

— Boa pergunta.

Ele ficou ali parado, na noite gelada, vestindo apenas uma calça de moletom, todo amarrotado e quase sedutor e... meu Deus, aquilo era um chupão no pescoço dele?

Tinha deixado um chupão nele também?

— Normalmente — disse ele — prefiro compartilhar o café da manhã com quem passei a noite. Mas, neste caso, você não passou a noite. Em vez disso, esperou que eu pegasse no sono e depois saiu de fininho. No meio da madrugada. Enquanto nevava. Sem casaco ou sapatos. Sem sequer deixar um bilhetinho. — Ele a encarou com o olhar firme. — Que tipo de dama sulista não deixa uma mensagem, Charlotte?

A culpa a inundou e ela cedeu, deixando cair o atiçador.

— Eu sei, sinto muito, foi horrível da minha parte, mas eu não sabia o que fazer.

Mateo se afastou do batente da porta, dando um passo em sua direção, sem tocá-la, apenas a observando com aquele olhar penetrante.

— Você não sabia o que fazer — repetiu ele, e parecia estar tentando entender o lado dela.

Charlotte quis dar alguns passos para trás e ter espaço para pensar, mas era difícil com aquela presença imponente preenchendo todo o hall de entrada. Não se afastou, porque não queria que Mateo pensasse que tinha medo dele.

Não tinha.

Tinha medo do próprio coração, do que ele queria.

— Eu não sabia o que fazer — repetiu ela, com a voz um pouco mais suave.

— Tá, deixa eu te dar uma sugestão. — Ele deu outro passo, e seus pés quase encostaram nos dela. Deslizou o dedo pelo rosto de Charlotte. — Depois que a gente faz amor, depois de conversarmos um pouco e ficarmos abraçadinhos, depois de repetirmos aquela coisa deliciosa em que você se enrola em mim, sussurra meu nome de um jeito todo sensual e satisfeito e fecha os olhos... você *não* sai escondida no meio da madrugada, no inverno, seminua. Em vez disso, você pode falar, gritar, rir, chorar... que inferno, pode sentar e montar em mim outra vez como se eu fosse um cavalo de rodeio, pode fazer o que quiser. Dormir também é uma boa opção.

— Não montei em você como se você fosse um cavalo de rodeio.

Mateo a encarou com uma intensidade que a fez corar. Ele estava certo. Tinha montado nele como se fosse um cavalo selvagem e praticamente *gritara* enquanto cavalgava.

— Tá, foi uma vez.

— E depois?

Droga. Tudo bem. Depois, ela se aninhara nele e fechara os olhos, tentando absorver seu corpo quente e firme envolvendo o dela, maravilhada ao perceber como Mateo a fazia se sentir segura e protegida.

— Mas passar a noite juntos é algo que namorados fazem.

— É. E daí?

— Não sou sua namorada.

— Sério? — Com mais um passo, Mateo ficou tão próximo como quando suas bocas se fundiram, compartilhando beijos profundos, sensuais e eróticos... — Porque poucas horas atrás parecia que era minha namorada, sim. Quando você...

Com uma risada sufocada, Charlotte cobriu a boca dele.

— Quieto.

Tarde demais. As lembranças já tomavam conta: Mateo percorrendo cada centímetro de seu corpo, ela virando o jogo e fazendo o mesmo com ele, sabendo que jamais se cansaria...

— Charlotte. — A voz dele estava gentil quando tirou a mão dela de sua boca e a segurou. — Acho que a gente devia conversar.

— São três e meia da manhã.

Ele apenas a encarou.

Ela se contorceu, desconfortável.

— Conversar torna as coisas reais. E coisas reais... acabam, Mateo.

— Não vou a lugar nenhum. Pare de fugir.

— Não estou fazendo de propósito. — Charlotte ergueu as mãos. — Escuta, caso você não tenha notado, sou uma pessoa difícil de lidar.

— Tudo bem, eu sou habilidoso.

Ela sorriu, mas os olhos marejaram.

— Eu te falei desde o começo — disse ela por fim, ignorando o nó na garganta. — Eu não namoro. E também não passo a noite na cama dos outros. Eu... — Charlotte parou para respirar. — Não *consigo* dormir na cama dos outros. E você sabe por quê.

Os olhos de Mateo se suavizaram ainda mais quando ele se aproximou, a compreensão repentina evidente em cada centímetro de seu corpo.

— Sinto muito — sussurrou ela. — Sinto mesmo, mas...

— Tudo bem. Está tudo bem, Charlotte — murmurou ele, deslizando a mão na dela. — A gente pode tentar a sua cama.

Charlotte olhou para os dedos entrelaçados, passando o polegar na palma calejada dele. Estremeceu, lembrando todas as coisas incríveis e absolutamente perfeitas que aquelas mãos fizeram com ela.

— Não durmo bem com outra pessoa na minha cama.

— Então, pra sua sorte, não me importo de dormir no chão. Na verdade, dormi no chão durante a maior parte da faculdade de medicina. Não tinha dinheiro para pagar meu próprio quarto, então pulava de sofá em sofá. Era melhor do que dormir num banco de parque.

Mateo estendeu a mão para o lado de fora e pegou algo que deixara na varanda antes de bater na porta.

Um saco de dormir.

— Esse negócio aqui já viu muita coisa — afirmou ele. — O chão do seu quarto vai ser praticamente uma acomodação de luxo, pode acreditar.

Charlotte olhou para o saco de dormir e percebeu que... Mateo já sabia do seu problema. Sabia e compreendia. E surgira com uma solução alternativa. Como se talvez ela fosse mesmo importante para ele.

— Meu piso é de madeira — comentou ela, já sem vontade de impedi-lo.

Os olhos dele brilharam, mas Mateo não sorriu.

— Não me incomodo, desde que não incomode você. — Com a mão livre, aproximou o rosto dela do dele. — Te incomoda, Charlotte? Que eu queira dormir perto de você? Que eu queira estar com você?

Olhando para Mateo por um longo instante, ela balançou a cabeça devagar.

Ele sorriu, entrou e fechou a porta, segurando a mão dela e a observando.

Charlotte percebeu que ele a estava deixando tomar a iniciativa. Então, conduziu Mateo escada acima, com o coração batendo forte. Consciente demais de sua presença, ela o levou para o quarto.

Mateo fechou a porta, foi até a cama e puxou as cobertas, gesticulando para que ela se deitasse.

— Você deve estar com frio — murmurou ele —, usando só essa camiseta roubada.

— Emprestada.

— O que é meu é seu. Além disso, você fica maravilhosa nela. — Mateo puxou as cobertas até seu queixo, colocou uma mão em cada lado de sua cabeça e se inclinou para beijá-la. — Boa noite.

Depois desenrolou o saco de dormir e deslizou para dentro da cama improvisada. No chão. Charlotte olhou para o teto, esperando a chegada daquele sentimento familiar de pânico. Ou, pelo menos, de desconforto.

Nenhum dos dois apareceu.

Soltou um suspiro e deixou a mão cair na lateral da cama. Mateo a segurou.

— Bons sonhos, Charlotte.

Por um instante, ela ficou ali deitada, observando o quarto. Quieto. Aconchegante. Escuro. Conseguia ouvir a respiração regular de Mateo no chão.

A dela não era estável. Na verdade, era possível que nem estivesse respirando. Porque era o momento da decisão. Aquele instante. Se fosse enfrentar seus medos, não havia homem melhor para acompanhá-la do que Mateo. Sabia bem disso, porque toda vez que estava perto dele uma calma a invadia, bem como uma leve ansiedade. O melhor tipo de ansiedade. Era como se seu corpo o reconhecesse como uma alma gêmea.

Mesmo que o cérebro fingisse que tal coisa não existia.

Não queria ficar sozinha. Não queria dar a uma lembrança horrível o poder de roubar a esperança de um futuro feliz. Queria estender a mão e pegar o que era seu.

Estava assustada. Aterrorizada, na verdade. No entanto, também tinha cem por cento de certeza do que queria fazer.

— Mateo.

— Oi.

Ela deslizou para fora da cama.

— Chega mais pra lá.

Mateo se afastou e abriu espaço. Charlotte se arrastou para dentro do saco de dormir junto com ele.

Capítulo 25

No dia seguinte, Jane pegou a marmita na geladeira dos funcionários do resort Homeward e foi comer ao ar livre. A temperatura estava em zero grau, mas sob o sol da altitude parecia quente e maravilhoso. Depois de cinco horas no pronto-socorro lotado, precisava de um pouco de calor e de uma atmosfera como aquela.

Mesmo trabalhando tanto, gostava de estar em Tahoe. Para começar, não se deparava com morte e sangue como no restante do ano.

No entanto, o que realmente fazia com que voltasse eram os laços que criara, mesmo contra a própria vontade. Criara raízes ali. A amizade com Charlotte, Mateo, até com Gato, agora o avô... E sabia que a lista não estaria completa sem Levi, por mais que fosse temporário.

Temporário.

Sempre considerara a palavra parte de sua personalidade.

Depois de cumprir a promessa de ser a namorada de mentira no jantar de aniversário de casamento dos pais de Levi... Jane congelou a meio caminho da mesa. *Tinha cumprido a promessa de ser a namorada de mentira.*

Não precisava mais ver Levi.

Pontinhos pretos dançaram diante de seus olhos, e ela notou que não estava respirando. Engoliu em seco e colocou a mão no peito dolorido. Pela primeira vez na vida, começava a se estabelecer em um lugar, sentindo algo que era o oposto de temporário.

E tudo acabara por seu próprio decreto, quando exigira que Levi fizesse aquela promessa ridícula no início de tudo.

A neve estalou sob seus pés ao voltar a andar, abrindo caminho pelo labirinto de esquiadores até uma mesa pequena e vazia.

Será que aquele era o fim de tudo?

Será que poderia ver Levi outra vez?

E por que sentia tanta vontade de vê-lo, a ponto de seu coração ameaçar sair do peito?

Quando abriu os olhos, não estava sozinha.

Shirl e Tess estavam sentadas à sua frente, sorrindo.

— Ouvi dizer que você marcou uma consulta pra castrar Gato — disse a mãe de Levi, satisfeita.

Jane pigarreou antes de falar.

— Decidimos ficar juntas. Minha amiga Charlotte se ofereceu pra continuar dando comida pra ela quando eu for embora, assim ela sempre vai ter um lar. O que estão fazendo aqui?

— Não estamos fuxicando sua vida — disse Shirley.

Tess bufou.

— Não tenha dúvidas de que *estamos* fuxicando sua vida. — Tess parecia recuperada da chocante revelação da gravidez na noite anterior. Serena e calma. — Mas somos o tipo bonzinho de fuxiqueiras, porque... — Tess abriu uma enorme lancheira. — Trouxemos comida.

— Obrigada, mas eu trouxe a minha — comentou Jane.

Ela então retirou uma banana, um iogurte e um pacote de biscoitos de manteiga de amendoim, tudo furtado da cozinha de Charlotte, porque não conseguira ir ao mercado. Ah, quem queria enganar? Odiava ir ao mercado, sempre esperava até estar morrendo de fome e, àquela altura, Charlotte já tinha reabastecido a despensa.

Shirl examinou o almoço de Jane e balançou a cabeça.

— Isso é triste demais.

— Arrumei a marmita às cinco da manhã — defendeu-se Jane. — Não estava me sentindo muito inspirada àquela hora.

— Que tal um sanduíche de carne? — sugeriu Shirley.

— É feito com a receita especial do rocambole de carne. É viciante — incentivou Tess.

— Na verdade, não contém nada de viciante — interveio Shirl. — Tem alguns ingredientes secretos aí, mas são perfeitamente legais, eu juro. — Ela empurrou um pote de vidro para Jane. — Trouxe um pra você.

— Como sabiam que eu teria tempo para comer com vocês? — perguntou Jane.

— Estávamos só torcendo pra que pudesse — respondeu Shirl, com um sorriso. — Queria te dizer o quanto você é ótima pro Levi.

O sorriso de Jane vacilou ao perceber a profundidade da farsa que ela e Levi criaram e que não apenas destruiria ela mesma — algo que estava tentando aceitar —, mas também magoaria outras pessoas. Ao tentar deixar a mãe dele feliz, estavam prestes a fazer o oposto.

— Você sabe que vou embora em breve — disse ela com cuidado.

— Sei. — Shirley segurou sua mão. — E você sabe sobre a Amy?

Jane assentiu.

Mãe e filha trocaram um olhar confidente.

— O quê? — perguntou Jane.

Shirl apertou seus dedos com delicadeza.

— A Amy foi a melhor amiga dele por muitos anos. Depois, namorada. E depois, noiva.

— Eu sei.

— Mas talvez você não saiba que desde então ele não se abriu para nenhuma outra mulher. Você é a primeira. Por isso soubemos, antes mesmo de te conhecer, que você tinha que ser especial.

— Por ser namorada do Levi — disse Jane baixinho, odiando a mentira que tinham criado.

— Não, porque você é Jane Parks.

Jane congelou, sentindo aquela declaração ressoar no peito como se uma flecha o tivesse atravessado. Era irônico que, durante toda a vida, tivesse evitado compromissos para resguardar o próprio coração, só para falhar tão feio dessa vez. Porque o que sentia por Levi era real, e estava prestes a magoar a família dele, que não merecia aquilo.

— Experimenta, pelo menos — pediu Shirley, empurrando o sanduíche para mais perto dela.

Sem saber o que mais fazer, Jane deu uma mordida no sanduíche e...

— Ai, nossa.

Tess sorriu.

— Não é incrível?

Shirl se recostou na cadeira, parecendo satisfeita.

Jane quase gemeu enquanto comia o sanduíche e por pouco não lambeu o recipiente quando terminou.

— Aqui. — A mãe de Levi mexia no celular, digitando, e então o de Jane tocou com uma mensagem. — É a receita.

— Você está de brincadeira comigo? — perguntou Tess. — Faz anos que te peço essa receita.

— Você não precisa aprender mais nada — respondeu a mãe.

— Isso foi uma piada de mau gosto, porque eu estou grávida?

— Querida. — Shirley abraçou Tess. — Claro que não foi uma piada. Só quis dizer que não precisa da receita porque sempre vou preparar pra você. Você me deu a Peyton e agora outro netinho está chegando... — A mulher colocou a mão na barriga, ainda sem volume, de Tess. — E você me alegra morando em casa e me deixando fazer parte da vida de vocês.

— É porque não posso me dar ao luxo de me mudar.

— Shh. Não estrague minha fantasia.

Tess riu, mas Jane sentiu o coração se apertar ao pensar nessas duas mulheres que de alguma forma se tornaram parte de sua vida. Como poderia se afastar delas? Como poderia se afastar de Levi? Para se distrair, olhou a receita.

— Acho que é difícil demais pra mim.

— O Levi adora essa receita — disse Shirley.

— Você está sugerindo que a Jane cozinhe pra conquistar o Levi? — perguntou Tess, horrorizada. — Mãe, as mulheres não precisam mais cozinhar para os homens. Você sabe disso, né? O amor vem do coração, não da barriga.

— Bobagem — rebateu Shirley. — Faça o rocambole de carne, Jane. Confie em mim, ele vai adorar.

— Mãe, sério. Para. Você está fazendo as mulheres retrocederem cinquenta anos.

Shirl deu de ombros.

— Ainda estou casada com o homem com quem subi ao altar há quarenta anos. Contra fatos não há argumentos. Ou, neste caso, contra o rocambole de carne não há argumentos.

Jane não queria ser grossa e discordar, mas achava que se um homem a quisesse só pelo rocambole de carne, ele ficaria bastante decepcionado.

No entanto, se esse homem a amasse do jeito que ela era, e apenas por isso... E, se esse homem fosse Levi, ela faria de tudo para que desse certo. Quão assustador era perceber aquilo?

Ao sair do trabalho, Jane parou no mercado e comprou os ingredientes para o rocambole de carne. Só porque era um *excelente* rocambole de carne.

Quando voltou para casa, entrou na cozinha e encontrou Mateo prensando Charlotte contra a geladeira. Estavam... bem, "aos beijos" parecia uma expressão muito inofensiva, mas Jane podia ver o quanto ele a amava, pela forma como suas mãos deslizavam pelas costas de Charlotte, puxando-a ainda mais para perto.

Jane pigarreou.

— Ótimo uso do eletrodoméstico.

Charlotte ofegou e se libertou dos braços de Mateo.

— Estávamos com fome — disse ele, sorrindo.

Jane adorou a expressão de felicidade no rosto de Charlotte.

— Que bom que vou cozinhar, então — comentou Jane, animada.

Charlotte pestanejou.

— Você disse... cozinhar? — Ela deu um tapinha leve no braço de Mateo. — Eu sabia. Você eliminou todos os meus neurônios com os beijos, porque eu posso jurar que a Jane acabou de dizer que vai... cozinhar.

— Muito engraçado — debochou Jane. — Observe e aprenda.

Quando tirou o rocambole de carne do forno, uma hora depois, a cozinha estava movimentada. Zoe e Mariella se juntaram a eles, atraídas pelo cheiro.

— Quem é você e o que fez com a minha Jane? — perguntou Charlotte.

— Engraçadinha. E só um experimento.

Jane distribuiu os garfos, e todos começaram a comer. Sabia que estava bom, porque o único som na cozinha era o de mastigação.

— Você está me escondendo alguma coisa — disse Charlotte, de boca cheia.

— De todos nós — completou Zoe, enfiando uma garfada na boca.

Mariella estava comendo e trabalhando no notebook ao mesmo tempo.

— O certo é *foda-se* ou *que se foda*? — perguntou ela. — É um e-mail de trabalho, então precisa parecer profissional.

Charlotte se engasgou com a comida.

— Meu bem, o que eu já te disse sobre usar palavrão no ambiente de trabalho?

— Pra fazer isso pelas costas do meu chefe, não na cara dele?

Charlotte acenou com a mão como se dissesse "bem, aí está a resposta".

Mariella suspirou.

— E pensar que virei adulta pra lidar com esse monte de merda — resmungou Mariella enquanto apertava várias vezes a tecla de apagar.

— Sabe quem devia experimentar um pouco desse rocambole? — perguntou Mateo. — O Levi.

— Acho justo — concordou Charlotte, lançando um olhar para Jane. — Afinal, foi a mãe dele quem te deu a receita.

Um dia antes, Jane teria concordado. No entanto, a visita de Shirley e Tess a tirara da bolha de fantasia, fazendo com que percebesse que se apaixonara por Levi e ainda não sabia o que fazer com essa revelação. Continuar a farsa e magoar as pessoas que Levi amava parecia errado demais.

— Tenho outra pessoa em mente para dar o rocambole — disse Jane.

Charlotte sorriu.

— Seu avô.

Jane tocou a ponta do nariz. Charlotte a puxou para um abraço caloroso.

— Mateo combina com você — sussurrou Jane.

— Na verdade acho que é o contrário — disse Charlotte, com calma.

Jane se afastou e encarou a amiga.

— Você está bem?

— Ainda sou neurótica pra caramba, mas acho que está tudo bem.

Jane riu, beijou Charlotte na bochecha e saiu.

Ao parar em frente à casa do avô, viu um carro estacionado na garagem.

O carro de Levi.

Seu coração se agitou, confuso e ao mesmo tempo feliz. Ela foi até a garagem e espiou dentro do carro. Estava vazio. E o capô estava frio. Bateu na porta e, como ninguém respondeu, entrou.

— Olá? — chamou, andando pela sala e, de repente, parou.

Levi estava numa escada, a cabeça dentro da abertura no teto que dava acesso ao sótão, então tudo o que Jane conseguia ver eram as pernas longas e a bunda mais maravilhosa de Tahoe usando calça jeans.

— O que está fazendo?

Ouviu uma batida forte, seguida por um xingamento, e Levi se abaixou para olhá-la, esfregando o topo da cabeça.

— Tudo bem aí? — perguntou Jane.

Ele sorriu.

— Agora estou. Oi.

— Oi pra você também — respondeu ela de um jeito casual, porque era bom demais vê-lo. — O que está fazendo aqui?

— Seu avô me ligou. Ele queria que eu indicasse alguém pra transformar a casa em uma casa inteligente. Eu disse que eu mesmo faria. — Levi se virou para o sótão.

Por ela, tudo bem. De onde estava, a vista era ótima.

— Você não precisava fazer isso.

A calça jeans desbotada caía como uma luva. A camiseta de manga comprida subiu um pouco quando ele se esticou para alcançar algo, expondo uma faixa de pele que fez Jane sentir a boca um pouco seca.

— Não fique muito perto — avisou ele. — Está empoeirado aqui.

— Só estou apreciando a vista.

Levi a encarou com um olhar intenso.

— Diz isso de novo e eu desço daqui.

— E depois?

— O depois vai valer a pena.

Jane riu, mas Levi começou a descer a escada, determinado, e foi difícil até respirar.

Ele sorriu ao ver a expressão no rosto de Jane.

— Mais tarde — prometeu, com voz rouca, e a beijou. Quando se afastou, olhou com grande interesse para a bolsa que ela segurava. — Está com um cheirinho delicioso.

— Está com fome?

— Sempre.

Ele a beijou de novo, e dessa vez foi um beijo longo, profundo e entorpecente, que fez Jane esquecer onde estava. No momento em que saiu da névoa sexual em que Levi a colocara, percebeu que ele havia parado de beijá-la e segurava a bolsa.

Lloyd entrou pela porta dos fundos, usando um cinto de ferramentas, e Jane foi cumprimentá-lo com um abraço.

— Encontrei meu martelo — disse o avô com orgulho, e Jane percebeu que Levi o tinha incluído na tarefa, o que significava que estava levando três vezes mais tempo que o necessário.

Droga. Levi era mesmo o melhor namorado de mentira que já tivera. Mais que isso, era o melhor homem que já entrara em sua vida.

— Seu namorado me fez trabalhar — disse ele, parecendo satisfeito consigo mesmo.

E ali estava outra pessoa que ficaria magoada com o fim de todo aquele fingimento.

— Vô, você sabe que ele não é meu namorado. Que nós não... estamos juntos.

O avô olhou para Levi, que tinha se afastado para limpar a sujeira, e então se virou para a neta com um desdém bem impressionante.

— É, é, eu sei. Vocês ficaram presos na cabine do teleférico, acharam que iam morrer, juraram pra mãe dele que ele estava feliz com uma namorada pra ela não pensar que o filho havia morrido sozinho. É tuuuudo fingimento.

— Você não parece acreditar — comentou Jane.

— Fadinha, não sei nem se *você* acredita.

— Eu trouxe comida — disse ela, de um jeito meio bobo.

Levi voltou.

— De qual restaurante é?

— Nenhum. Na verdade, eu que cozinhei. É o rocambole de carne da sua mãe.

Levi arregalou os olhos.

— Ela te deu a receita?

Jane assentiu.

— Ela nunca deu essa receita pra ninguém. Minha tia morreu sem nunca conseguir, e olha que era irmã dela e tentou muito, muito mesmo.

Jane abriu um sorriso que esperava parecer normal.

— Ela gosta de mim.

Pegou a sacola de volta e foi para a cozinha. Dividiu o restante do rocambole de carne em três porções e levou tudo para a sala, onde se sentaram espremidos no sofá e comeram enquanto assistiam a *Jeopardy!*.

Antes de Levi, ela nunca tinha participado de um jantar em família como aquele na casa dos pais dele, com louças sofisticadas em uma mesa decorada que parecia saída do Pinterest. Na casa do avô, estavam com os pés em cima da mesa de centro, o avô gritando as respostas do programa de TV.

Mesmo que sua vida estivesse em risco, Jane não conseguiria escolher qual jantar tinha sido melhor. Ambos pareciam... perfeitos.

Ainda assim, não é real...

O problema era que *parecia* real, mais real do que qualquer coisa em toda a sua vida.

Depois do jantar, Levi a seguiu até em casa. Estacionou o próprio carro e abriu a porta do carro de Jane antes que ela se libertasse do cinto de segurança.

— Geralmente é agora que discutimos se eu te levo até a porta — disse ele. — Mas, só pra sua informação, vou te levar de qualquer forma. Não porque você não seja capaz de cuidar de si mesma, mas porque é o certo a se fazer e... — Ele sorriu. — Porque me dá mais uns minutos com você, durante os quais pretendo roubar pelo menos um beijo e, com sorte, te alisar um pouco também.

— Você vai conseguir mais do que isso.

Seria loucura passar mais uma noite com ele, sabendo que não conseguia mais separar os sentimentos da atração física, mas não se importava. Queria Levi, mesmo que fosse pela última vez.

Caminharam de mãos dadas até a porta. Na varanda, ele olhou em volta.

— Onde está Gato?

— É uma surpresa. Você tem um minuto?

Levi segurou o rosto dela e sorriu.

— Para você, eu tenho *todos* os minutos do mundo.

O coração apertou, mas Jane tentou ignorar. Destrancou a porta com a própria chave, sorrindo quando Levi pareceu surpreso por ela não ter batido. Ainda segurando a mão dele, puxou Levi para a sala e virou-se para o sofá.

— Levi, essas são a Zoe e a Mariella, elas moram aqui também.

Zoe e Mariella se endireitaram. Zoe tirou algumas migalhas da camisa e Mariella apontou para Jane.

— Olha, você *sabe* os nossos nomes — brincou ela.

Jane sentiu o rosto esquentar e ouviu a risada suave de Levi, então um miado alto e exigente cortou o ar. Todos olharam para a enorme gata cinzenta que se desenrolou de onde estava deitada, em frente ao fogão a lenha. Ronronando de felicidade, Gato correu até Jane.

— Você deixou ela entrar? — perguntou Levi, agachando-se e sorrindo para a gata, que bateu a cabeça em sua coxa, exigindo carinho.

Levi obedeceu, e Jane se viu levando a mão ao peito, comovida ao observar duas de suas criaturas favoritas. Não tinha ideia de como faria para ir embora no final da temporada. Só sabia que seria doloroso demais.

— Vi seu nome pintado na porta — disse Zoe. — Parabéns.

— Pelo quê?

Zoe sorriu.

— Por encontrar um lar para você e Gato.

Droga. Ela sentiu o rosto esquentar outra vez, mas não de vergonha. Era uma sobrecarga de algo que Jane quase não reconheceu: bem-estar. O que significava, claro, que estava ferrada. Não tinha muita experiência com aquele sentimento, mas tinha certeza absoluta de uma coisa.

Nunca durava muito.

— Deixa eu ver a porta — pediu Levi, baixinho em seu ouvido.

Foi assim que ela pegou a mão dele e o conduziu escada acima. Levi sorriu para a palavra JANE pintada em destaque.

— Ficou ótimo. Você vai me convidar pra entrar como fez com a gata?

— Está meio bagunçado.

— Eu gosto de um pouco de bagunça — disse ele, e a beijou suavemente, deixando claro que gostava dela do jeitinho que era.

Uma informação poderosa. Um pouco confusa, Jane empurrou a porta e entrou. Levi a seguiu, fechou a porta com o pé e virou Jane para encará-lo. Deixou o sorriso desaparecer enquanto olhava em seus olhos.

— Você é um enigma, Jane, e eu amo isso em você. Tem todos esses compartimentos secretos, caixas trancadas e escondidas, e não há instruções ou manual. Tem sido emocionante não saber o que está por vir, mas sabe o que é ainda mais empolgante?

Sem palavras, ela balançou a cabeça.

Segurando seu rosto, Levi deslizou os dedos por seu cabelo, roçando levemente sua mandíbula.

— Fazer parte da sua vida.

Jane ofegou.

— Você acha que faz parte da minha vida? — perguntou ela baixinho, adotando um tom provocador.

— Eu acho. — Ele hesitou. — Espero que sim.

Ela mergulhou a cabeça no peito de Levi para abafar a risada nervosa. Porque ele estava certo, muito certo.

— Você faz parte da minha vida, sim — disse ela. — Mas se não precisamos mais fingir nada pra ninguém, então... — Balançou a cabeça. — O que estamos fazendo?

— Eu não sei você, mas pra mim o que nós temos é real. — Ele roçou a boca em sua têmpora. — Já faz um tempo.

Jane levantou a cabeça, de repente com dificuldade de respirar.

— Mas você prometeu. Você prometeu não se apaixonar por mim.

O olhar de Levi encontrou o dela, caloroso e amoroso.

— Algumas promessas foram feitas para serem quebradas.

A resposta a fez suar frio de puro nervosismo.

— Como pode ter tanta certeza?

Ele deu de ombros.

— Tenho certeza desde a noite em que você ficou em cima de mim, enquanto eu sangrava no chão daquela cabine, e tirou toda a roupa.

Jane sufocou uma risada, apesar do sentimento que fazia sua garganta se apertar.

— Eu não tirei toda a roupa!

Levi sorriu, mas aos poucos o sorriso se desvaneceu.

— Você é um osso duro de roer, Jane. Só me restava *torcer* para conseguir invadir seu coração aos poucos. Mas agora...

— Agora o quê? — sussurrou ela.

— Às vezes eu pego você me olhando como se eu fosse um cupcake de cookies — sussurrou ele de volta.

Ele estava certo? Não. Porque era melhor que um cupcake.

— Talvez eu esteja só pensando em um cupcake de cookies mesmo.

Levi sorriu.

— Acho fofo quando tenta mentir.

Talvez fosse mentira, mas não conseguia abrir o coração e a alma. Jane não sabia como fazer aquilo.

— Vou te mostrar o que é fofo — disse, precisando mudar o rumo da conversa.

Levi parecia saber que ela estava se contendo, mas não a questionou. Em vez disso, sorriu e disse:

— Me mostra.

E ela mostrou.

A noite toda.

Estava tentando provar algo para si mesma, mas não conseguia mais lembrar o quê. E já não importava, porque a noite que havia começado descontraída e cheia de provocações acabou se tornando a mais significativa de sua vida.

Capítulo 26

Na manhã seguinte, Jane despertou sobressaltada ao som do alarme.
Um braço longo se esticou sobre ela e apertou o botão de soneca. Ela se virou e se deparou com o homem pelado na cama. Ele tinha uma barba sexy por fazer e um brilho nos olhos enquanto a puxava para perto e a beijava.

— Espera! — exclamou Jane.

Levi recuou uns centímetros e ergueu uma sobrancelha.

— Hum, oi — disse ela.

— Oi — respondeu ele, sorrindo.

Jane se contorceu um pouco, não só porque não sabia como agir naquela situação, mas porque também estava sem roupa, e era muita nudez junta. Ele estava quente e sexy e... *nossa*, pronto para começar o dia.

— Ignore isso aí — brincou ele. — O que você queria me dizer?

— Não me lembro.

Levi riu.

Dois botões de soneca e um orgasmo depois, Jane levou um susto com o horário e saltou da cama.

— Ai, meu Deus, vou me atrasar.

— Achei que seu turno só começasse às oito. — Ele semicerrou os olhos para o relógio. — Nem amanheceu direito ainda.

Ela estava vestindo as roupas que ele, tão prestativo, havia tirado na noite anterior.

— Vou encontrar meu avô para o café da manhã. Vou tomar banho no trabalho...

Levi a alcançou na porta do quarto. Teve tempo de vestir apenas a calça jeans, mas não a abotoou. Gentilmente, pressionou as costas de Jane contra a madeira, segurou seu rosto e deu-lhe um beijo tão cheio de desejo e carinho que ela esqueceu que estava com pressa.

— Bom dia — sussurrou ele tocando seus lábios.

Jane olhou para ele e estreitou o olhar.

— Você ouviu isso?

Levi inclinou a cabeça.

— O quê?

Jane se afastou dele devagar e, com as mãos na cintura, vasculhou o quarto com o olhar até que avistou o cobertor enrolado na beirada da cama: havia uma elevação suspeita debaixo dele.

E estava... ronronando.

— Gato?

A elevação parou de se mexer.

— Eu sei que é você — acusou Jane. — Estou te ouvindo ronronar.

O ronronar parou.

— Ai, meu Deus.

Ela puxou o cobertor da cama, e a gata pestanejou de um jeito preguiçoso e inocente.

— Nem começa — avisou ela. — A gente combinou que *mi casa es su casa*, mas a cama é *minha*.

A gata a encarou.

— Você é uma criatura noturna, sabia? Na outra noite você bateu na minha cabeça no meio da madrugada. Roubou meu travesseiro. Derrubou as coisas das minhas prateleiras...

A expressão da gata era a personificação do tédio.

— Combinamos que você dormiria no chão — lembrou Jane. — Algo negociado às duas da manhã e que foi acordado por ambas as partes.

Gato começou a lamber as patas.

— Ela faz as próprias regras, né? — comentou Levi com um sorriso.

Jane sufocou uma risada.

— Descreveu bem meus dois companheiros de cama.

— E você está me comparando à sua gata? — perguntou Levi.

— Ela me lembra você — comentou Jane. — Confiante. Insistente. E ainda tem esses olhos meio cinzentos...

Levi coçou as costas da gata, depois ao longo do focinho e sob o queixo, e a criaturinha até revirou os olhos em êxtase. Ele sorriu.

— Existem algumas semelhanças. Mas eu diria que ela é mais parecida com você do que comigo.

Jane cruzou os braços.

— Ah, é? Como?

— Ela me deixa fazer carinho quando quer, me permite um pouco de amizade e amor, mas não muito, é claro, e depois volta pra vida dela.

Jane estreitou os olhos, e ele apenas sorriu.

A gata olhou de um para o outro até que, com um último movimento do rabo e uma fungada, pulou e saiu pela porta.

— Hum — murmurou Jane.

Levi riu e a beijou outra vez.

— Até mais tarde, gata.

Ela assentiu, toda boba com o beijo. Por que isso continuava acontecendo? Não devia estar acostumada com a química entre os dois a essa altura?

Ele sorriu.

— Bonitinha. Mas você precisa ir, lembra?

— Hein?

— Seu avô. Café da manhã.

Quando Levi estava assim tão perto, a única coisa em que Jane pensava era arrancar as roupas dele. Como se pudesse ouvir seus pensamentos, Levi tocou seu corpo, roçando a parte externa do seio antes de tocar seu pescoço e usar o polegar para brincar com seu lábio inferior. Uma onda de desejo tomou conta dela. Droga. Jane apontou um dedo acusatório para ele.

— Você faz isso de propósito.

— Sinta-se à vontade para revidar a qualquer momento — retrucou ele.

Jane ainda estava sorrindo dez minutos depois, quando entrou no estacionamento da lanchonete Stovetop. Mesmo depois de uma noite inteira com Levi, ainda queria mais. Muito mais.

Porque é real...
Seus pensamentos a deixaram um pouco agitada, até que percebeu que o avô ainda não tinha chegado — o que era incomum, já que Lloyd costumava estar no meio da refeição àquela hora.

Ele apareceu cinco minutos depois, andando um pouco mais devagar do que ela tinha visto até então. Jane se levantou, beijou a bochecha dele e observou enquanto o avô deslizava para o assento, parecendo sentir dor por todo o corpo.

— O que foi?

— Estou velho — respondeu ele, dando um sorriso.

Jane não retribuiu, pois percebeu que não havia uma alegria genuína no sorriso.

— Vô...

Naquele momento, a garçonete apareceu com um sorriso, segurando um bule de café.

— Deus te abençoe — disse o avô.

A mulher, três décadas mais nova, piscou para ele.

— E aí, gatão? O de sempre?

— O de sempre, obrigado, boneca.

A garçonete se virou e foi até o balcão de tortas e bolos.

— Qual é o de sempre? — perguntou Jane.

— Dois croissants doces recheados.

— O quê? Não. *Você está brincando?* Olha, tenho certeza de que você está seguindo uma dieta específica, não está? E não é possível que dois croissants doces recheados estejam na sua dieta.

O avô acenou, dispensando a preocupação.

— Sou igual à bateria de um celular velho, Fadinha. Mesmo recarregando durante a noite por doze horas, às nove da manhã já estou esgotado em quarenta por cento. Preciso de açúcar.

Jane gesticulou para a garçonete.

— Será que você pode trazer pra gente dois cafés da manhã saudáveis? Suspenda os doces, por favor.

— Gostei dessa aqui — disse a mulher enquanto estourava uma bola de chiclete.

— É, também gosto dela — disse Lloyd. — Mas é meio mandona.

— Talvez seja bom pra você. — A garçonete piscou para Jane.

Assim que ela se afastou, Jane virou-se para o avô.

— Você *sempre* come croissants no café da manhã?

— A menos que você esteja aqui, sim.

Ela ficou perplexa.

— Mas você teve outro ataque cardíaco.

— É, *tive*. E não estou planejando ter mais um, a menos que você continue me dando bronca.

Jane suspirou.

— Já conversamos sobre isso. Você não pode mais comer o que quiser. Tem que abrir mão dessas comidas que fazem mal pra saúde.

O avô colocou a mão sobre a dela.

— Você sabe que um dia eu vou bater as botas, não importa o que eu coma, não sabe?

— Sei, mas nem tão cedo, certo?

Ele deu de ombros e desviou o olhar.

— Ninguém sabe quando vai ser. É a vida.

Jane hesitou.

— Você está escondendo algo de mim — murmurou ela. — Alguma coisa errada. O que está acontecendo?

— Nada.

— Vô. Você jura?

Ele ergueu a mão.

— Eu juro solenemente. Estou bem, relaxe. Melhor ainda, me deixe relaxar, ok? Vivi uma vida longa, mereço um pouco de alegria.

Jane olhou para ele. Por alguma razão, não conseguia entender o avô naquela manhã. Tinha certeza de que ele estava escondendo algo, mas sabia que pressioná-lo não adiantaria nada.

— Você consegue encontrar alegria em alguma coisa além dos croissants?

Lloyd a encarou.

— Consigo — respondeu, com uma convicção calma e calorosa. — Já encontrei.

Jane sentiu um nó na garganta e sorriu para ele.

— Amo você.

— Também te amo, Fadinha. Até a Lua... e de volta.

Uma hora depois, Jane estava no trabalho, ocupada como sempre. No meio do turno, teve uma rara pausa entre os pacientes. Olhou para a tela à sua frente, onde digitava os relatórios. Então, olhou ao redor.

Ninguém estava prestando atenção nela.

Respirou fundo, estalou os nós dos dedos e fez algo que não era permitido. Digitou o nome do avô, acessou sua ficha — em Tahoe, todos os médicos eram prestadores de serviços do hospital, então todos os registros eram armazenados em um único sistema — e começou a ler.

Capítulo 27

O dia de Charlotte estava uma loucura como sempre, então, quando conseguiu uma pausa, desesperada por cafeína e um lanche, estava mais do que faminta. Foi até a sala de descanso, mas então lembrou que não havia levado nada para comer.

Droga. Estava ficando igual a Jane.

— Não sei o que tem na sua sacola, mas vem um cheirinho incrível quando a gente abre a geladeira — comentou Sandra.

Charlotte se virou, surpresa.

— Como assim?

— Seu almoço. Tem uma sacola enorme ali com o seu nome. Tem cheiro de comida mexicana, e estou morrendo de inveja.

Charlotte abriu a geladeira e ficou boquiaberta. De fato, lá estava uma sacola enorme com seu nome e um aroma delicioso.

— Eu não trouxe nada — murmurou, perplexa.

— Bem, então podemos fingir que está escrito *Sandra*? — brincou a enfermeira, rindo.

De jeito nenhum. Charlotte reconhecia aquela caligrafia, era de alguém que sabia cozinhar muito bem, talvez até melhor do que ela. Tirou a sacola da geladeira, colocou no balcão e abriu.

Dentro, havia um pote de vidro com duas *enchiladas*, acompanhadas de chips de *tortillas* e *pico de gallo*.

Charlotte ficou com água na boca e pegou o bilhete dobrado.

C,
Aproveite.
Com amor, M.

Ela se sentiu congelar no lugar.

Com amor, M...

No bolso, o celular tocou com uma notificação de mensagem de texto, e Charlotte pegou o aparelho.

> **MATEO:** Olha a geladeira antes que os abutres cheguem.
> **CHARLOTTE:** Não precisava!
> **MATEO:** Precisava, sim. Fui pra sua cama ontem depois que cheguei em casa, à meia-noite. Minha mãe tinha deixado uma geladeira cheia de comida. E eu sei que você não teve tempo de cozinhar, já que ficamos no quarto fazendo outras coisas até o amanhecer, e eu não queria que você ficasse com fome.

Charlotte riu alto e mordeu o lábio, e ao notar o olhar de Sandra, balançou a cabeça para a enfermeira.

— Nada de mais — disse Charlotte.

— Nada de mais, uma ova — disse Sandra com um sorriso. — Eu não me importaria de ficar com essa expressão no rosto. Aquela que diz que você passou a noite toda acordada da melhor maneira possível. Me diz que foi com o dr. Gostosinho.

— Tem coisas que uma mulher deve guardar pra si mesma — respondeu Charlotte com um sorriso.

Sandra sorriu de volta.

— Bem, o que quer que esteja guardando para si, está fazendo muito bem a você.

Charlotte foi para o pronto-socorro e puxou Mateo para um canto.

— O bilhete — acusou ela.

— Deu tempo, que bom. Eu não sabia se a comida estaria segura.

— O bilhete — repetiu Charlotte, ouvindo um toque de histeria na própria voz.

Mateo apenas a encarou.

— "Com amor, M"?

Os olhos escuros de Mateo não se desviaram dos dela.

— Isso.

— Você... me ama?

Mateo levou as mãos até o rosto dela.

— Amo — respondeu ele, sem rodeios.

Charlotte respirou fundo.

— Eu não espero... — começou ele.

— Eu também te amo. Mas...

Ele se encolheu ao ouvir o "mas".

— Mas... — disse ela, suavemente — Não sou uma mulher que sonha em casar e ter filhos. Eu sou... — Ela balançou a cabeça. — Ainda não tenho certeza de que quero esse tipo de coisa.

— Um pedaço de papel que ligue a gente... filhos... — Mateo sorriu. — Posso viver sem isso. O que não posso é viver sem você, Charlotte.

O coração dela se derreteu.

Mateo começou a beijá-la, mas alguém o chamou com urgência no corredor, e ele se aprumou.

— Estamos atolados de trabalho. Tenho que ir. Mas não posso ir embora sem saber que estamos bem.

Charlotte sorriu.

— Estamos mais do que bem.

Ele sorriu de volta e desapareceu.

Charlotte saiu do prédio e foi até o pronto-socorro para almoçar com Jane. Encontrou a amiga sentada atrás do balcão da recepção, olhando fixamente para o nada, com o rosto pálido e uma expressão que parecia indicar que estivera chorando.

— O que aconteceu? — perguntou Charlotte.

Jane apenas balançou a cabeça.

— Jane...

— Que cheiro maravilhoso é esse? — interrompeu Jane.

Charlotte olhou em volta, não havia ninguém esperando para ser atendido.

— Vamos almoçar.

Foram para os fundos, aqueceram a comida, depois se sentaram à mesa dos funcionários e compartilharam a refeição.

— Foi o Mateo que cozinhou? — perguntou Jane, depois de dar algumas mordidas. — Você vai ter que se casar com ele, tá sabendo, né?

— É a comida da mãe dele.

— Mas ele dividiu com você.

— Foi — respondeu Charlotte, incapaz de remover o sorriso do rosto.

Jane notou sua expressão e assentiu, satisfeita, embora a felicidade não tivesse chegado aos seus olhos.

— Ele é o cara certo pra você.

Charlotte pousou o garfo.

— Está pronta para conversar?

— Não.

— Mas você vai mesmo assim?

Jane empurrou a comida no prato.

— Meu avô está com câncer.

Charlotte sentiu a respiração falhar.

— Ah, Jane. Eu...

— Lamenta? Eu também. — Jane balançou a cabeça e desviou o olhar. — Eu estou... — Ela se levantou e começou a andar. — Estou sentindo muitas coisas.

— Você está com raiva — disse Charlotte, a voz suave.

— Com certeza, estou, sim.

— É uma das primeiras emoções que vêm com um diagnóstico de câncer.

Jane parou de andar.

— Não sou o familiar de um dos seus pacientes!

Charlotte assentiu.

— Claro que não. Desculpe.

Jane fechou os olhos por um momento e suspirou.

— Não. Desculpe. Não devia ter gritado com você. Ele não me contou. Não sou importante o suficiente para ele. Tive que descobrir sozinha.

O primeiro pensamento de Charlotte foi uma mistura de dor e raiva por Jane, que começara a confiar no avô depois de uma vida inteira de desconfiança com relação à família. Se o homem estivesse ali, Charlotte o teria esganado com as próprias mãos. O segundo pensamento a deixou arrepiada.

— Jane. Diz pra mim que você não infringiu as normas de confidencialidade. — A voz dela vacilou.

O rosto de Jane endureceu, e o coração de Charlotte deu um salto.

— Jane...

O celular de Charlotte tocou. Precisavam dela no centro cirúrgico.

— Vai — disse Jane. — Estou bem.

Não estava, mas Charlotte não tinha escolha.

— Ligo para você assim que puder.

Jane assentiu e deu as costas para ela, e Charlotte teve que ir embora, uma das decisões mais difíceis que tomara.

Jane se moveu no automático durante o restante do turno. Quando entrou no carro para ir embora, se deu conta de que precisava conversar com o avô. Sem tirar conclusões precipitadas. Era a coisa lógica a fazer.

No entanto, havia um problema. Ela não estava sendo racional. Por isso, ao estacionar, estava em frente à casa de Levi.

O coração sabia o que a mente já tinha aceitado: naquele momento, precisava de Levi. O pânico e a ansiedade percorriam seu corpo. Estava assustada e irritada, à beira de perder o controle ao sair do carro.

Levi abriu a porta antes mesmo que ela chegasse à varanda.

— Você saiu mais cedo... — começou ele, mas seu sorriso sumiu ao descer os degraus da entrada para encontrá-la. — O que houve?

Ela mordeu o lábio com força, mas as lágrimas vieram, escorrendo em silêncio pelo rosto.

— Você se machucou? O que aconteceu?

Levi puxou Jane para perto, os olhos analisando cada centímetro dela.

— Não estou machucada — respondeu ela, com dificuldade. — Só... recebi uma notícia difícil, mas não consigo falar disso ainda. — Não sem perder o controle por completo. — Preciso de um minuto.

Os olhos de Levi transbordavam uma preocupação profunda, e os lábios estavam tensionados de um jeito sério enquanto a abraçava, apoiando a bochecha na cabeça dela.

— Seja o que for, Jane, estou aqui. Vamos enfrentar isso juntos.

Ela não sabia como ou por quê, mas Levi sempre conseguia derrubar suas defesas — uma faca de dois gumes, porque, ah, como *odiava* se sentir vulnerável ou frágil. Ainda assim, cerrou os punhos na camisa dele e o segurou com firmeza.

Ficaram ali, no meio do jardim, por um longo momento. Jane, sentindo todo tipo de emoção, absorvendo o conforto e a paz que sempre encontrava nos braços dele; Levi, uma rocha sólida e inabalável.

De repente, porém, sentiu um leve toque nas costas, mãos que não eram de Levi — sabia disso porque ele estava com uma mão em sua cabeça e a outra em sua cintura. Então, uma terceira pessoa a abraçou por trás.

— Jane. — Era Shirley. — Meu bem, o que houve?

— Seja o que for, estamos aqui por você — disse Tess.

— Eu tenho um *taco* sobrando. Você quer? — perguntou Peyton.

Jane levantou a cabeça e viu que toda a família Cutler tinha saído para ver como ela estava.

A porta ainda estava aberta, e um cheiro delicioso de comida mexicana vinha de dentro da casa. Ela tinha interrompido o jantar. Viu Hank na varanda, claramente tentando não incomodar. Peyton improvisara um babador com papel-toalha preso à gola do suéter e estava segurando um *taco*. Jasper estava ao seu lado, lambendo a comida com cuidado.

— Desculpe. — Jane enxugou os olhos. — Não queria interromper o jantar de vocês.

— Querida, não se preocupe — disse Shirl. — Entre, temos comida à vontade. E chá quente.

— Isso, venha — chamou Tess. — E, se precisar, eu tenho algo para colocar no chá.

— Pra mim também, mamãe? — perguntou Peyton.

— Não, mas você pode pegar um pirulito.

Levi olhou para a mãe e a irmã. Houve uma troca de olhares silenciosa, e todos voltaram para dentro, exceto ele.

— Não precisamos entrar — disse ele. — Podemos ficar aqui, onde você preferir. Você decide.

Ela fungou.

— A comida está cheirosa.

Ele sorriu.

— Então, o que prefere primeiro? Conversar ou comer?

Jane sabia que não conseguiria comer até que desabafasse.

— Conversar.

Levi ofereceu-lhe a mão, e, juntos, entraram. Ele a guiou até as escadas, e subiram.

Apesar da escrivaninha cheia de papéis, das roupas de Levi jogadas no sofá e dos brinquedos de Peyton espalhados pelo chão, o escritório parecia acolhedor. Jane fungou outra vez, tentando se recompor.

— Você é bagunceiro mesmo, bem que a Tess falou.

— Engraçadinha. — Levi estendeu a mão e tirou tudo do sofá com um movimento rápido. — Senta.

Assim que Jane se acomodou, ele pegou uma caixa de lenços de algum lugar e se sentou ao seu lado, puxando-a para perto.

— Me conte o que está acontecendo.

Certo. Era hora de dizer em voz alta.

— No café da manhã de hoje, notei algo estranho no meu avô, mas não consegui identificar. Ontem à noite, perguntei sobre sua saúde, e ele me assegurou que estava bem. Até jurou. — Jane respirou fundo. — Mas não está. Ele está com câncer. — Dizer as palavras em voz alta trouxe de volta o horror. Os olhos dela estavam marejados. — Acabei de reencontrá-lo, e ele vai morrer.

— Ah, Jane.

Levi a abraçou com força, o queixo apoiado no topo da cabeça dela enquanto a balançava com delicadeza. Por um momento, Jane se deixou afundar nele, permitindo que sua força a reconfortasse.

— Que tipo de câncer é? — perguntou ele. — Muitos são tratáveis hoje em dia, mais do que nunca.

— É, se o paciente decidir procurar tratamento.

Um pouco irritada com esse fato, Jane se afastou do abraço e começou a andar pelo cômodo, o que não era fácil com tudo espalhado pelo chão. Charlotte estava certa, ela estava com raiva, muito irritada, e estava tudo bem se sentir assim, porque por trás da raiva havia uma dor profunda que não estava pronta para enfrentar.

— É câncer de pulmão. Ele foi tratado com sucesso há dois anos, mas voltou e... — Engoliu em seco. — Ele está recusando o tratamento desta vez. Ele simplesmente vai deixar o pior acontecer, e nem ia me contar. Como não me contou? Como me olhou nos olhos e me assegurou que estava tudo bem quando ele sabia, que droga, ele *sabia* que nada está bem e nunca mais vai ficar.

Levi se levantou e foi até ela.

Jane ergueu o rosto.

— *Como?*— exigiu ela.

Ele passou as mãos pelos braços dela.

— É complicado. Você mais do que ninguém sabe disso. Você acabou de voltar pra vida dele. Talvez ele ainda não tenha tido coragem de contar. Câncer não é algo fácil de discutir, especialmente com alguém que a gente ama.

— Não. — Ela virou as costas para Levi e sua empatia. — Câncer é *exatamente* o tipo de coisa que a gente deve discutir com alguém que a gente ama. Na verdade, devia ter sido a primeira coisa a me contar. Tipo... "Oi, que bom que você voltou. Estou com câncer, mas amo você o suficiente para dizer a verdade."

— Jane...

— Para.

No fundo, além da negação e da raiva, sabia que estava sendo irracional, talvez até injusta. Sabia que nunca haveria um jeito fácil ou um momento certo para conversar sobre algo assim, mas achava que o relacionamento com o avô seria verdadeiro desta vez. Era óbvio que se enganara. Que inferno, talvez ela ainda não passasse de um inconveniente. O avô com certeza não a amava "até a Lua... e de volta" para guardar um segredo tão grande e doloroso.

— Isso pode não ter nada a ver com você ou com seu relacionamento com ele — disse Levi, baixinho. — Pode ser só coisa dele e, Jane, talvez você precise aceitar isso.

— Mas ele devia ter me contado logo de cara. — Ela se abraçou, olhando pela janela. — Ele sabe que vou embora em breve.

— Talvez ele não quisesse passar o tempo que lhe resta falando de morte e doença, ou defendendo a escolha que fez de não recorrer ao tratamento. Talvez ele só quisesse aproveitar cada momento que pudesse com você antes que fosse embora.

Havia tensão na voz dele, mas Jane balançou a cabeça.

— Ele escolheu não fazer *nenhum* tratamento. Nenhum. Zero. Nada.

— De novo, a escolha é dele.

Alimentada pelo pânico, pela ansiedade e pela fúria, ela se virou para Levi.

— Você está mesmo tentando defender a decisão dele? Existem tratamentos disponíveis, Levi. Não há justificativa para o que ele está fazendo.

— Imagino que você tenha conversado com ele sobre isso. Com calma. De um jeito racional. Sem julgamento.

Ela ergueu as mãos.

— Claro que não. Vim direto pra cá. — Ela sentiu os olhos marejarem e sussurrou: — Estou tão brava com ele. *Tão* brava.

Levi assentiu e se aproximou dela devagar, atravessando as barreiras emocionais sem dificuldade.

— Eu entendo — afirmou ele. — Mas talvez ele tenha feito essa escolha *antes* de você voltar pra vida dele.

Jane o encarou enquanto as palavras a atingiam como um golpe duplo no peito.

— Então a culpa é minha por não ter entrado em contato antes?

— Não, claro que não. Mas acho que ele pode ter decidido algo diferente agora, algo que você não vai saber a menos que converse com ele.

Ela pressionou as têmporas.

— Você não entende. A decisão dele foi tomada há meses, e o câncer não espera. Não tem como voltar no tempo para consertar isso.

— Não tem como você ter certeza disso.

— Ah, tem, *sim*. Acessei a ficha médica dele, Levi. Eu vi tudo.

Levi estava a centímetros dela, sem tocá-la, mas seu rosto refletia incredulidade e talvez uma ponta de raiva, e Jane se perguntava por que ele estaria irritado. *Ela* era a pessoa que estava com raiva, como deveria estar.

— Deixa eu ver se entendi — começou ele, com cautela. — Você disse que ele parecia estranho. Então ele contou que tinha câncer, você o pressionou para obter mais informações e ele mostrou a ficha médica. Foi isso?

Jane desviou o olhar.

— Ele *parecia* estranho. E eu não o pressionei para obter respostas porque sabia que ele não me daria.

— Então você acessou os registros sem permissão, arriscando sua carreira, sem falar da sua licença, para evitar ter uma conversa difícil com seu avô?

Merda. Bem, quando ele colocava dessa forma... Só que sua paciência estava curta, o que significava que o pensamento racional e lógico estava escondido atrás da enorme bola de emoção presa em sua garganta.

— Família é mais importante do que qualquer trabalho — rebateu ela. — Ou pelo menos deveria ser. E olha só quem fala de evitar conversas difíceis. Você inventou uma namorada de mentira pra sua família!

— Verdade. Mas, só pra constar, parei de fingir há muito tempo. Como eu disse, isso — Levi fez uma pausa e apontou para os dois — é real para mim, Jane. *Muito* real.

Ela perdeu o ar. Nunca se acostumaria com aquilo. Levi deu um sorriso pequeno e tenso.

— Mas está na cara que você ainda não chegou lá.

— Eu não me *permiti* chegar lá — corrigiu ela, hesitante. — Sei que você é importante para mim, Levi. Muito importante.

— Tão importante quanto o seu trabalho? Tão importante quanto o seu amor por viajar sem amarras maiores do que a duração do seu contrato?

— O trabalho não interfere nisso.

— Claro que interfere. O trabalho te dá uma desculpa para ir embora.

Por um instante de angústia, Jane se sentiu com 8 anos outra vez, um estorvo pelo qual não valia a pena lutar, um inconveniente que ninguém queria. Tinha dado um jeito naquilo, partindo por vontade própria.

— Isso não é justo.

— Não? Foi você que, na mesma frase sobre o câncer do seu avô, também falou em deixar Tahoe. É muito simples para você ter uma rota de fuga. Mas as coisas mudam, Jane, e você pode mudar também. Porque ninguém está pedindo para ir embora desta vez. Não precisa de outro contrato. Pode ficar aqui e aproveitar o tempo que resta com seu avô.

Ela olhou para Levi, tentando lutar contra o pânico crescente que não conseguia explicar. Talvez porque ele tornava tudo tão fácil quando não era. Ou era?

— Eu nunca menti para você. Você sempre soube que eu ia embora.

Levi parecia... decepcionado. Magoado.

— Você está fugindo de novo, desta vez das pessoas que realmente se importam com você, porque tem medo de se machucar se tentar construir um relacionamento de verdade.

Era isso que ela estava fazendo? Procurando motivos para partir antes que a pedissem para ir embora? Merda. De repente, Jane se sentou no sofá, envergonhada e furiosa consigo mesma. Não sabia como responder.

Levi se sentou na mesa de centro em frente a ela.

Ainda sem tocá-la...

O silêncio se prolongou sem que ela dissesse nada. Mal conseguia pensar, com o sangue pulsando nos ouvidos e o pânico apertando a garganta. Pânico, porque era isso que sentia. Estava prestes a perder o avô e Levi de uma só vez por causa da necessidade de fugir de tudo que a fizesse sentir demais.

— Jane, o que quer que eu faça?

— Quero que faça o que quiser — disse ela, apática.

Ele assentiu e se levantou.

— Tudo bem.

Ele estava esperando que ela fizesse alguma coisa, Jane notou. Então também se levantou e, sem dizer mais nada, saiu sem olhar para trás. Esse era o truque, lembrou a si mesma. Nunca olhar para trás. No entanto, pela primeira vez, ela quis olhar.

Capítulo 28

Levi ouviu a porta da frente se fechar e sentiu o barulho ecoar dentro de si. *Bem, você estragou tudo, não foi?*

Passou as mãos pelo cabelo e se perguntou por que não estava correndo atrás da melhor coisa que já havia lhe acontecido. Praguejando, desceu as escadas correndo e foi até a porta.

O carro de Jane já tinha desaparecido.

A parte angustiante da noite já podia começar, pelo jeito. Olhou em volta da sala de estar, perguntando-se por que diabo era tão idiota quando se tratava de mulheres. E por que fizera aquela promessa estúpida de não se apaixonar por Jane? Parou quando percebeu que as portas duplas que levavam à cozinha estavam fechadas.

Nunca ficavam fechadas.

Levi as abriu, e toda a família saltou para longe, tentando parecer ocupada. De repente, a mãe estava lavando a louça, o pai lia o jornal — de cabeça para baixo, como se fosse muito comum — e a irmã estava vasculhando uma gaveta, sem saber o que procurava. A única exceção era a sobrinha, parada de um jeito suspeito perto da parede ao lado da porta.

A parede de onde era possível ouvir tudo no escritório.

Peyton lhe deu um sorriso inocente.

— Oi! A gente tava com o ouvido grudado na parede ouvindo você e a Jane lá em cima. A vovó tava usando um copo porque ela falou que deixa o som melhor.

Levi olhou para a mãe, que fez uma careta resignada.

— Crianças — disse ela. — Elas falam cada coisa.

— Por que a Jane tá brava com você? — perguntou Peyton. — Você fez alguma coisa ruim? Porque a gente tem que pedir desculpa quando faz coisa ruim.

Ignorando os três adultos de aparência culpada, Levi se agachou diante de Peyton.

— Primeiro, nunca mude, ok? — Ele puxou de leve o rabo de cavalo da sobrinha. — Você é perfeita. E, segundo, às vezes os adultos discordam, e tudo bem. — Então ele se levantou e balançou a cabeça para o resto da família. — Vocês não podiam me dar dez minutos de privacidade?

O pai bufou.

— Filho, você ferrou tudo em menos de cinco.

Tess concordou com a cabeça.

— Nem mesmo um de seus PowerPoints poderia ter te salvado.

— Está tudo sob controle — falou Levi, com uma certeza que não sentia.

Tess olhou para os pais.

— Vejam que, na verdade, ele não está com tudo "sob controle".

Levi balançou a cabeça e virou-se para a mãe.

— E você? A líder da matilha, a instigadora intrometida, não tem nenhum comentário espertinho para mim?

—- Não — respondeu a mãe, com o nariz empinado. — Não tenho nenhum comentário, porque não estou falando com você. Você sentiu a necessidade de inventar uma namorada. E depois mentiu para mim.

Levi ergueu as mãos e saiu da cozinha, sem sequer saber para onde ir, já que sentia que tudo estava indo para o inferno. E, para sua surpresa, deu de cara com Mateo chegando. Assim que viu Levi, seu sorriso desapareceu.

— O que aconteceu? — perguntou Mateo.

— Ele acabou de destruir o namoro com a Jane — respondeu Shirley, vindo logo atrás.

— Não é bem verdade — disse Tess, aparecendo atrás da mãe. — *Jane* terminou com *ele*.

— Na verdade, o que a Jane disse foi que ele podia fazer o que quisesse — acrescentou a mãe.

Mateo balançou a cabeça.

— Ah, cara, quando uma mulher diz isso, você *não* faz o que quer. Você só fica quietinho. Não pisca, não respira, só se finge de morto.

— Ótimo conselho — debochou Levi. — Muito útil, obrigado.

A mãe dele olhou para Mateo.

— Você pode dizer ao seu amigo que ele é um idiota?

— Acho que ele já sabe — respondeu Mateo.

Levi suspirou e virou-se para a mãe.

— Pensei que você não estivesse falando comigo.

— E não estou! — Ela suspirou. — Tá certo, estou, sim. Lamento que tenha estragado tudo, Levi. Sinto muito. Você está bem?

Ele pressionou a mão no coração dolorido e balançou a cabeça.

— Vou avisar se um dia recuperar minha alma. Não que eu *tenha* que avisar vocês. Minha vida pessoal não devia ser tema de debate.

— Ah, querido. — A mãe segurou seu rosto. — Quem te ensinou que sua vida pessoal deve ser separada da sua família?

— Quem você acha?

A tristeza encheu os olhos dela.

— Sinto muito — disse ela, com a voz suave. — Você sempre foi tão reservado que fazíamos o que fosse necessário pra descobrir o que estava se passando com você. Olhando pra trás agora, acho que isso nem sempre foi saudável. Mas, em nossa defesa, nós te amamos muito.

— Eu também amo, mãe, mas vocês não me deram nem dois minutos para processar o que aconteceu antes de ficarem em cima de mim, dizendo onde eu errei. Acha que eu não sei que errei?

Parecendo abalada, Shirley respirou fundo.

— Você está certo, devíamos ter te dado um tempo. Só não queríamos que demorasse tanto a ponto de perder algo que te faz tão feliz. — Ela fez uma pausa, respirando fundo. — Naquela noite em que você me ligou da gôndola… Não foi para me dizer que estava namorando. Foi para se despedir, não foi?

O arrependimento era amargo, mas ele precisou engolir.

— Mas você não conseguiu — continuou ela. — Você me ama tanto que seus últimos pensamentos foram me fazer feliz. — Ela pressionou a mão no peito. — Você agiu com o coração. Você teve boas intenções.

Lamento ter feito você sentir que tinha que ser algo que não era. Lamento que tenha se sentido julgado por nós. Eu sei que reagimos de forma exagerada, mas, Levi, você se distanciou e foi embora, e sentimos muito a sua falta. Então, sim, quando está em casa, exageramos um pouco. Mas não é porque queremos que seja alguém que não é. Não é porque não amamos você. É porque não conseguimos evitar.

E então ela o destruiu quando seus olhos se encheram de lágrimas.

— Mãe — sussurrou Levi, estendendo a mão. — Não chore.

— Não consigo evitar. Quero ir atrás da Jane por você e consertar isso eu mesma.

— Tá, mas você não vai, né?

Ela chorou e soltou uma risada ao mesmo tempo, encostada no peito dele, e Levi percebeu que, embora sua família nem sempre o entendesse, ele também nunca tentara entendê-los. Nunca imaginara que sua mudança os incomodava tanto. Na época, estava desesperado para encontrar o próprio espaço, tanto que, sem querer, excluíra da sua vida as pessoas que o amavam.

E não acusara Jane de fazer exatamente a mesma coisa?

Merda.

Com as pernas bambas, Levi caiu no sofá e percebeu que todos estavam lhe dando espaço, oferecendo apoio silencioso.

— Eu sou mesmo um idiota.

Shirley abriu a boca para falar, mas Tess balançou sutilmente a cabeça, e a mãe logo fechou a boca de novo.

Era um progresso. Pena que Levi mal conseguisse apreciar, já que a sensação do fracasso o dominava. Por que pressionara tanto Jane? Para que forçar uma verdade que ela não queria ouvir, fazendo com que encarasse o passado e, seu pior medo, o de ser abandonada? Ela tinha ido embora, mas foi ele quem dera o empurrão final.

Odiava aquela situação e, naquele momento, odiava a si mesmo também. Precisava provar a Jane que o que existia entre eles era real.

— Eu errei.

— Bom, e quem não erra? — perguntou a mãe. — Você é o cara que conserta as coisas, sempre foi. Dói quando não consegue consertar algo. Como o que o Cal tirou de nós. Ou quando a Amy morreu…

— Mãe...

— Não, querido, ouça. Tem coisas na vida que não podem ser desfeitas, por mais que você queira. Mas também há muito que se *pode* consertar. Como você e a Jane. Sei que você pode consertar isso — encorajou Shirley.

Mateo assentiu.

Tess também.

Caramba, até o pai estava de acordo.

Peyton abriu a mão e ofereceu um chocolate derretido.

Pior do que estava não podia ficar. Ele levou o chocolate à boca.

— Como? — perguntou ele. — Como eu conserto as coisas com a Jane?

— Uau. — Tess pareceu surpresa. — Ele está pedindo conselhos. Rápido, alguém anota essa data histórica.

A mãe a ignorou.

— A solução não é fácil — avisou Shirley. — Você vai ter que ouvir seu coração, ele já tem a resposta.

Ótimo. Levi não tinha ideia de como ouvir o coração — que batia forte e tão rápido que doía.

— Talvez eu esteja infartando.

— Ou... — instigou Tess.

— Ou... — Levi engoliu em seco. — Ou eu amo a Jane.

— Para um cara tão inteligente — disse o pai, batendo a mão em seu ombro em uma rara demonstração de afeto —, você levou tempo para entender.

A mãe estava sorrindo.

— Tenho muito orgulho de você, querido.

Levi foi até a porta.

— Tenho que ir.

— Vai pedir a Jane em namoro de verdade, certo? — perguntou a mãe.

— Sugiro implorar — completou Tess.

— Idem — concordou Mateo.

— Boa sorte, filho — desejou o pai. — Você vai precisar.

Capítulo 29

Jane parou no acostamento por dois motivos. Primeiro, porque o desembaçador não estava funcionando direito, e passar a manga da camisa na parte interna do para-brisa para enxergar a estrada não estava dando certo. Segundo, porque ela estava chorando. Talvez fosse por isso que não conseguia ver nada.

A vida era mesmo um saco.

Mas, ei, já estivera nessa situação antes e sobrevivera. Tudo o que precisava fazer era pôr um pé na frente do outro e seguir adiante. Então, limpou o rosto e olhou o próprio reflexo no espelho retrovisor.

— Desde quando deixa alguém se aproximar o suficiente pra te machucar? Isso é idiotice. Você é mais esperta que isso.

Ela era.

No entanto, de alguma forma, passara a acreditar que estava em uma nova trajetória, uma em que as pessoas que aos poucos deixava entrar em sua vida eram confiáveis. Mas o feitiço tinha se voltado contra a feiticeira, porque os dois homens que amava tinham acabado de destruí-la.

Quando estacionou em frente à casa do avô, as lágrimas desapareceram, mas ela tinha algumas coisas a dizer. Avançou pela calçada e ergueu a mão para bater, mas a porta se abriu antes disso, surpreendendo Jane.

O avô deu uma olhada para ela e suspirou.

— Você sempre foi uma pessoinha intrometida.

Certo. Eles iam direto ao ponto, então. Funcionava perfeitamente com ela.

— *Como você não me contou?*
— Foi fácil.

Jane perdeu o ar, de verdade, e, enfrentando a dor, olhou para ele.

De repente, o avô parecia muito mais velho do que de fato era, parecia a ponto de desabar.

— Olha, eu sabia que, se te contasse, você só falaria disso. E eu não queria falar disso. Ainda não quero.

— Mas...

— Jane, você sabe quando tomei minha decisão sobre o tratamento? Um ano atrás, muito antes de você voltar pra minha vida. E, naquela época, tudo em que eu conseguia pensar era ver sua avó de novo. — Ele a olhou com uma expressão arrependida. — Eu tinha estragado tudo com você e não conseguia nem imaginar um cenário em que nos veríamos novamente. Para ser sincero, pensei que tinha terminado meu ciclo neste mundo.

Ela se sentou antes que os joelhos cedessem, bem ali, no degrau mais alto da varanda.

— Sinto que acabei de te encontrar — disse Jane, com a voz embargada. — A ideia de te perder de novo é insuportável.

O avô se sentou ao seu lado no degrau e segurou sua mão.

— Eu vou estar sempre com você. Como sempre estive.

Os olhos dela se encheram de lágrimas.

— Mas existem tratamentos que podem prolongar nosso tempo juntos.

Ele balançou a cabeça devagar.

— Quero passar o tempo que me resta rindo ao seu lado, aproveitando a vida com você, não em uma cama de hospital. Jane, prefiro ter três meses incríveis com você do que três anos longos, dolorosos e assustadores. — Ele a encarou, permitindo que Jane visse toda a profundidade de seus sentimentos, e isso foi o suficiente para deixá-la sem palavras. — Você consegue entender isso?

Ela teve que fazer um esforço para entender o que o avô estava dizendo e refletir sobre o que ouvia. Chegou a se perguntar: se *não fosse* seu avô, se fosse um paciente, como se sentiria?

Sendo bastante honesta, concordaria com alguém nessas condições.

E mais. Levi dissera que ninguém a estava afastando daquela vez, que ela mesma estava fazendo isso. E ele estava certo. Haveria outros trabalhos. Não haveria outro avô, não para ela.

— Vou ficar aqui — disse ela com firmeza, segurando a mão dele. — Vou ficar aqui com você, não importa o que aconteça.

A tensão desapareceu dos ombros de Lloyd, que se inclinou e beijou a bochecha da neta.

— Obrigado — disse ele com tanta honestidade que Jane sentiu o coração apertar.

Naquele momento, percebeu que Levi não estava tentando ser cruel, nem pretendia minimizar a gravidade da situação do avô ou de sua reação. Ele só estava tentando ajudá-la a entender o que o avô queria, do ponto de vista de um homem que nunca fora totalmente compreendido pela própria família.

Isso é real para mim...

Ele arriscara os próprios sentimentos por ela. Abrira o coração e a alma, e ela se afastara de tudo que ele oferecera, fazendo com Levi o que fizeram com ela a vida toda. Fugira. Respirou fundo, sentindo uma nova onda de tristeza.

— Eu errei — murmurou. — Errei feio.

— Comigo você não errou — disse o avô, com sinceridade.

Jane segurou a mão dele.

— Obrigada. Mas você não foi o único que magoei hoje por pensar só em mim mesma.

— Levi?

— É. — Engoliu em seco. — Ele me disse que o que temos é real.

O avô assentiu.

— Eu sempre vi isso nos olhos dele.

— E eu fui embora — sussurrou Jane.

O avô assentiu outra vez.

— Você... não está surpreso.

Ele soltou uma risada áspera.

— Depois de tudo pelo que você passou, *ninguém* ficaria surpreso em saber que não confia no amor. Mas, Jane, as pessoas *vão* te amar do jeito que você é. Não precisa fugir disso ou ficar com medo. Eu sei que teve bons motivos para isso no passado. Mas você não é seu passado. — O avô segurou seu rosto. — Não tem problema em deixar as pessoas se aproximarem e te amarem. Isso é lindo. Você não precisa mais viver nas sombras do passado. Depois que perceber isso, vai parar de guardá-lo aí no fundo, apodrecendo dentro de você.

Queria parar. Queria mesmo. Seria possível? Ou tão simples?

— Levi te ama. Vá até ele como veio até mim. Ele vai te ouvir. E você vai ouvi-lo. Assim como fizemos aqui, você e eu.

Jane abriu um sorriso em meio às lágrimas.

— Engraçado, esse foi o conselho do Levi. — Ela cobriu o rosto. — Eu lidei mal com tudo isso. Não tenho certeza se ele vai me perdoar. Não tenho certeza se eu perdoaria se fosse ele, mas ele queria algo verdadeiro comigo, e agora eu sei que também quero, mais do que jamais poderia ter imaginado.

O avô se levantou, ofereceu a mão e, depois, o abraço de que Jane tanto precisava.

— Você tem muitas pessoas que se preocupam com você, não está sozinha. Desta vez, e *para sempre*, a escolha é sua. Ficar ou partir.

Jane o abraçou com força, mas o avô se afastou e fez um gesto de "xô".

— Vá fazer o que tem que fazer.

Ela se virou e começou a se afastar, mas parou de repente, quase tropeçando nos próprios pés. O carro de Levi estava estacionado na entrada. Jane viu sua silhueta alta à luz do fim do dia, encostado no veículo, provavelmente esperando por ela.

Estava nevando, flocos flutuando no ar, descendo em câmera lenta, brilhando no chão, nas árvores, no cabelo de Levi, espalhados nos ombros dele.

Levi se parecia muito com o resto de sua vida.

Ele perguntara qual era o seu lugar na vida de Jane, e ela não conseguira responder. Estava com muito medo.

Mentira para si mesma.

Mas sabia exatamente qual era o lugar dele. Escolheria Levi, a qualquer dia, qualquer hora, *sempre*. Enxugando as lágrimas, Jane se aproximou, as botas fazendo barulho na neve.

— Oi.

— Oi. — Ele a olhou com um sorriso hesitante, o vento bagunçando seu cabelo, que brilhava com a neve. — Achei que talvez precisasse de um Uber ou de suporte técnico.

Embora o tom de sua voz fosse leve, os olhos eram tudo menos isso.

— Talvez eu só precise de você — disse Jane.

Levi a analisou.

— Gostaria de acreditar que é verdade, mas muitas vezes você não se permite precisar de nada nem de ninguém.

— Eu sei. Sempre fui boa em me isolar. — Balançou a cabeça. — Mas voltar pra cá desta vez, me aproximar de Charlotte, do meu avô. De *você*... — Jane sustentou seu olhar. — Estar sozinha não tem mais o mesmo apelo.

— Que bom — replicou ele. — Porque você não está sozinha. Estou bem aqui.

Seu próprio milagre.

— Você veio atrás de mim.

— Sempre vou fazer isso. Mas preciso dizer que menti sobre o Uber e o suporte técnico. Estou aqui porque esqueci de te contar uma coisa muito importante.

— O quê?

Levi se afastou do carro e endireitou a postura, ainda sem tocá-la.

— Eu te amo, Jane.

O corpo inteiro dela relaxou. Na verdade, Jane quase derreteu e virou uma poça ali mesmo, no chão gelado. Aproximando-se de Levi, deslizou as mãos por seu peito e em volta de seu pescoço. Respirando fundo, ele a puxou para mais perto, para que não houvesse espaço entre os dois. Levi a beijou, revelando tudo o que sentia, sem esconder nada, dizendo com os lábios, com o toque, com o jeito que seu corpo segurava o dela, que Jane era o amor de sua vida. Assim como ele era o amor da vida dela.

— Eu também deixei de contar algo. — Ela respirou fundo, porque estava prestes a entregar tudo. — Você disse que era real pra você. Preciso que saiba que é real pra mim também.

Os olhos de Levi procuraram os dela, escuros, sérios. Intensos.

— Desde quando?

— Desde que você apareceu no meu trabalho com o colar da minha avó. Eu não tinha certeza de que algum dia seria uma boa parceira para alguém. A maneira como fui criada, a forma como conduzi minha vida... Antes de conhecer você, nunca tinha pensado que estar com alguém era uma opção pra mim. Para ser sincera, eu nem tinha certeza de que era capaz de me apaixonar. Ainda não sei bem como aconteceu.

Levi fez um muxoxo, indicando que o magoava saber que ela se via incapaz de amar, e Jane balançou a cabeça.

— Mas parte de mim sabia, desde aquela primeira noite na montanha, que você mudaria tudo. — Ela segurou seu rosto. — Eu também te amo, Levi.

Ele soltou um suspiro, como se estivesse segurando a respiração só para ouvir aquela frase. Parecendo emocionado, maravilhado e aliviado, tudo ao mesmo tempo, soltou uma risada baixa.

— Você não sabia? — perguntou Jane.
— Tinha esperança. Suspeitava. Mas não, eu não tinha certeza.
— Eu ia mesmo para o Haiti — sussurrou ela.
— Eu sei.
— Não vou mais.

Levi esfregou o rosto no dela e assentiu.

— Mesmo se você fosse, não mudaria nada para mim.
— Para mim também. — Jane se enterrou nele. — Obrigada por me amar, Tarzan.
— Você é fácil de amar.

Levi a beijou outra vez. Os lábios dele estavam frios, e Jane percebeu que ele não estava usando jaqueta.

— Você está congelando!
— Saí com pressa. Jane, tem mais uma coisa.

Seu coração parou com a seriedade na voz dele.

— Tá...
— Comprei um terreno perto da trilha de Tahoe Rim.

Ela pestanejou.

— Onde nós...?

Ele sorriu.

— É. Penso em você toda vez que dirijo até lá. Vou construir uma casa. Gostaria que fosse a nossa casa. Um lar para nós dois.

Um lar. Em que ela seria bem-vinda e que pertencesse a ela. Um lugar permanente... com Levi. O coração cresceu tanto que Jane não tinha certeza de como ainda cabia entre as costelas.

— Nunca tive uma casa.

— Eu sei.

— Nem um lar — relembrou ela. — Embora a casa de Charlotte esteja chegando bem perto.

Ele sorriu.

— Então você vai ter dois agora, mas espero que durma no nosso. — Ele aproximou o rosto do dela. — Não estou dizendo isso para te pressionar nem para prendê-la de alguma forma. Só estou te contando. Quero que você seja minha, Jane. Mais do que isso, quero ser seu, nos seus termos, sejam quais forem. Se isso significa ver você durante a temporada de esqui, quando estiver aqui trabalhando, ou se tiver que voar para visitá-la onde quer que você esteja, não me importo. Eu só quero saber que somos um do outro.

Jane olhou para ele.

— Você iria mesmo me visitar onde quer que eu estivesse trabalhando?

— Mesmo que fosse em Marte.

Por alguma razão, aquilo a emocionou mais do que qualquer outra coisa que ele dissera.

— Você merece mais do que ter que me seguir de um lugar para outro. E, além disso, gosto da ideia de ter uma base, de aceitar menos contratos e mais curtos. E acho que gostaria de me transferir das clínicas de atendimento de emergência para o hospital propriamente dito. São turnos melhores e mais estabilidade.

Levi já estava balançando a cabeça.

— Não faça isso por minha causa, Jane. Não quero mudar nada em você.

— Estou fazendo isso por mim — respondeu ela. — Porque preciso de mais do que encontros esporádicos. Você *é* a pessoa para mim, Levi. E eu sou a pessoa para você. — Jane pegou a mão dele. — Você pode ficar comigo até a casa ficar pronta. A menos que queira continuar dormindo no sofá dos seus pais.

Ele sorriu.

— Vou ser sustentado pela minha namorada. Gostei. Não se preocupe, você pode usar meu corpinho sempre que quiser.

Jane riu.

— Posso ficar com você por quanto tempo? — perguntou ela.

Levi segurou seu rosto.

— Que tal para sempre?

O coração dela saltou no peito.

— Combinado.

Epílogo

Cinco anos depois

Jane desceu as escadas, meio desajeitada, e se sentou numa cadeira da sala de jantar, gesticulando para a caneca de café nas mãos de Levi.

Ele a deslizou em sua direção.

Ela deu um gole, grata por ainda estar quente e notando conter mais leite do que café, o que indicava que...

— Você fez pra mim.

Um sorriso brincava nos cantos da boca dele.

— Dormiu bem? — perguntou ele.

Jane sorriu, pegando a gata, que se enrolava em seus tornozelos.

— Só quando você finalmente me deixou dormir.

Levi riu.

— Não me lembro de ouvir nenhum protesto.

— Não teve mesmo.

Ele respondeu enganchando o pé na perna da cadeira dela e puxando-a para mais perto.

Incomodada, Gato pulou, e Levi pegou Jane no colo. Ele a beijou com paixão, fazendo com que ela se derretesse nele.

— *Eca*.

Eles se separaram e olharam para Nicole, a filha de 4 anos que, exceto pelos olhos verdes de Jane, era a cara do pai. A menina ainda estava de pijama, que estava sujo de — se Jane não se enganava — calda. Uma rápida olhada ao redor da cozinha explicou tudo. Fizeram waffles. E também uma senhora bagunça.

— Por que você e o papai se beijam tanto? — quis saber Nicole.
— Porque nós nos amamos muito.
— Ele é seu namorado?
— Mais ou menos — respondeu Jane. — Mas somos casados, então ele também é meu marido.
— Você também gostava de beijar o papai antes de casar? — perguntou a menina.

Jane olhou para Levi, que assistia ao questionário com um sorriso divertido.

— Sempre gostei de beijar seu pai.
— Minha amiga Shelley, da escola, diz que a mamãe dela acha o papai bonitão.

Levi se engasgou com o gole de café que acabara de tomar. Jane riu.

— Tenho que concordar com ela.

Nicole subiu no colo de Jane e, como ela ainda estava sentada no colo de Levi, ficou bastante apertado.

— Você tem que ir trabalhar hoje, mamãe? A gente pode descer a colina de trenó?

A casa que construíram tinha um declive no quintal, perfeito para andar de trenó. Jane beijou a ponta do narizinho fofo de Nicole.

— Não vou trabalhar hoje.

Ela trabalhava no hospital Sunrise Cove e adorava. Tirara uma semana de folga, porque Mateo enfim tinha convencido Charlotte a dizer "sim" e, como madrinha de casamento da melhor amiga, Jane tinha muitas responsabilidades.

Naquele dia, porém, o foco era Nicole.

— Andar de trenó parece perfeito. Por que não vai se arrumar?
— Eba!

Nicole saltou do colo e saiu correndo da cozinha. Ouviram o barulho de passos ecoando pela casa até ela entrar no quarto. Também ouviram as gavetas sendo abertas e fechadas enquanto ela procurava o equipamento que tinha escolhido na Cutler Artigos Esportivos. Cal fora preso e tinha cumprido pena, mas infelizmente nunca devolvera um centavo do que roubou. Ainda assim, após um período de dificuldades, a loja estava voltando a prosperar por mérito próprio.

Jane se recostou no peito de Levi e suspirou de prazer quando ele roçou a boca em seu pescoço.

— *Hum...* — murmurou ela. — Você vai trabalhar?

— Não. Pensei em andar de trenó com as minhas duas garotas favoritas.

Ela se virou para encará-lo e sorriu.

— Eu te amo.

— Te amo mais.

Ele se inclinou para beijá-la outra vez, mas foram interrompidos pelos pezinhos apressados voltando para a cozinha.

— Papai! Deixa a mamãe em paz, a gente vai andar de trenó!

Levi gentilmente empurrou Jane para fora de seu colo e encarou a adorável tirana que chamavam de filha.

— Posso ir também?

Nicole riu.

— Pode, papai. A Peyton pode vir andar de trenó com a gente também? E o Taylor? Eu prometi a eles. Ah, e a tia Tess também! E a vovó e o vovô! E a tia Charlotte e o tio Mateo!

— *Todo mundo* pode vir.

— Mesmo? — Ela pulou de alegria.

— *Mesmo*.

Nicole correu até ele e se lançou no ar. Levi a pegou e, em seguida, agarrou Jane também.

— Peguei vocês duas.

— Cuidado — avisou Jane. — A calda está pegajosa.

— Ótimo. Podemos ficar grudadinhos. — Ele pressionou a testa na de Jane. — Para sempre.

Parecia o plano perfeito.

Este livro foi impresso em 2025, pela Vozes, para a Harlequin.
O papel do miolo é avena 70g/m² e o da capa é cartão 250g/m².